1000 Hügel ~ 1000 Schatten

Antje Fries (Hg.)

1000 Hügel ~ 1000 Schatten

17 historische Kurzkrimis aus Rheinhessen

LEINPFAD VERLAG

Umschlag: kosa-design, Ingelheim
Layout: kosa-design, Ingelheim
Lektorat: Antje Fries und Angelika Schulz-Parthu
Historisches Lektorat: Dr. Hans-Christoph Noeske, Kelkheim
Druck: wolf-print, Ingelheim

Leinpfad Verlag, Leinpfad 5, 55218 Ingelheim
Tel. 06132/8369, Fax: 896951
E-Mail: info@leinpfadverlag.de
www.leinpfadverlag.com

ISBN 978-3-945782-14-9

INHALT:

Mein Name ist Einhard. Ich lebte viele Jahre am Hof Kaiser Karls in Aachen, bevor ich als Chronist in die Dienste seines Sohnes Ludwig trat. Heute kann ich auf ein langes Leben zurückblicken, mit Jahren voller Zufriedenheit, aber auch Jahren voller Zweifel. Gott hat mich sehr alt werden lassen. Doch das, wie mir scheint, nicht ohne Grund. Meine Knochen sind müde und die Augen trüb, mein Geist aber ist erbarmungslos. Er quält mich des Nachts mit dem Wissen eines großen Unrechts, das mich davon abhält, endlich den ersehnten letzten Schlaf zu finden, um meinem Schöpfer reinen Herzens entgegenzutreten. Jede Nacht tragen mich schreckliche Gedanken aus meinem Sterbezimmer zurück in die frühen Jahre meines Lebens, in denen etwas geschah, das der aufmerksame Leser weder in den Annalen des Reiches noch in der Vita Kaiser Karls finden wird. Die Zeit ist gekommen, diesen schwarzen Fleck in der Geschichte der Franken zu erhellen.

Es war drei Tage vor den Iden des Quintilis, als mir Abt Baugulf im Kloster zu Fulda die Aufgabe übertrug, den Neffen des Grafen Gernand in der Pfalz in Ingelheim zu unterrichten. Diese Ehre erschien mir damals unendlich groß und ich versprach, mein Bestes zu geben. Graf Gernand war seinerzeit Vertrauter und Freund König Karls aus Kindertagen. Die Knaben hatten gemeinsam kämpfen gelernt und später sogar Latein. Es hieß, sie seien in früheren Jahren unzertrennlich gewesen und noch heute besaß Graf Gernand mehr als alle anderen Vasallen Karls Ohr. Aus diesem Grunde hatte der König dem Wunsch des Grafen entsprochen, den adeligen Spross mit den königlichen Söhnen im kommenden Sommer gemeinsam unterrichten zu lassen. Da dem Jungen jedoch wichtige Kenntnisse des Triviums[1] fehlten, schickte man mich, das Kind vorzubereiten.

Meine Begeisterung, dem Kloster zu entkommen, um in die soeben erst entstandene Pfalz zu Ingelheim am Rhein zu ziehen, schwand jedoch bald, nachdem mir der adelige Spross vorgestellt wurde. Er war ein faules, nie um eine Ausrede verlegenes Kerlchen, das stets an anderen Dingen als der Grammatik des Lateinischen oder der Rhetorik interessiert war. Mit der Feder in der Hand ging er um, als sei sie ein Baumstamm.

Schon sehnte ich den Sommer herbei, um dann nach Fulda zurückkehren zu können, wo ich als Urkundenschreiber meinen Abt bei seinen Aufgaben unterstützen sollte. Mein dumpfer Schüler würde dann mit den Kindern König Karls vom berühmten Hofgelehrten Alkuin unterrichtet werden. Doch der Weg zur Erlösung schien für mich ein harter und langer zu werden.

Wie sehr sollte sich mein trostloses Leben ändern, als ich eines Nachts mit meinem gähnenden Schüler vom Turm der nahen Remigiuskirche in die Pfalz zurückkehrte, wo ich für ihn eine Lektion zur Lehre der Sphären und Himmelskörper gehalten hatte. Der Junge, der während meines Vortrags immer wieder eingenickt war, schickte sich an, dem Ruhelager entgegenzulaufen. Ich ließ ihn gewähren, als ich eine Gestalt im Innenhof bemerkte. Es war eine hochgewachsene Dame,

[1] Das **Trivium** umfasste in Antike und Mittelalter die drei sprachlichen Fächer der „sieben freien Künste". Es bestand aus Grammatik, Dialektik und Rhetorik. Zusammen mit den mathematischen Fächern des Quadriviums bildeten sie das Grundstudium an den hochmittelalterlichen Universitäten.

die einsam durch den Säulengang schritt, begleitet nur von ihrem unruhigen Schatten, den die Fackeln an die Wand warfen. Ich glaubte in ihr Hiltrude zu erkennen, die unglückliche Schwester des Pfalzgrafen, die hier auf das Eintreffen König Karls wartete, der über eine Ehe zwischen ihr und Graf Gernand befinden sollte.

Hiltrude wurde nicht umsonst die Unglückliche genannt. Ihr erster Mann und ihr einziger Sohn starben im Kampf gegen die Sachsen, woraufhin König Karl plante, die stolze Frau in ein Kloster zu schicken, um die Ländereien einem seiner Grafen zum Lehen zu geben. Doch Hiltrude gelang es, einen neuen Herrn für die Ländereien am Hofe zu präsentieren, der bereit war, sie zu heiraten. Karl überlegte lange, ob er dem Mann das Gebiet nahe den aufständischen Sachsen anvertrauen sollte. Als König brauchte er eine sichere östliche Grenze, denn im Norden machten ihm die Sachsen zu schaffen und im Süden die Langobarden, denen der bayrische Herzog Tassilo verdächtig nahestand. Würde Tassilo in Bayern gemeinsame Sache mit den Sachsen machen, läge nur das kleine Thüringen zwischen den aufständischen Reichsteilen. Im Falle einer Allianz drohte dem Frankenreich der Zusammenbruch seiner gesamten Ostgrenze. Nach langer Überlegung gab Karl seine Zustimmung zur Hochzeit. Doch nur wenige Jahre nach der Trauung machte das Schicksal Hiltrude erneut zur Witwe. Dieses Mal waren es nicht die Sachsen, die ihren Mann töteten, sondern der Teufel in seinem Gedärm. Dieser holte auch gleich die kleinen Kinder der armen Frau. Zur selben Zeit überflutete der Fluss Weser die Ländereien und verdarb die Ernte eines ganzen Jahres. Während die Leute schon begannen, von der unglücklichen Hiltrude zu sprechen, munkelten einige, die Frau stünde unter der Strafe Gottes und man solle sich vor ihr hüten. Und so erklärte sich kein Mann am Hofe bereit, die verhexte Frau zu ehelichen. Einzig Graf Gernand aus Thüringen schien gewillt, die stolze und nicht mehr junge Frau zu nehmen, solange man ihm nur die Ländereien dazugab, die an seine eigenen grenzten.

Es mag die nächtliche Stille auf dem großen Innenhof zwischen der Aula Regia und dem Säulengang der Pfalz gewesen sein, vielleicht war es aber auch meine jugendliche Neugier, die mich zu der edlen Frau treten ließen. Einer Frau, deren Ruf als gebildete Dame bis nach Aachen und Rom reichte. Einer Frau, die des Schreibens und Lesens in verschiedenen Sprachen mächtig war und deren Kenntnisse des Lateinischen den berühmten Alkuin in Verlegenheit gebracht haben sollen. Einer Frau, deren Neider ihr einen unstillbaren Ehrgeiz nachsagten.

Mutig trat ich vor und verbeugte mich. „Ich beglückwünsche Euch, Hiltrude, zu Eurer bevorstehenden Vermählung mit Graf Gernand."

Sie hielt in ihrem Gehen inne. Ihre dunklen Augen schauten mich lange an. Sie schwieg. Schon bereute ich meinen Entschluss, sie angesprochen zu haben, ja, ich wollte mich gerade zurückziehen, als sie das Wort an mich richtete.

„Ihr müsst der junge Einhard sein."

Ich gebe zu, es machte mich stolz zu wissen, dass sie meinen Namen kannte. Immerhin war die neue Pfalz über dem Rhein groß genug, um Platz für mehrere Hundert Menschen zu bieten. Von den Dienern und Edlen, die drüben im alten Königshof nächtigten, ganz zu schweigen. Doch sie kannte mich, den kaum achtzehn Jahre zählenden Aushilfslehrer aus dem Kloster Fulda.

„Ich danke Euch für die netten Worte. Ja, Graf Gernand ist ein Freund und Gefolgsmann des Königs, mit Kontakten in alle Richtungen des Himmels. Sein Land und mein Erbe werden ihn zu einem starken Mann machen. Hoffen wir, dass die Heirat ihn zufriedenstellen wird."

Mit einem Nicken schritt sie an mir vorbei, hinüber zu einem Gang, der zu ihren Räumen hinaufführte.

Als Witwe zweier großer Krieger und künftige Gemahlin von Karls Freund, Graf Gernand, behandelte man sie mit Respekt und bot ihr einen angemessenen Komfort in der Pfalz, die sie jedoch bei Ankunft des Königs und seines Gefolges räumen musste. Die Pfalz würde dann hauptsächlich den Regierungsgeschäften und dem Repräsentieren dienen.

Da drehte sie sich noch einmal nach mir um. „Einhard, ich halte Euch für klug genug, den Schleier der Lüge zu finden und zu lüften, wenn die Zeit gekommen ist. Das Reich erwartet viel von Euch. Versagt nicht." Fragend blickte ich ihr nach. Was hatte sie gemeint? Das Reich erwarte viel von mir?

Ich konnte den Rest der Nacht nicht schlafen, versuchte ich doch Hiltrudes Worte zu verstehen. Aber ich war jung und wohl auch ein wenig eitel. Daher kümmerte mich eine Antwort auf die Frage schon bei Tagesanbruch nicht mehr. Stattdessen erlebte ich die kommenden Tage wie im Rausch.

Ein neuer Ehrgeiz hatte mich beflügelt, den mein Schüler leidend über sich ergehen ließ. Ich wollte beweisen, dass die Hoffnungen in mich, worin auch immer sie bestehen mochten, nicht ohne Grund waren. Und so übte ich fortan mit dem Jungen noch mehr Latein, ließ ihn über Stunden Texte kopieren und befragte ihn sogar zur euklidischen Geometrie, welche weit über seinen engen Horizont ging.

Bei all diesem eitlen Tun aber spürte ich, dass sich in der Pfalz etwas änderte. Dieses ungute Gefühl stellte sich ein, als die ersten Blätter von den Bäumen fielen und die Tage kürzer wurden. Da kam eines Tages der königliche Seneschall[2] mit einer Gruppe gepanzerter Soldaten auf den Innenhof der Pfalz geritten. Man kündigte dem herbeigeeilten Pfalzgrafen[3] Atto die Ankunft des Königs binnen sieben Tagen an.

Mit einem Mal war das beschauliche Leben in der Pfalz vorbei. Die letzten Arbeiter, die noch mit der Fertigstellung der stattlichen Aula Regia, der neuen Regierungshalle, und einiger Nebengebäude beschäftigt waren, wurden angetrieben, schneller zu arbeiten. Die Verschönerungsarbeiten in der neuen Kapelle waren auch noch nicht beendet. Die Bewohner der Pfalz sputeten sich, um alles für den Empfang des Königs und seines mehrere Hundert Männer, aber auch Frauen und Kinder umfassenden Gefolges vorzubereiten.

Ein naher Platz vor der Pfalz wurde für die Zelte des Heeres vorbereitet, man baute Holzhütten für die Oberen auf und hob Aborte aus. Überall aus den Dörfern am Rhein trieb man Schafe, Schweine, Kühe und Hühner herbei, schaffte mit Ochsenkarren malterweise[4] Getreide und unzählige Fuder[5] gewürzten Weines heran.

Vor der Pfalz war schon bald kein Durchkommen mehr, als ich mit meinem Schüler hinüber zur neuen Kapelle ging. Dort wollte ich versuchen, dem gelangweilt dreinschauenden Knaben die einfachsten Grundlagen der Geometrie einzutrichtern. Wir drängelten uns an Bediensteten und Händlern vorbei, schoben uns durch Herden blökender Schafe, wichen Bauern aus, die ihre Karren entluden.

[2] **Seneschall** historische Bezeichnung für ein hohes Hofamt.
[3] **Pfalzgraf** ist Amtsträger und ständiger lokaler Vertreter des Königs.
[4] **Malter** ist ein deutsches Volumenmaß, das hauptsächlich für Korn und Holz verwendet wurde.
[5] **Fuder** wird abgeleitet vom Wort „Fuhre" (Ladung), die ein zweispänniger Wagen laden konnte. Das Fuder hatte je nach Region etwa 800 bis 1800 Liter.

Da wurde ich im Vorbeigehen Zeuge eines Gespräches, welches mich beunruhigte. Einer der Bauern, er hievte gerade ein Fass Bier auf die Schulter, behauptete, im Keldagau hätte ein Irrlicht den Leuten drei Nächte lang den Schlaf geraubt. Es sei durch den Wald geschwebt, über Wege und durch Höfe. Keiner hätte sich hinausgetraut. Ein anderer hatte gehört, dass die Dorfeiche von Horrem vor zwei Nächten plötzlich zu brennen angefangen habe. Und ein Brunnen sei im nahen Mainz verzaubert worden, denn er hätte statt Wasser Blut geführt, meinte ein Dritter. Hinter vorgehaltener Hand begannen die Leute sich zu fragen, was all das zu bedeuten habe und ob hier nicht der Teufel im Spiel sei.

Ich selber war damals noch kein Mönch, auch wenn ich in einem Kloster ausgebildet worden war, doch ich ahnte, dass diese Vorkommnisse mehr waren, als der Kaplan der Pfalz zu Ingelheim übersehen konnte. Sein Name war Gisbert und er sonnte sich im Schein der üppig ausgestatteten Pfalz Ingelheim, die neben der stolzen Pfalz in Nimwegen die prächtigste unter Karls Höfen war. Dabei erhöhte die neue Pfalz in Ingelheim nicht nur Karls Stern, sondern auch Gisberts bescheidene klerikale Existenz, weitab von Rom. Für Gisbert schien es von großer Bedeutung, dass kein Schatten auf die Christlichkeit seiner Schäfchen fiel. Von der unguten Kunde dieser teuflischen Vorkommnisse im Reich sollten sie verschont bleiben, würde es doch seinem Ruf als gutem Hirten schaden. So kam Gisbert mit wehender Kutte aus dem Nordtrakt der Pfalz geeilt, wo er soeben mit dem Pfalzgrafen und dessen Familie für die sichere Ankunft des Königs gebetet hatte. Er schrie, man solle ihm die verleumderischen Kerle vorführen, die solch heidnischen Unsinn in die Pfalz trügen. Auch Graf Atto trat herbei. Die gebeugt dastehenden Befragten schworen bei der Jungfrau Maria und allen

Heiligen, dass das, was sie gehört und gesehen hatten, der Wahrheit entsprach. Während Gisbert eine Strafe für diese Lügen verlangte, strich Atto sich durch seinen üppigen Bart, den er der Mode gemäß vor Karls Ankunft würde abnehmen lassen müssen.

„Man muss dem fauligen Gerede mit Feuer die Worte aus dem Mund brennen!“, rief Gisbert. Er zeigte auf die entsetzt blickenden Bauern, die doch nichts anderes getan hatten, als zu tratschen, wie die Waschweiber am Rhein es tagein tagaus taten. Doch ich spürte, dass diese Vorkommnisse mehr waren als nur Tratsch. Graf Atto entschied, die Ärmsten erst einmal in Arrest zu nehmen.

Der Versuch des Pfalzgrafen, Gerüchte dieser Art vom Hofe fernzuhalten, scheiterte, denn schon sprach man rheinauf- und abwärts darüber, dass der Teufel nahe Ingelheim umginge. Von überall kam Kunde, dass auch woanders eigenartige Dinge passierten. So hätte eine Kuh ein Kalb mit zwei Köpfen geboren, eine brennende Jungfrau sei über das Wasser des Rheins bei Mainz gegangen und mehrere Glocken im ganzen Reich hätten ohne Zutun einer menschlichen Hand zu läuten begonnen. Kaplan Gisbert, der diesem abergläubischen Gerede mit Schreien und der Androhung der Exkommunikation entgegenzutreten versuchte, steigerte sich in eine für seinen Stand typische Hysterie hinein. Alles in allem maß ich der Sache keine weitere Bedeutung bei, was sich jedoch schon bald als großer Fehler erweisen sollte.

Am nächsten Abend wurde ich von zwei Soldaten in die Räume des Pfalzgrafen Atto geführt. Das konnte nichts Gutes bedeuten. Der Schweiß lief mir über den Rücken, obwohl es zum Frösteln kalt war. Man führte mich zum Grafen, der vor dem hohen Feuer eines Kamins stand und seine kalten Hände rieb. Der Schein der Flammen fiel auch auf Hiltrude, die still in einem hochlehnigen Stuhl ein wenig abseits saß, während die anderen Frauen der Grafenfamilie mit Näharbeiten beschäftigt waren. Atto kam ohne Umschweife zum Thema.

„Einhard, man sagte mir, Ihr verfügtet über ein gewisses Maß an Klugheit.“ Ich warf Hiltrude einen kurzen Blick zu. „Also frage ich Euch, Einhard, was Eurer Meinung nach diese heidnischen Vorkommnisse zu bedeuten haben.“ Atto wirkte ungehalten. Nichts durfte den Besuch Karls in seiner neuen Pfalz überschatten.

Ich schluckte. „Nun, Herr, sollten diese Ereignisse tatsächlich stattgefunden haben ...“

„Aber natürlich haben sie das!“, rief Attos Gemahlin Luitperga und blickte von ihrer Näharbeit auf. „Der Teufel geht um. Und er bedroht unseren König. Warum sonst sollten all diese Abscheulichkeiten gerade jetzt geschehen?“ Ihre Stimme schrillte durch den Raum.

„Herrin, ich denke, man sollte auch ...“

Sie unterbrach mich, indem sie erklärte, der König müsse umgehend gewarnt werden. „Karl muss sich eine andere Pfalz suchen. Gott will nicht, dass unser König nach Ingelheim kommt.“

Atto schüttelte den Kopf. „Nein. Ich wünsche, dass geprüft wird, ob diese Vorkommnisse tatsächlich stattgefunden haben oder nur der Einbildung einfacher Menschen entsprechen. Ihr, Einhard, werdet die Angelegenheit untersuchen.“

Stotternd dankte ich dem Pfalzgrafen für sein Vertrauen und ging hinaus.

Gleich am nächsten Tag begann ich mit der Untersuchung der Vorkommnisse, als mein Schüler griesgrämig vor mir stand und lustlos seinen Unterricht einforderte. Ich hatte ihn vergessen! Kurz zögerte ich, doch dann entschied ich, er solle mir in der Angelegenheit helfen. Ich könnte sicherlich hier und da ein paar Lektionen in Latein einfügen oder ihn etwas schreiben lassen. Zu meiner Überraschung war der Junge Feuer und Flamme.

Mein erster Weg führte mich zu den inhaftierten Bauern, die im Hofe zu laut getratscht hatten. Gerade wollte ich die Befragung beginnen, als Kaplan Gisbert hereinstürzte. „Sie sollen schwören! Auf alle Heiligen und im Namen des Herren sollen sie schwören!“, rief er. Da ich darin nichts erkennen konnte, was der Befragung schaden könnte, stimmte ich zu. Gisbert ließ sie niederknien. Dann hielt er ein silbernes Kreuz, welches an einer Kette um seinen Hals hing, über ihre Köpfe. Mit geschlossenen Augen, dem Himmel zugewandt, bat er um göttlichen Segen, rief einige lateinische Floskeln aus und forderte die drei auf, ihm nachzusprechen. Bis auf die Knochen eingeschüchtert, wiederholten sie die Worte des Geistlichen, der ihnen ansonsten mit Höllenqualen und verfaulenden Gliedern gedroht hatte, sollten sie die Unwahrheit sprechen. Zufrieden mit sich überließ Gisbert die Ärmsten mir, wobei er meiner Befragung mit aufmerksamer Miene folgte. Zitternd beantworteten die Männer all meine Fragen. Doch sie ließen sich keiner Lüge oder Übertreibung überführen. Um sicherzugehen, wollte ich die Ältesten der betroffenen Dörfer zu mir bringen lassen. Aber da kam mir ein listiger Gedanke, wie ich Gisbert, der meine Untersuchungen immer wieder störte, loswerden könnte. So sandte ich meinen Schüler mit einem schnellen Pferd zu den drei Dorfältesten. Ganz wie ich vermutete, baten sie um den Beistand der Kirche gegen das Böse. Bereits am nächsten Tag kam der Junge erschöpft zurück und überbrachte das Hilfegesuch an Gisbert. Dieser war nur allzu bereit, mit Weihwasser den Teufel aus jeder einzelnen Hütte zu treiben.

Ein eilig gesprochenes Gebet später saß der Kirchenmann hocherhobenen Hauptes auf einem Ochsenkarren. Zwei Ministranten trugen den Schienbeinknochen eines Heiligen in einem goldenen Kästchen vor ihm her, während ein paar Neugierige zu Fuß dem Wagen bis zum Rhein hinunter folgten.

Ich nahm mir vor, diese kleine List zu gegebener Zeit meinem Abt zu beichten.

Eines aber ließ mir keine Ruhe: Warum wollte Hiltrude, dass ich die Hintergründe der Vorkommnisse fand? Da die Quelle der Erkenntnis das Wissen ist, machte ich mich am Abend auf den Weg zu den Räumen der hohen Frau. Vor ihrer Tür stand kein Bediensteter, was mich erstaunte. Gerade wollte ich an die schwere eichene Tür klopfen, als ich bemerkte, dass diese bereits einen Spalt weit offen stand. Ich hörte Stimmen aus dem Inneren des Zimmers. Und während ich noch überlegte, ob ich es überhaupt wagen durfte, Hiltrude zu stören, wurde die Tür aufgerissen. Vor mir stand ein baumhoher Kerl mit den breitesten Schultern, die ich je gesehen hatte. Ein eigentümlicher Geruch ging von ihm aus. Das Schwert hing an seiner Seite und im Gürtel steckte ein kurzes Sax mit einer Klinge von kaum mehr als zwei Hand breit. Er neigte kurz seinen Kopf. Dann schob er mich zur Seite, um in den Gang zu kommen.

Hiltrude, die überrascht meine Anwesenheit bemerkte, bat mich herein.

In einer Feuerschale glühten die Reste einiger Scheite. Ein kurzer Blick durch den Raum zeigte mir, dass der Fremde und die Edelfrau weder gemeinsam gespeist noch etwas getrunken hatten, woraus ich schloss, dass der Besuch kurz war. Auf einem hölzernen Tisch lagen einige Urkundenrollen und ein golddurchwirktes, geflochtenes Haarband.

„Ihr wollt wissen, wer der Edelmann war, dem Ihr eben begegnet seid? Es war Rungard, ein Bote Gernands, der mir eine Botschaft des Grafen überbrachte. Sie betrifft die Vorbereitungen zur Hochzeit."

Ich kenne mich mit Frauen nicht gut aus, doch ich erkenne eine Lüge. Wieder fragte ich mich, welches Spiel die hohe Frau mit mir spielte. Da sah ich unerwartet eine Spartha an der Wand, welche quer auf zwei geschmiedeten Nägeln lag. „Was macht eine edle Dame wie Ihr mit einer solchen Waffe?", fragte ich sie. Ich trat näher an das herrliche Stück Schmiedekunst heran.

Hiltrude nahm das Schwert in ihre Hand und betrachtete es lange. „Es ist aus der Schmiede Ulfberhts und gehörte meinem ersten Mann", sagte sie leise. Plötzlich trat sie einen Schritt zurück, um mit einem Ausfallschritt wieder nach vorne zu schnellen. Im nächsten Moment sauste die Klinge dicht an meinem Kopf vorbei. Erschreckt stolperte ich nach hinten.

Sie lachte. „Habt keine Angst, ich weiß damit umzugehen." Sie hängte das Schwert an seinen Platz zurück. „Mein Mann wollte, dass ich mich vor den einfallenden Sachsen schützen konnte, während er mit Karl in den Krieg zog."

„Aber der Sachse Widukind wurde vor zwei Sommern getauft. König Karl ist sein Pate. Es herrscht Friede zwischen den Franken und den Sachsen."

Wieder lachte sie. „Es gibt unter den Sachsen einige, die es Widukind nicht gleichtun wollen. Thietmar ist der mächtigste unter ihnen. Er und seine Anhänger weigern sich, unserem König den Eid zu schwören. Darum ist dieses Schwert auch weiterhin stets in meiner Nähe. König Karl sollte seine Männer mit sächsischen Frauen verheiraten, um endlich Frieden zu erreichen. Thietmars Tochter wäre sicherlich ein guter

Fang. Doch ich glaube nicht, dass Thietmar seine Tochter ohne besondere Gegenleistung an einen Franken gibt."

In diesem Moment wurde im Hof Alarm geschlagen. Ich eilte hinaus. Aus dem Dach der Pfalzkapelle schlugen Flammen! Schon rannten die Leute mit wassergefüllten Kübeln, Eimern und Schweinsblasen auf die Kirche zu. Sie bildeten Ketten, um vom Brunnen mitten im Hof Wasser zu holen. Einige Männer nahmen Sand in Bütten und eilten in das brennende Gebäude hinein. Jeder schien auf den Beinen, um den Flammen entgegenzutreten. Die junge Pfalz drohte abzubrennen!

Es dauerte Stunden, bis das Feuer gelöscht war. Erschöpft zogen sich die Leute zurück. Atto, der einer jener war, die am verbissensten gekämpft hatten, stellte mit einem matten Blick gen Himmel fest, dass das Feuer Gott sei Dank keines der anderen Gebäude beschädigt hatte. Nur das Dach der neuen Pfalzkapelle müsste erneuert werden. Luitperga, die ihrem Mann Wasser in einem Krug gebracht hatte, begann von Neuem darüber zu zetern, dass man König Karl jetzt unmöglich empfangen könne. „Sieh dir diese Ruine an!", rief sie ihrem Mann zu. „Es wird Monate dauern, bis das Dach wieder steht!" Müde schob Atto seine Frau zur Seite und ließ alle hohen Amtsleute sowie den Hauptmann der Soldaten zu sich holen, um die Gründe des Brandes und seine Folgen zu besprechen.

Unterdessen ging ich zur Kirche hinüber, wo schon die Aufräumarbeiten begonnen hatten. In dem Raum roch es nach beißendem Rauch. Die gerade erst bemalten Wände des Gotteshauses waren rußgeschwärzt. Reste einiger Dachbalken über der halbrunden Apsis wiesen wie mahnende Finger gen Himmel, wo dunkle Schneewolken aufzogen. Gerade trugen verbissen dreinblickende Handwerker einen schwarz verkohlten Balken an mir vorbei, als ich etwas bemerkte. „Halt“, rief ich und ging zu ihnen hinüber. Ich betrachtete den Balken genauer, fuhr mit den Fingern über das schwarze Holz. „Verwendet ihr Pech beim Bau der Dachkonstruktion?“, fragte ich den Ältesten der Männer.

„Nein“, entgegnete dieser knapp. Seine Wut richtete sich nicht gegen mich, sondern gegen Gott oder den Teufel.

„Wo stand der Balken?“, wollte ich wissen.

Der Mann wies mit dem Kinn zur Ostseite. Mir war aufgefallen, dass am Ende des Balkens eine zähe Masse klebte: Pech. Ich kletterte über die Reste von verbranntem Holz, um mir den Weg zur Apsis zu bahnen, den halbrunden Raum für den Altar, der glücklicherweise noch nicht an seinem Platz stand. Mir fiel auf, dass die Balken auf der Westseite noch einigermaßen intakt waren, hingegen jene über der Apsis zerstört waren. Also musste der Brand an der Apsis begonnen haben. Ich blickte mich um. Da sah ich ein paar Scherben nahe meinen Füßen liegen. Ich hob sie auf. Dort, wo die Wand ins Halbrund überging, fand ich weitere Scherben. Und an allen klebte jene Masse, die ich eben am Balken gesehen hatte. Ich musterte die Form der Scherben. Sie würden wohl eine Schüssel ergeben, fügte man sie wieder zusammen. Wer immer die Schüssel mit dem Pech hierher brachte, musste auf dem Gerüst nahe den Dachbalken gestanden haben, als er es anzündete. Nun wusste ich, wie der Bandstifter es getan hatte, doch ich wusste nicht warum.

Ich berichtete Atto von der Tonschale. Der Pfalzgraf beriet sich daraufhin sofort mit dem Seneschall. Doch es war zu spät, um den König und seinen Tross in eine andere Pfalz umzuleiten. Der Seneschall war überzeugt, dass Karl nach Ingelheim wollte, um in der neuen und prächtigen Pfalz die nächste Reichsversammlung abzuhalten. Galt es doch, den Verräter Tassilo von Bayern vor Gericht zu stellen, den Mann, der ohne Karls Erlaubnis eine langobardische Prinzessin geheiratet hatte. Unter den Augen der Welt sollte er als Feigling und Verräter eine Strafe erhalten, die allen anderen, welche gedachten, sich dem Willen des Königs zu widersetzen, eine Warnung sein würde. Anders gesagt: Karl plante einen Schauprozess an einem Mann, der ihm im Reich der Franken gefährlich werden konnte. Karls Truppen waren bereits mit dem gefangenen Tassilo auf dem Weg nach Ingelheim.

Nur einen Tag nach dem Brand kam König Karl mit seinem Gefolge in Ingelheim an. Der Empfang war triumphal, eines römischen Kaisers würdig! Überall hingen bunte Tuchfetzen. Die Leute jubelten, als die Soldaten hohen Rosses an ihnen vorbeiritten. Fahnen, wohin man schaute. König Karl, der all seine Untertanen an körperlicher Größe überragte, saß aufrecht im Sattel, sein blauer Umhang hing schwer auf dem breiten Rücken, sein Schwert Joyeuse an der Seite. Er wirkte stark und unbeugsam, aber auch wach und kampfbereit.

Es war das erste Mal, dass ich meinem König persönlich begegnete, und es sollte bei Weitem nicht das letzte Mal sein.

Wie alle anderen fiel auch ich zu Boden und senkte meinen Kopf, als er vorbeiritt. Da hielt er sein Pferd an. Ohne aufzublicken, wusste ich, dass er den Zustand der Kapelle auf der anderen Seite des Innenhofes seiner Pfalz kritisch betrachtete. Eilig berichtete Graf Atto, der neben ihm ritt, von dem nächtlichen Feuer. Dann wies er auf mich hinunter. „Das ist Einhard. Er untersucht den Brand Eurer Kirche und gewisse andere Vorkommnisse."

Ich schreckte zusammen. Dann spürte ich den festen Blick

des Königs in meinem Nacken. Ohne ein Wort zu sagen, ritt Karl weiter. Vorsichtig blickte ich ihm nach, während seine prächtig gekleideten Grafen und Herzöge ihm folgten. Unterdessen hüpfte neben mir mein Schüler von einem auf das andere Bein, unfähig, auch nur einen Moment ruhig zu stehen. Schon befürchtete ich, er würde einem der Soldaten vor das Pferd laufen, als ich ihn am Schlafittchen nahm. „Was ist mit dir?“, fuhr ich ihn an.

„Mein Onkel Gernand! Wo ist er?“ Der Junge reckte den Kopf, um besser die an uns vorbeireitenden Edelleute erkennen zu können. Dass Gernand nicht im Gefolge des Königs war, irritierte auch mich. Seine Anwesenheit bei den alljährlichen Verhandlungen des Adels und des Klerus über die Führung des Reiches war von unbedingter Wichtigkeit. Und als Gefolgsmann und Freund Karls hätte ich erwartet, ihn hier zu sehen, zumal die Eheschließung mit Hiltrude bekannt gegeben werden sollte.

„Ich nehme an, er wird aufgehalten worden sein“, versuchte ich meinen Schüler zu trösten, doch der machte sich ohne Erlaubnis auf die Suche nach seinem Onkel.

Es war schon Abend, als er mit Tränen der Wut zu mir kam. Wir alle, die wir noch bis vor Kurzem in der neuen Pfalz wohnen durften, waren nun in den alten Königshof nahe der Remigiuskirche umgezogen. „Was ist, Junge?“, fragte ich ihn.

„Onkel Gernand wird sich verspäten. Es ist wegen einer Frau, sagen sie.“ Mit einer kindlichen Verachtung in der Stimme trollte er sich auf sein Lager, das er mit mir und drei anderen teilen musste. Die Nacht über konnte ich nicht schlafen. Ich dachte über die Frau nach, die den Grafen davon abhielt, rechtzeitig in Ingelheim zu sein und seiner Braut zu begegnen. Geliebte waren für die Herren des Adels nicht ungewöhnlich, aber es schien mir doch höchst unangebracht, Hiltrude warten zu lassen. Meine Gedanken wanderten zu den anderen Vorkommnissen in der Pfalz, deren Erklärung ich noch nicht nähergekommen war. Unvermittelt traf mich eine Erkenntnis von ungeheurer Bedeutung. Rungard! Als er an mir vorbeiging, verströmte er einen eigenartigen Geruch. Jetzt wusste ich, was es war. Pech! War er der Brandstifter? Doch warum sollte er so etwas tun? Gedanken gingen wie irr durch meinen Schädel. Ein Mann Gernands legte Feuer in der Pfalz des Königs, kurz bevor dieser ankommen sollte? Ein Attentat gegen Karl konnte das auf keinen Fall gewesen sein. Doch was dann? Ich würde Rungard befragen müssen. Gleich morgen früh.

Da polterte es an der Tür zur Kammer. Ein Soldat des Grafen Atto informierte mich, dass ich zur Eröffnung der ersten Versammlung in die Aula Regia befohlen wurde, um einen genauen Bericht der Vorkommnisse in den letzten Tagen zu überbringen. Man erwarte mich nach dem Stundengebet der None, also am Nachmittag. Ich schluckte. Wie stellte Atto sich das vor? Ich hatte nichts in den Händen, was ich hätte berichten können.

Gleich nach Sonnenaufgang eilte ich zum halbrunden Trakt der Pfalz hinüber und versuchte Atto abzufangen, der gerade mit anderen Vasallen die Anklageschrift gegen Tassilo verhandelte. Der Verräter sollte schon bald vor Gericht gestellt werden.

Wie ein eingesperrter Bär im Käfig lief ich im Säulengang des zweistöckigen Gebäudes auf und ab, unterdes in den Sälen hinter dem Gang und den Räumen darüber die Grafen und Kleriker des Reiches über alle großen und kleinen Geschäfte des immer größer werdenden Reiches debattierten.

Ich hörte ihre erregten Stimmen, während unzählige Sekretarii ameisengleich den Säulengang entlangliefen, um Schriftrollen und Urkunden hin- und herzutragen oder noch mehr Siegelwachs und Tinte zu besorgen.

Es war Mittag, als mir auffiel, dass ich meinen Schüler seit Stunden nicht gesehen hatte. Ich machte mich auf die Suche nach dem Nichtsnutz und fand ihn nicht weit von der Pfalz, wie er bei einem grobschlächtigen Kerl stand und sich tief über ein erlegtes Tier beugte.

„Das Messer musst du an der Kehle ansetzen, Junge." Der Mann stach dem Tier, es war ein Reh, das Jagdmesser in den Hals. Dann zog er den schwarzen Griff langsam die Kehle hinunter. Blut quoll aus der Wunde. Der Junge lachte.

Ich trat heran und erfuhr, dass der Mann mit den schmalen Augen Graf Gernand war. „Mein Onkel traf heute früh ein." Gernand erhob sich, wobei er unwillkürlich seine linke Schulter festhielt, die zu schmerzen schien.

„Mein Onkel ist in einen sächsischen Hinterhalt geraten", erklärte der Junge voll Stolz. Gerne hätte ich den Mann nach Rungard gefragt, doch etwas in mir ließ mich zögern. Sollte Gernand etwas mit dem Brand zu tun haben, würde er mir sicherlich nicht die Wahrheit sagen.

Mir blieben nur noch wenige Stunden, bis ich vor den König treten sollte. Ich beschloss, der Spur des Pechs zu folgen. Die Fuhrleute, die die Waren auf die Pfalz gebracht hatten, benutzten Pech, um damit die Achsen ihrer Wagen zu schmieren. So lief ich also zu den Händlern und Wagenführern, um sie zu fragen, ob ein großer breitschultriger Mann bei ihnen Pech gekauft habe. Keiner von ihnen konnte mir helfen. Schon wollte ich zurück zur Pfalz gehen, als ich, nicht weit entfernt, eine bekannte Gestalt aus einer unscheinbaren

Hütte treten sah. Was machte Hiltrude hier? Ich versteckte mich hinter einer Hausecke, von wo aus ich sie im Blick behalten konnte.

„Schweigt", zischte sie der Person im Haus zu. „Ihr wurdet fürstlich belohnt." Dann warf sie ihren Umhang über die Schultern und eilte zur Pfalz. Ich fragte einen Mann in der Gasse, wer in dem Haus wohne. Verächtlich spuckte er aus. „Sachsenhunde", giftete er. Ich schluckte. Karl hatte nach der Taufe Widukinds viele sächsische Edelleute in seinem Reich verteilt, auf dass ihre Söhne und Töchter den Wert fränkischer Lebensweise kennenlernten. Mit einem von ihnen verband Hiltrude offenbar ein Geheimnis.

So schnell ich konnte, lief ich ihr nach. Ich holte sie ein, als sie durch das breite Tor die Pfalz betrat. In diesem Moment kam ihr Rungard entgegen. Die beiden tauschten einen kurzen Blick aus und ich sah, wie er fast unmerklich nickte, als er an ihr vorbeieilte.

Das Herz blieb mir stehen. Was sollte diese Heimlichtuerei? Ich blickte zur Aula Regia hinüber, vor der sich soeben die Edlen trafen, um in den Narthex einzuziehen, die Vorhalle zur Regierungshalle. Ich hatte jetzt keine Zeit mehr, über die Hintergründe dessen, was ich gesehen hatte, nachzudenken. Eilig lief ich durch den Torbogen in den Innenhof, wo bereits Hunderte von Menschen warteten, um in die Aula Regia eingelassen zu werden. Ich reihte mich in eine Gruppe Wartender ein, die weiter hinten standen. Schon schritten vorne die ersten Adeligen und Würdenträger in den Narthex ein.

Als auch wir den Narthex betraten, lag eine erwartungsvolle Stimmung in der Luft. Keiner von uns hatte bisher die Aula Regia betreten. Es hieß, sie solle die prächtigste Regierungshalle im ganzen Reich sein. Gespannt warteten alle, vom höchsten Amtmann bis zum kleinsten Bittsteller, dass die hohen Tore in die Aula geöffnet würden. Ich stellte mich auf die Zehenspitzen, um besser sehen zu können, doch Gott hatte mich mit einem kleinen Körper beschenkt, sodass ich noch immer nichts sah.

Ein Raunen setzte ein, als die Wachen die Türen zur Aula öffneten. Langsam schob sich die Menge vor. Ich sah, dass man an den Wänden steinerne Bänke angebracht hatte, die mit vielen Kissen ausgelegt waren. Sicherlich würden hier Karls Berater sitzen. Davor stand zu jeder Seite eine Reihe hoher Feuerschalen. Der Thron in der Apsis war mit Fellen und Decken bedeckt und wartete auf den König. Den einfachen Grafen und Würdenträgern erlaubte man, im hinteren Teil der Halle auf geschnitzten Holzbänken zu sitzen.

Als ich den marmornen Boden der Aula betrat, fühlte ich eine Erhabenheit durch meinen Körper strömen, wie ich es noch nie erlebt hatte. Der lange Saal war mindestens sechzig Fuß hoch und über hundertdreißig Fuß lang. Ich fragte mich, wie es angehen konnte, dass die Decke nicht auf unsere Köpfe stürzte, denn es fehlten dem Bau die Säulen an den Seiten, um das Dach zu halten. Außerdem hatte man dicht unter dem Dach auf allen Seiten Fenster eingebaut, wie man es in den Kirchen zu Rom angeblich baute. Die Wände der Aula waren üppig bemalt und zeigten Heldentaten unseres Königs, wozu auch die Taufe Widukinds zählte. Die zuckenden Flammen der Fackeln an den Wänden und in den Schalen schienen den Figuren Leben einzuhauchen. Nie war ich so ergriffen gewesen. Und nie mehr war ich mir so sicher, dem größten König aller Zeiten zu dienen.

Dann trat König Karl mit seinen engsten Beratern durch das hohe Tor des Narthex herein. Die hinter den Holzbänken stehenden Menge der einfachen Gefolgsleute teilte Karl wie

Moses das Meer. Dem König folgten die hohen Adeligen des Reiches. Gemessen schritt Karl auf den Thron zu, während die Grafen und Herzöge nach links gingen, um sich niederzusetzen. Der Klerus nahm auf der anderen Seite Platz. Die Thronapsis lag gen Süden, sodass die Strahlen der winterlichen Sonne, die sich durch die hohen Fenster stahlen, den Herrscher der Franken in ein himmlisches Licht tauchten. Selbst in dieser Halle überragte Karl alle Anwesenden um Kopfeslänge und hatte mit etwa vierzig Lenzen noch immer eine wahrlich königliche Haltung. Der Kronreif auf seinem Kopf glänzte im Schein der Fackeln. Der Umhang wurde von einer goldenen Fibel gehalten, die leuchtende Edelsteine schmückten.

Der Prunk verfehlte nicht seine Wirkung, denn jeder Anwesende fühlte tief in sich, dass er Teil eines großen Reiches und Untertan eines noch größeren Königs war. Doch während so mancher die beeindruckende Pracht bestaunte, fiel mein Blick auf die fünf Gefolgsleute, die im Halbkreis um den Thron standen. Sie trugen Waffen. Eigentlich galt, dass niemand mit Waffen an den König herantreten durfte. Einzig die Soldaten, die zwischen der Regierung auf den Steinbänken und den restlichen Anwesenden standen, waren berechtigt, Schwerter zu tragen. Ich bemerkte unter all dem Pomp die besorgten Blicke der Männer nahe Karl. Etwas musste vorgefallen sein, während ich durch die Siedlung gelaufen war.

Der Bischof von Mainz begann eine lateinische Predigt um dann die Versammlung mitsamt König und Gefolge zu segnen, unterdessen der kürzlich zurückgekehrte Kaplan Gisbert die Zeremonie ministrierte. Da hörte ich hinter mir die Leute aufgeregt tuscheln.

„Eine Warnung an den König?“, wisperte eine raue Stimme.

„Was sagte sie?", fragte einer. Ich horchte genauer nach hinten, während Gisbert vorne das Vaterunser sprach.

„*Irminsul ist nicht vergessen. Hüte dich, Karl!* Das soll auf Latein dort gestanden haben."

Irminsul, das Heiligtum der Sachsen, hatte Karl auf seinem Feldzug gegen die Sachsen zerstört. Jemand versuchte, Karl zu warnen! Darum also die Männer mit den Waffen im Saal.

Da sah ich weiter vorne Hiltrude, mit geneigtem Kopf und ins Gebet vertieft, stehen. Gernand saß unterdessen mit den anderen Grafen auf der Steinbank und schien ebenfalls zu beten. Doch bemerkte ich, dass er immer wieder unauffällig hochschaute. Auch er wirkte nervös. Rungard hingegen konnte ich nirgends entdecken. Ich spürte, wie Eiseskälte über meinen Rücken kroch.

Etwas würde hier und jetzt in der Aula Regia geschehen.

Als die Segnung vorbei war, las der oberste Schreiber die Agenda des ersten Sitzungstages vor. Einer der ersten Punkte betraf Gernand und Hiltrude, der er die Ehe versprochen hatte. Als Gernand sich aber erhob, um das Wort zu ergreifen, sah ich ein kurzes, selbstzufriedenes Lächeln über sein Gesicht huschen. Da wusste ich, dass die Dinge eine andere Wendung als gedacht nehmen würden.

Gernand, Sprecher aller thüringischen Vasallen, schritt würdevoll in die Mitte der Halle, verbeugte sich vor Karl und erhob die Stimme. „Wir haben uns an diesem Ort getroffen, um in naher Zukunft einem Verräter des Reiches den Prozess zu machen. Tassilo von Bayern."

Verwirrt blickten sich die Leute an. Sie hatten erwartet, dass die Hochzeit von Gernand und Hiltrude bekannt gegeben würde. Gernand fuhr fort. „Doch um einem Verräter das Handwerk zu legen, müssen wir uns auch fragen, ob er Helfer und Helfershelfer gehabt haben könnte."

Wieder sahen die Anwesenden von einem zum anderen. Diese Frage hatte man in den vergangenen Monaten zur Genüge erörtert und keine ernst zu nehmenden Schuldigen gefunden. Nur Tassilo würde vor Gericht stehen. Doch Gernand schien dies anders zu sehen. „Wie ich von Dritten erfuhr, ja, wie ich sogar selber erfahren durfte, steht eine Person im Reich dem Verräter Tassilo näher als alle anderen. Sie sandte in seinem Namen Boten zwischen Bayern und ..." Er machte eine bedeutsame Pause. „Sachsen!" Ein Raunen ging durch die Halle. König Karl setzte sich aufrechter auf seinem Thron. Zu meinem Entsetzen bemerkte ich, dass nur Hiltrude gänzlich unbeteiligt blieb. Sie schien mit dieser Anklage gerechnet zu haben. Und tatsächlich: Gernand fuhr herum und zeigte mit ausgestrecktem Finger in die Menge hinein. „Ich weigere mich, eine Anhängerin und Verbündete der Feinde unseres Reiches zu heiraten!"

Karl erhob sich. Seine Stimme donnerte durch den Saal. „Willst du mir sagen, Herzog Widukind hat vor Gott und mir gelogen, als er sich taufen ließ und mir Treue schwor?" So mancher zuckte unter den harten Worten des Königs zusammen. Nicht aber Gernand, der sich zu seinem Herrscher umdrehte und tief verbeugte. „Nein, es ist nicht Widukind, der Euch hinterrücks bedroht, während er Eure Freundschaft genießt. Es sind versprengte Adelige, die sich Euch nicht unterwerfen wollen. Und Hiltrude ist das Bindeglied zwischen den Gebieten der Aufsässigen."

Karl ließ die Frau herbeirufen. Steif trat Hiltrude vor, ohne den Blick zu Gernand oder Karl zu heben.

„Sprich, Gernand. Welche Vorwürfe erhebt Ihr gegen diese Frau?"

Ein Lächeln ging über Gernands Gesicht, als er mit seinen Anschuldigungen begann. Es schien mir, als hätte er sich auf diesen Tag gut vorbereitet. „In den vergangenen Monaten habe ich Spione an Hiltruds Hof bezahlt, die bestätigten, dass die edle Witwe regen Kontakt zu den aufständischen Sachsen unterhält.“ Er griff in seinen Umhang und holte aus dem Gürtel eine Rolle Pergament. „Hierin befinden sich die unter Eid erbrachten Aussagen verschiedener Personen, die meine Anschuldigungen gegen Hiltrude bestätigen.“

Langsam erhob sich Karl aus seinem Thron, trat aus der Apsis die drei Stufen hinunter in den Saal. Er stellte sich vor Gernand. „Vor wem wurden diese Eide geleistet?“

Kaplan Gisbert trat mit tief gebeugtem Rücken hervor. „Vor Gott und der Kirche, Herr. Und vor mir.“

Jetzt gab Gernand einem seiner Männer, der an einer schmalen Seitentür gestanden hatte, ein Zeichen. Der Mann öffnete die Tür. Zwei Männer hielten einen böse zugerichteten Kerl, der nicht mehr auf eigenen Füßen stehen konnte, unter den Armen und schleiften ihn vor den König. Das linke Bein des Mannes hing kraftlos am Körper. Sein Kopf hing herunter, Blut floss aus einer Wunde am Kopf. Es war Rungard! Der Mann, den ich noch vor einer Stunde bei bester Gesundheit aus der Pfalz hatte treten sehen. „Dieser Mann ist ihr Helfer! Er zündete die Eiche in Horrem an und verdarb das Wasser in einem Brunnen von Mainz.“

Hiltrude blickte Karl an: „Rungard ist Gernands Mann. Warum foltert er seinen eigenen Gefolgsmann?“, wollte sie wissen.

Doch Gernand unterbrach sie. „Du hast ihn mit Tränken und Sprüchen gefügig gemacht! Er hat es zugegeben.“ Die Anklage gegen Hiltrude klang entsetzlich einleuchtend. Sie hätte Boten der Sachsen und Tassilos empfangen, geheime Botschaften weitergesandt, um eine Allianz der Feinde des

Frankenreiches zu unterstützen, die die Stämme im Osten gegen Karl aufbringen sollte. Sie sei jene gewesen, die dank ihres zweiten Ehemannes erfuhr, welche Strategien Karl gegen die Sachsen einzusetzen gedenke. Nur so sei es zur Niederlage bei der Schlacht am Süntel gekommen! Er behauptete, Hiltrude hätte es sogar fertiggebracht, dass Rungard sich vor Gott schuldig gemacht habe, in dem er die Kirche in ihrem Auftrag anzündete.

Ich war entsetzt, wie einfach alles klang. Doch es musste falsch sein!

Da drehte Gernand sich zu uns. Mit bebender Stimme rief er, dass der Mann auf dem Boden im Auftrag dieser Hure, er wies auf Hiltrude, sogar einen Anschlag auf den König geplant habe.

Keiner im Saal traute sich zu atmen. Auch ich nicht.

Karl forderte Hiltrude auf, sich zu den Beschuldigungen zu äußern.

Ihre Stimme klang trocken und ihre Worte waren kaum zu verstehen. „Rungard ist unschuldig. Ich versuchte Euch zu warnen, mein König. Die Eiche, der Brunnen, all das sollte Euch davon abhalten, nach Ingelheim zu kommen, denn hier trachtet man Euch nach dem Leben."

Alle Augen waren auf die Szenerie vor dem Thron gerichtet, sodass niemand den einen Soldaten bemerkte, der im Schatten nahe der Wand stand. Langsam zog er seinen langen Sax hervor.

Was nun geschah, war nach wenigen Wimpernschlägen bereits vorbei. Der Mann hob das Schwert über seinen Kopf und rannte auf den König zu. Dabei ließ er ein wildes, wolfsgleiches Heulen hören. Dann schrie er: „Frìhelse âk oflìvin-

[6] **Frì Helse âk og lìvinge** Freiheit oder Leben

ge!"[6] und stürzte an den überraschten Herzögen vorbei, auf Karl zu. Noch bevor der Wahnsinnige den König erreicht hatte, sah ich, wie Hiltrude ihren Mantel nach hinten warf und das Sax ihres Mannes darunter hervorriss. Mit der Klinge durchschnitt sie den Rumpf des Herannahenden. Im selben Moment aber brach Hiltrude selbst zusammen. In ihrem Rücken steckte ein Messer! Es war jenes, mit dem Gernand dem Reh die Kehle aufgeschnitten hatte.

Die Menschen im Saal sprangen von ihren Bänken auf. Karl stand, wie vom Donner gerührt, vor seinem Thron. Alles war so schnell gegangen, dass keiner hätte Genaueres sagen können.

Jetzt aber brach ein lautstarkes Durcheinander aus. Ein Attentat auf den König!

Karls Stimme schrie sie alle nieder. „Ruhe!"

Erstarrt schwiegen seine Untergebenen.

Wütend rief er Gernand herbei. Der Mann fiel vor seinem König auf die Knie. „Die beiden wollten Euch töten, Herr! Ich bin Hiltrude schon länger auf der Spur. Es war ein Glücksfall, dass die Frau den Sachsen versehentlich umbrachte." Seine Stimme zitterte. „Hätte ich sie nicht getötet, wärest du nicht mehr am Leben, Karl."

Der König blickte seinen Freund lange an. Dann wies er zu den beiden Toten und dem schwer verletzten Rungard. „Werft sie den Hunden vor!"

„Nein!", hörte ich meine eigene Stimme rufen. Wie von Sinnen schubste und drängelte ich mich nach vorne. „Falsch! Es ist alles falsch, was man Euch sagt, Herr!"

Gernand warf mir einen überraschten Blick zu, als Karl zwei der Wachen mit einem Nicken anwies, mich vorzubringen. Mit pochendem Herzen und weichen Knien trat ich vor. Zwischen mir und meinem König lag Hiltrudes toter Körper mit dem Messer im Rücken, während sich unter der Leiche des Soldaten eine große Blutlache bildete. Rungard atmete kaum noch. Ich schluckte. Er musste am Leben bleiben, um meine Theorie zu bestätigen!

„Sprich!“, fuhr Karl mich an.

„Hiltrude tötete den Mann in voller Absicht.“ Ich wies zu dem Toten. „Sie hatte ihren Sax unter dem Umhang versteckt, um Euch zu schützen, mein König. Hiltrude wusste, dass ein Attentat auf Euch geplant war. Sie hatte mehrfach versucht, Euch zu warnen. Die Eiche, der Brunnen, das angebliche Irrlicht, der Brand.“

König Karl starrte mich wortlos an. Er war blass und zitterte vor Wut.

Doch ich zitterte nicht minder. „Es war Rungard, der Hiltrude über das geplante Attentat informierte. Der Mann weigerte sich, Teil eines Verrates seines Herren Gernand zu werden.“

Dieser sprang auf. „Was fällt dir ein, du Tölpel?!“

Doch je weiter meine Worte mich trugen, umso sicherer war ich mir, dass sie stimmten. Immer wieder hatte Hiltrude mir Hinweise gegeben, dass Gernand ein Verräter war. Sie hatte ihn als *Gefolgsmann mit besten Kontakten in alle Himmelsrichtungen* beschrieben. Sie hatte angezweifelt, dass sein Ehrgeiz mit dem Land gestillt sein würde. Und sie forderte mich bei unserem nächtlichen Treffen auf, den Schleier der Lüge zu erkennen und zu lüften, wenn die Zeit dafür gekommen sei. Ich war mir sicher, dass dieser Moment jetzt war.

„Ich traf Rungard, als dieser Hiltrude den letzten Beweis für Gernands Untreue an Euch und dem Reich vorlegte“, rief ich. „Es war ein sächsisches Hochzeitsband, welches ich auf einem Tisch in Hiltrudes Gemächern liegen sah und versehentlich für ein Haarband hielt.“ Ich wusste, dass die

Sachsen spezielle Rituale bei ihren Vermählungen praktizierten. Dazu gehörte es auch, dem Paar ein geflochtenes Band um die Handgelenke zu schlingen, als Zeichen ihrer Zusammengehörigkeit.

„Das Band kann jedem gehört haben“, wies Gernand meinen Einwand zurück.

„Es war mit Gold durchwirkt“, entgegnete ich. „Nicht jedes Sachsenmädchen kann sich ein solches Band leisten.“

„Warum sollte ich eine Sächsin heiraten?“, schrie er mit entgegen, offenkundig verärgert.

Ich sah zu Hiltrude hinüber, die auf dem Marmorboden lag. Sie hatte es gewusst und mutiger als ein Mann gehandelt.

„Thietmars Tochter!“, rief ich Karl zu. Gernands Ehrgeiz und die Tatsache, dass er Hiltrudes Land nicht mehr brauchte, bestätigten mich in der Annahme, dass er eine lukrativere Verbindung eingegangen war. Sollte meine Annahme stimmen, wäre Gernand durch die Hochzeit auch der legitime Nachfolger Herzog Widukinds und damit Anführer der Sachsen!

„Gernand?“ Karls Blick schoss zu seinem Freund und Weggefährten hinüber.

„Er lügt“, rief Gernand, doch ich sah, wie er unwillkürlich an seine Schulter griff.

Ohne weiter darüber nachzudenken, rief ich meinem König zu, er solle Gernands Oberkörper entblößen lassen. Verblüfft sah Karl mich an, während Gernand einen Schritt zurückwich.

„Sprich!“

Ich fiel auf die Knie und senkte meinen Kopf so tief es ging. Mir war klar, dass ich mit meinem Leben in gefährlichster Weise spielte. Ich hatte nicht einen Beweis, nur Vermutungen und die Warnungen einer Toten. Wer war ich, dass ich mir anmaßte, so zu reden? Wider besseres Wissen fuhr ich fort: „Der Anführer der aufständischen Sachsen wird der Verbindung zwischen seiner Tochter und Gernand nicht ohne ein verbindliches Zeichen der Treue zugestimmt haben.“ In meinem Kopf schwirrten wilde Gedanken umher.

„Was meinst du damit?“, wollte Karl wissen. Vorsichtig blickte ich zu ihm auf. Doch in seinen Augen sah ich, dass er bereits wusste, was ich meinte.

Jetzt forderte er Gernand auf, allen seine linke Schulter zu zeigen. Der Graf begann zu zetern, er hätte noch vor wenigen Atemzügen Karls Leben vor dem Hieb der Verräterin Hiltrude gerettet. „Warum tust du mir eine solche Demütigung an, Karl?“

Doch Karl bestand darauf. Als Gernand dem Befehl nicht Folge leistete, rissen die Wachen dem Grafen von Thüringen erst den Umhang von der Schulter und dann den langärmeligen Rock vom Leib. Deutlich war auf Gernands Schulter ein rotwundes Mal zu erkennen. Es zeigte das Zeichen des sächsischen Stammes der Engern, ein Kreis mit einer aufgesetzten Spitze. Gernand hatte also nicht nur eine Sächsin geheiratet, sondern hatte Thietmar Treue geschworen!

Der König blickte seinen Weggefährten und Freund schweigend an, während Gernand schrie, es handle sich um ein Komplott. Man führte ihn ab.

Und während ich der Versammlung die Hintergründe des Verrats erklärte, sah ich auf dem Thron einen einsamen Mann sitzen, den der Treuebruch seines Freundes mehr schmerzte als alle Kriegsverletzungen es hätten tun können. Ich spürte, wie jedes meiner Worte König Karl nur noch mehr Qualen bereitete. „Anfangs noch glaubte Gernand mit der Heirat von Hiltrude seine Macht im Reich ausbauen zu können, doch er hatte ihre Klugheit unterschätzt. Sie merkte schnell, dass er unersättlich war. Als Rungard ihr das Hochzeitsband brachte, war sie nicht überrascht. Längst wusste sie von Gernands Plänen. Er würde sein Herzogtum nach Widukinds Tod vom Frankenreich abspalten, um seinen Hunger nach königlicher Macht unter den Sachsen zu stillen." Ich hörte Karl leise stöhnen. „Sie hatte uns und Euch gewarnt, mein König. Ich war zu dumm, um es gleich zu verstehen. Verzeiht mir." Es war richtig, was Gernand sagte, als er von einem Komplott zwischen Bayern und Sachsen mithilfe Thüringens sprach. Nur war es nicht Hiltrude, die die feindliche Allianz schmiedete, sondern er selbst.

Das Attentat auf König Karl, der bald darauf Römischer Kaiser wurde, verschwieg man auf seinen Befehl hin in den Chroniken und Annalen. Karl schien durch diesen Tag in der Aula Regia schwer getroffen. Der Verrat seines Freundes machte ihn den Menschen gegenüber immer misstrauischer. Dieser Argwohn machte Jahre später nicht einmal vor seinen eigenen Söhnen Halt. Nie wieder besuchte Karl die Pfalz in Ingelheim. Doch mit dem Schweigen über die verruchte Tat des Grafen Gernand gingen auch Hiltrudes Mut und ihre Bereitschaft, für das Leben ihres Königs zu sterben, unter.

Heute, da ich, Einhard, bald sterben werde, sind jetzt die Worte gesagt, die nötig waren. Mir ist leichter ums Herz, da Ihr, mein Freund, nun um Hiltrudes Wesen und Tapferkeit wisst. Tragt ihren Mut als Schild gegen Treulosigkeit stets bei Euch. Frauen wie sie sind in allen Jahrhunderten selten. Und Männer auch.

Kräftige Arme ruderten das Boot, mit dem Gero über den Rhein setzte. Vor ihm erhob sich im morgendlichen Licht die noch aus der Römerzeit stammende Stadtbefestigung der Stadt Magontia, die inzwischen an vielen Stellen Risse und Fehlstellen aufwies. Hinter ihm erweiterte sich der Strom zur Mainmündung hin. Bevor er an Land ging, warf Gero einen bewundernden Blick auf die im Bau befindliche neue Brücke über den Strom, die im Auftrag Kaiser Karls errichtet wurde.

„Ich frage mich, wann man sie endlich benutzen kann. Schließlich arbeitet man schon seit zehn Jahren daran“, murmelte Gero vor sich hin.

„Wenn sie eingeweiht ist, können wir den Strick nehmen“, fluchte der Fährmann, der offenbar ein ausgezeichnetes Gehör besaß. Es folgte ein Schwall abscheulicher Verwünschungen gegen alle am Brückenbau beteiligten Handwerker, der seinen Passagier zum Schmunzeln brachte.

Gegen acht Uhr erreichte Gero den elterlichen Gasthof im Schatten des Doms. Als er über die Schwelle trat, standen der Vater und seine jüngere Schwester Bihildis tuschelnd hinter der Theke. Sie nahmen keine Notiz von Gero.

„Was ist los?“, fragte er und seine Schwester erschrak, als habe er sie bei etwas Verbotenem erwischt. Sie trug ihren Sonntagsstaat und ihr blondes Haar fiel ihr in zwei dicken Zöpfen über den Rücken. Ihr hübsches Gesicht hatte sich zu der vorwurfsvollen Miene verzogen, mit der sie gewöhnlich ihren Bruder anzublicken pflegte, wenn sie bemerkte, dass schon wieder Lebensmittel aus der Küche verschwunden waren. Damit bezahlte er den Klosterbruder, bei dem er heimlich Lateinunterricht nahm.

„Ein vornehmer Herr hat gestern unser bestes Zimmer gemietet." Gero glaubte einen Augenblick lang, sich verhört zu haben. Im Gasthaus übernachteten gewöhnlich Handwerksgesellen und Pilger auf der Durchreise, die sich zu mehreren eine Stube teilten. „Er behauptet, der Kerzenhändler Ingbert aus Bodenheim zu sein, aber seine gewählte Sprache passt einfach nicht zu einem Krämer." *Wer weiß, was er im Schilde führt*, durchfuhr es Gero. „Als er gestern Abend das Haus verlassen hat, war er in einen kostbaren roten Mantel gehüllt. Da wusste ich endgültig Bescheid."

„Du hast ihm hinterher spioniert", stellte sie der Vater aufgebracht zur Rede.

„Und ihr habt Angst, den Herrn durch lärmendes Arbeiten zu wecken?", erkundigte sich Gero, um das Gespräch in ruhigere Bahnen zu lenken.

„Im Gegenteil. Er wollte kurz nach Sonnenaufgang geweckt werden", entgegnete der Wirt. „Ich habe mehrfach vehement gegen die Tür gepocht, aber er hat nicht reagiert. Leider ist die Tür von innen verriegelt, weshalb ich nicht nach dem Rechten schauen konnte."

Es kostete Gero einige Mühe, seinen Vater davon zu überzeugen, dass man notfalls die Tür gewaltsam öffnen müsse, aber schließlich stimmte dieser zu. Während sie zu dritt die Treppe hochstiegen, fragte sich der Wirtssohn bang, was ihn im Obergeschoss wohl erwartete.

Ohne große Hoffnung pochte Gero an die Zimmertür. Es drang aber kein Laut aus dem Raum.

„Was habe ich dir gesagt!", kommentierte der Vater.

Mit aller Kraft warf Gero sich mit der Schulter gegen die massive Eichentür. Erst im dritten Anlauf gab sie krachend nach. Gero atmete tief ein, sein ganzer Körper spannte sich, dann trat er ein. Der vornehme Gast lag ausgestreckt auf dem Bett. Zu Lebzeiten musste er ein gut aussehender Mann um die dreißig gewesen sein. Sein Gesicht war vor Schmerz verzerrt, sein Mund leicht geöffnet und seine glasigen Augen starrten blicklos auf die Holzbalken der Decke.

Bihildis stieß einen spitzen Schrei aus und schlug sich dann erschrocken mit der Hand vor den Mund.

„Dabei wirkte er gestern so stark und gesund!", flüsterte sie, den Tränen nah.

„Dem kann weder ein Mediziner noch ein Priester helfen", stellte der Vater grimmig fest und bekreuzigte sich. Wahrscheinlich ärgerte er sich, dass er nicht auf Vorauskasse bestanden hatte.

„Ich habe zufällig gehört, wie er einen Reisegefährten erwähnt hat, einen Bruder Drogo in der Abtei St. Alban", sagte das Mädchen mit tonloser Stimme, nachdem sie dem Toten die Augen geschlossen hatte.

„Ich gehe den Mönch benachrichtigen", verkündete Gero, froh, das Unglückshaus verlassen zu können.

Als er sich zum Gehen wandte, hörte er hinter sich etwas von *die Zimmer rein halten und nicht mit den Gästen liebäugeln.* Seit die ältere Schwester Hroswitha verheiratet und die Mutter im letzten Jahr gestorben war, hatte der Vater Angst, auch noch seine jüngere Tochter zu verlieren, aber mit seiner ewigen Nörgelei würde er über kurz oder lang sicher genau dies bewirken.

Die Kirche der vor der Stadt gelegenen Abtei St. Alban war die größte der Stadt. Sie übertraf an Länge selbst den ehrwürdigen Dom, in dem der Heilige Bonifatius gepredigt hatte. Sie war erst acht Jahre zuvor von Erzbischof Richulf geweiht worden.

„Guten Morgen. Weilt Bruder Drogo noch in den Mauern des Stiftes?", fragte Gero den Pförtner, einen schlaksigen Jungen, der nicht wusste, was er mit seinen langen Armen und Beinen anfangen sollte. „Ich muss dringend mit ihm sprechen", fügte er hinzu.

„Ich benachrichtige ihn", sagte der jugendliche Pförtner, offenbar dankbar, sich bewegen zu können. Einige Minuten später kehrte er mit einem kleinen, dicken Mönch zurück.

„Das ist Bruder Drogo", erklärte er überflüssigerweise.

Der Mönch passierte die Pforte und kam auf den Sohn des Gastwirts zu, den Kopf leicht geneigt und den Blick zu Boden gesenkt.

Obwohl Gero sich unterwegs ein paar bedauernde Sätze zusammengesucht hatte, bekam er zuerst kein Wort heraus.

„Euer Reisegefährte ist tot", sagte er dann einfach und berichtete, was vorgefallen war.

„Ich habe schon befürchtet, dass ihm etwas zugestoßen ist. Sonst hätte er heute Morgen seine Verabredung mit Meister Wigbert eingehalten", entgegnete Bruder Drogo finster, dachte einen Augenblick nach und forderte den Wirtssohn dann in befehlsgewohntem Tonfall auf, ihm ins Stiftsgebäude zu folgen. Alle Behäbigkeit und christliche Demut waren ganz plötzlich von ihm abgefallen.

Sie passierten die Pforte, durchquerten den Kreuzgang und durchschritten ein hohes Portal. Der für die Beherbergung von Besuchern zuständige Bruder begrüßte sie ehrerbietig und führte sie in eine Stube. Dort ließ er sie auf der großen Eckbank Platz nehmen und stellte einen Krug mit Wasser und zwei Becher auf den Tisch.

„Ein kerngesunder Mann stirbt nicht einfach so im Schlaf", sagte Bruder Drogo, als sie wieder unter sich waren. „Ich lasse ihn so schnell wie möglich von einem Arzt untersuchen, der feststellen soll, ob mein Reisegefährte eines natürlichen Todes gestorben ist.“

Gero wollte empört klarstellen, dass seine Familie ihre Gäste nicht zu ermorden pflegte, aber Bruder Drogo brachte ihn mit einer unwirschen Geste zum Schweigen.

„Sei froh, dass du die Nacht außer Haus verbracht hast!“, brummte er.

Dem Wirtssohn wurde ganz anders zumute, er musste unbedingt zeigen, dass seine Familie nichts mit dem plötzlichen Todesfall zu tun hatte.

„Ich weiß, dass es mich nichts angeht, aber es interessiert mich natürlich brennend, was Euer Reisegefährte in Magontia zu schaffen hatte“, sagte er nach einer Schrecksekunde.

„Ich sollte es niemandem erzählen, aber jetzt ist es auch egal.“ Der Mönch zuckte fatalistisch mit den Schultern. „Er hieß eigentlich Ruthard und war ein Vertrauter unseres Kaisers. Kaiser Karl wird im Juni in Magontia einer Synode vorsitzen und hat uns daher vorausgesandt, um Nachforschungen anzustellen, warum der Bau der neuen Rheinbrücke nicht vorankommt. Nun haben wir bereits das Jahr des Herrn 813 und noch immer sind wir auf Fähren angewiesen!“

„Wie gut, dass er sich Euch anvertraut hat“, sagte Gero, der sich fragte, ob er seinerseits dem Geistlichen trauen konnte. Wenn der Adlige eines gewaltsamen Todes gestorben sein sollte, hatte es bestimmt etwas mit seinem ominösen Auftrag zu tun.

„Ich habe denselben Auftrag, nur dass ich ihn offiziell ausübe“, erwiderte der Mönch schmunzelnd. Er betrachtete skeptisch die rustikale Reisekleidung seines Gegenübers, wobei sich sein Doppelkinn über den Rand seiner Kutte schob.

„Willst du dir ein paar Münzen verdienen?“, fragte er

schließlich und Gero nickte, ohne groß nach Einzelheiten zu fragen.

„Mein Reisegefährte verstand etwas von der Baukunst. Er wollte sich daher als Holzhändler ausgeben, um sich unauffällig auf der Baustelle der Brücke umzusehen. Diesen Plan muss ich nun wohl aufgeben, aber der Bauleiter erwartet zwei Besucher aus Aachen und es geht ihn nichts an, was heute Nacht vorgefallen ist. Wenn du bessere Kleidung auftreiben kannst, könntest du mich begleiten."

Woher nehmen und nicht stehlen? Gero wollte schon ablehnen, als ihm einfiel, dass sich im Bündel des Verstorbenen sicherlich das Gesuchte befand. Er schadete niemandem, wenn er sich ein paar Kleidungsstücke auslieh.

„Gern", sagte er dann und schalt sich selbst für seinen Eifer. Der Mönch sollte schließlich nicht den Eindruck gewinnen, dass der Gasthof nichts abwarf.

„Ich erwarte dich am Rhein, wenn die Glocken des Doms zur Vesper läuten!"

„So spät? Dann ist es ja fast dunkel!"

„Meister Wigbert möchte die Handwerker während der Arbeitszeit nicht aus den Augen lassen." Bruder Drogo machte eine wegwerfende Handbewegung. „Er will einen guten Eindruck schinden, doch täuscht er damit nicht darüber hinweg, dass die Baumaßnahmen einfach nicht vorankommen. Ich habe jedoch eingewilligt, denn ich möchte in der Zwischenzeit seine Bücher prüfen."

Kaum hatte Gero zu Hause von seiner Vereinbarung mit dem Mönch berichtet, hörte man schon draußen Pferdegetrappel und das Poltern von Wagenrädern auf trockener Erde. Die Tür wurde aufgerissen und ein hagerer Mönch mit hohlen Wangen betrat die Stube. Mit seinen kleinen Augen, seiner kantigen Nase und dem verkniffenen Mund erinnerte er Gero an einen Rabenvogel.

„Ich bin Bruder Antonius, der Medikus von St. Alban. Wo ist der Tote?“, fragte er, ohne sich weiter mit dem Austausch von Höflichkeiten aufzuhalten. Seine kalte Stimme verriet ein hartes Naturell.

„Er liegt noch immer im Bett unseres besten Zimmers“, brummte der Wirt, der offenbar gar nicht ahnte, in welcher Gefahr er schwebte, und überließ es seinem Sohn, den ungebetenen Gast zu dem Verstorbenen zu geleiten.

Beim Anblick des toten Adligen wandte sich Gero schaudernd ab. Er öffnete das Fenster und betrachtete eine Buche. Er traute sich ohne Weiteres zu, den Baum hochzuklettern und von einem starken Ast aus in das Zimmer einzusteigen. Ob ein Einbrecher Ruthard erwürgt hatte? Es war durchaus möglich, denn am Morgen hatte das Fenster offen gestanden. Hinter sich hörte der Wirtssohn leise Geräusche, wollte aber gar nicht wissen, was der Arzt gerade tat. Er schaute zum Himmel und stieß ein lautloses Gebet aus, dass der streng wirkende Mönch die Wirtsleute nicht des Mordes bezichtigen möge.

„Hat er gestern bei euch im Gasthaus gegessen?“

Die scharfe Frage jagte Gero einen Schauder über den Rücken. Sie bestätigte seine schlimmsten Befürchtungen. Er drehte sich um und sah, dass der Arzt das Hemd des Verstorbenen geöffnet hatte.

„Nein! Unsere einfache Hausmannskost war ihm wohl nicht gut genug. Er hat außer Haus gespeist“, erklang Bihildis‘ Stimme durch die geöffnete Tür. Sie hielt einen Besen in der Hand und hatte wohl gerade den Nachbarraum gefegt. Ihre Augen waren verquollen, offenbar hatte sie geweint.

„Und das Frühstück?“

„Dazu ist er nicht mehr gekommen."

Bihildis bekreuzigte sich und murmelte ein leises Gebet.

„Ich werde dafür sorgen, dass der Leichnam in den nächsten Stunden abgeholt wird", versprach Bruder Antonius und wandte sich zum Gehen.

„Was hat die Untersuchung ergeben?", fragte ihn Bihildis, die noch immer mit ihrem Besen in der Tür stand.

„Der Leichnam weist keine Verletzungen auf. Entweder er hat einen Herzschlag erlitten oder er wurde vergiftet", entgegnete er in einem sachlichen Tonfall.

Gero wartete, bis die Haustür hinter dem Arzt ins Schloss gefallen war. Dann machte er sich über das Bündel des Verstorbenen her.

Als er durch die abendlichen Straßen eilte, wurde er von Leuten gegrüßt, die ihn gewöhnlich keines Blickes würdigten. Zufrieden schaute er an sich herab. Er trug eine seidengefasste Tunika, ein feines Wildlederwams, einen roten Umhang und hatte sich die Unterschenkel mit farbigen Bändern umwickelt. *Ich werde die Sachen ja nicht behalten*, versuchte er sein schlechtes Gewissen zu beschwichtigen.

Da er Bruder Drogo nicht warten lassen wollte, erreichte er vor ihm den Rhein. Feine Dunstschwaden krochen vom Wasser hoch. Durch die weiße Nebelwand erkannte er nur die Schemen der Brücke. An der Baustelle angelangt, sah Gero, dass die meisten Handwerker bereits ihre Arbeit niedergelegt hatten. Nur ein hochgewachsener Herr, bei dem es sich wohl um Meister Wigbert handelte, beaufsichtigte noch zwei Arbeiter, die mit Pech die Fugen der Holzkonstruktion abdichteten. Er war mit einer gelben Tunika unter einem pelzbesetzten blauen Wams übertrieben modisch gekleidet. Seine feinen Lederstiefel waren viel zu schade für eine Baustelle. Neugierig betrat Gero die Auffahrtsrampe, an der gerade gearbeitet wurde. Wie die gesamte Brückenplattform bestand sie aus Holzbohlen, die auf den Steinpfeilern der alten Römerbrücke auflagen.

Plötzlich drehte Meister Wigbert sich um. Er öffnete den Mund, doch seinen Lippen entwich nur ein leiser Schreckensschrei. Seine weit aufgerissenen blauen Augen starrten den Wirtssohn an, als sei er ein Gespenst. Vor Schreck taumelte er zurück. Dabei stieß er mit dem Fuß den Ofen unter dem Pechkessel um, der mit einem dumpfen Geräusch auf der Brücke aufschlug. Ehe jemand eingreifen konnte, fiel auch der Kessel um. In Windeseile setzte das Feuer das sich auf die Brücke ergießende Pech in Brand. Bald wurden Sägemehl, Balken und das bereits verbaute Holz ein Raub der Flammen.

„Ruthard, weiche von mir“, stammelte der Bauleiter mit einem irren Glitzern in den Augen und machte eine abwehrende Handbewegung.

Gero begriff, dass er mit dem Toten verwechselt wurde, dessen Umhang er trug.

„Es ist deine eigene Schuld! Warum musstest du mich auch erpressen!“, rief Meister Wigbert. Die sich langsam durch das Holz fressende Glut schien er nicht wahrzunehmen.

„Du hast mir gestern Abend Gift in den Wein geschüttet?“, fragte Gero, um sich zu vergewissern, dass er richtig verstanden hatte.

„Was willst du von mir, noch mehr Geld?“

Der Bauleiter griff sich ans Herz, schwankte und stürzte dann rücklings ins Wasser. Der zweite Tote an diesem Tag! Zuerst kleine, dann immer höhere Flammen züngelten von Planke zu Planke. Die beiden Arbeiter waren bereits geflüchtet und Gero tat es ihnen gleich.

Erst als er wieder festen Boden unter den Füßen hatte, sah er einen dicken Mönch, der die herbeigeeilten Schaulustigen anbrüllte, statt Maulaffen feilzuhalten lieber den Brand zu löschen. Der Wind war aufgefrischt und trieb die Flammen vor sich her. Doch die Gaffer betrachteten weiterhin mit einer Mischung aus Bestürzung und Sensationsgier den Brand.

„Warum hast du nicht auf mich gewartet, bevor du die Baustelle betreten hast?", wollte Bruder Drogo schlecht gelaunt wissen, nachdem er seinen neuen Gehilfen bemerkt hatte.

„Was sollte ich machen? Meister Wigbert hat mich zu sich gewinkt." Zum Glück konnte der Tote nicht mehr das Gegenteil behaupten. „Er hat mich für Ruthards Geist gehalten und vor Schreck den Mord an Eurem Reisegefährten gestanden. Offenbar hat dieser ihn zu erpressen versucht."

„Ich hielt ihn bisher für einen pflichtbewussten Baumeister", meinte der Mönch und blickte fassungslos auf die lichterloh brennende Brücke. „Die Überprüfung der Bücher hat nahegelegt, dass mehr Arbeitskräfte abgerechnet wurden als man tatsächlich beschäftigt hat. Es würde mich nicht wundern, wenn auch minderwertige Materialien verwendet wurden. Ein Gesetzesbruch führt oft zum nächsten. Aber das werden wir niemals erfahren."

„Woher wusste Ruthard, dass Meister Wigbert ein Betrüger war?"

„Wie ich hat er es nur vermutet. Er hat aber wohl dem Bauleiter gegenüber behauptet, dass er Beweise habe und Meister Wigbert hat sich ins Bockshorn jagen lassen."

Inzwischen hatten endlich Freiwillige eine Löschkette gebildet. Sie füllten Eimer mit Rheinwasser, reichten sie weiter und schütteten das Wasser in Richtung Brücke, doch die Flammen loderten jetzt hoch auf, schwarzer Rauch wehte ihnen hinterher. Brennende Planken lösten sich und fielen in den Rhein, wo sie zischend erloschen. Zu Asche verbrannte Späne segelten zum Ufer. Alle Löschversuche waren daher vergebens: Binnen drei Stunden war die gesamte Holzkonstruktion abgebrannt, sodass nicht ein Brett über Wasser übrig blieb.

Jetzt wird man bestimmt die Fährleute, die um ihren Broterwerb fürchten, für den Brand verantwortlich machen, dachte Gero, als er sich auf den Heimweg begab.

Wummmm.

Es wollte nicht aufhören. Im Gegenteil: Immer kürzer wurden die Pausen zwischen den Donnerschlägen vor dem Haupttor des Bischofspalastes, immer beängstigender die Nebengeräusche. Zwischen den Stößen der Ramme und den Wutschreien des blutgierigen Mobs glaubte Rebekka nun schon das Splittern von Holz und das Kreischen der gewaltigen Torangeln zu vernehmen. Sie presste sich dichter an ihre Mutter und spürte, wie der kleine Simon in ihren Armen zu zittern begann.

Seit knapp einer Woche saßen sie nun schon hier fest. Es hieß, Bischof Albrand habe sich mittlerweile aus Angst vor dem Pöbel aus dem Staub gemacht. Dabei hatte er sich das Asyl in seinem Palast teuer bezahlen lassen. Als die ersten Gerüchte von Plünderungen und Gewalttaten gegen ihre Glaubensbrüder aus Rouen und Metz kamen, hatten sie es noch nicht wahrhaben wollen. Für Rebekka waren diese Städte weit weg, auch wenn ihr Vater auf seinen Reisen schon dort gewesen war und ihr und Simon von ihnen erzählt hatte. Sie wusste, dass die Gemeindehäupter in der Synagoge über die drohende Gefahr gesprochen hatten. Rabbi Salomon ben Isaak, der einige Jahre in Worms studiert und gelehrt hatte, bevor er zurück nach Troyes gegangen war, und von dem der Vater immer noch mit höchstem Respekt sprach, hatte ihnen einen Brief geschrieben und sie beruhigt. Er hatte auf das Wormser Privileg hingewiesen, mit dem der Kaiser ihnen nicht nur seinen Schutz, sondern auch weitgehende Autonomie der Gemeinde in allen innerjüdischen Angelegenheiten zugesichert hatte. Sogar die

Anstellung von christlichem Personal war ihnen gestattet worden.

Rebekka dachte an Dietger. Die Art, wie er sie angesehen hatte, als sie mit nur wenigen Habseligkeiten im Gepäck zusammen mit ihrer Mutter Rahel und dem kleinen Simon zum Bischofspalast aufgebrochen war, hatte ihr fast körperlich wehgetan. Mürrisch hatte er dem Vater dabei geholfen, Fenster und Türen zu verrammeln, während das Kreuzfahrerheer sich schon den Stadttoren näherte. Dietger hatte ihren Vater im letzten Jahr auf seinen Reisen begleitet. Samuel war nicht mehr der Jüngste, und da er keinen Sohn hatte und Dietger ihm empfohlen worden war, hatte er ihn als seinen persönlichen Helfer und Begleiter eingestellt. Es hatte ihm wenig ausgemacht, dass Dietger Christ war, und das Wort „Knecht" war nie über Samuels Lippen gekommen. Er hielt große Stücke auf den jungen Mann und hatte sogar versucht, ihm Lesen und Schreiben beizubringen. Dietger hatte jedoch abgewehrt. Er fühlte sich zum Krieger berufen und sah sich selbst gerne als Samuels Leibwächter. Mit dem Dienst für den Kaufmann wollte er sich lediglich das Geld für ein eigenes Pferd und eine Ausrüstung verdienen. Samuel vertraute ihm. Rebekka aber teilte die gute Meinung ihres Vaters über Dietger nicht. Im Gegensatz zu den jungen Männern aus dem Judenviertel, die ihr schöne Augen und hin und wieder kleine Geschenke machten oder so wie Joshua offen um sie warben, war ihr sein Verhalten eher unheimlich. Des Öfteren hatte sie ihn dabei ertappt, wie er sie mit Blicken verfolgte, von denen sie sich zu einem bloßen Stück Fleisch herabgewürdigt sah. Zumal es ihm nie einfiel, mit ihr zu sprechen.

Als die Kunde eingetroffen war, Papst Urban II. habe die Gläubigen auf dem Konzil in Clermont zum Kreuzzug gegen die Heiden im Heiligen Land aufgerufen, war Dietgers

Aufregung spürbar gewesen. Allerdings überwog hierzulande zunächst noch die Zurückhaltung, da der Kaiser mit dem Kirchenbann belegt war und wenig Anstalten machte, dem Aufruf zu folgen. Als jedoch immer neue Nachrichten darüber eintrafen, dass nicht nur Edelleute zu den Waffen griffen, sondern sich auch ganz gewöhnliches Volk um die fanatischen Hassprediger, die sich ungefragt zum Sprachrohr des Papstes machten, sammelte, war Dietger kaum mehr zu halten.

Samuel wandte seine ganze Überzeugungskraft auf. „Ich weiß aus verlässlicher Quelle, dass es vor allem Tagelöhner und Bettler, ja sogar Diebe und Mörder sind, die sich da zusammenrotten. Ein Heer von Besitzlosen, die nichts zu verlieren haben außer ihrem Leben und sich nur allzu gern von den Versprechungen dieser falschen Heiligen locken lassen", warnte er Dietger. „Der Aufruf des Papstes ist für sie nichts als ein willkommenes Deckmäntelchen für gemeinsame Raubzüge."

„Da hast du etwas anderes gehört als ich", entgegnete Dietger. „Mir hat man berichtet, ein frommer Mönch aus Amiens, den alle nur Peter den Einsiedler nennen, schare alle Gläubigen um sich, die bereit seien, für die Freiheit der Christen im Heiligen Land zu kämpfen und zu sterben. Und das für bloßen Gotteslohn, denn außer dem Nachlass ihrer Sünden ist ihnen nichts versprochen worden."

Seufzend hatte Samuel erkennen müssen, dass er gegen die Abenteuerlust seines Gehilfen nur schwer anreden konnte. Nur durch eine gehörige Erhöhung seines Lohns hatte er es geschafft, den jungen Mann einstweilen noch zum Bleiben zu überreden.

Wummmm.

Rebekka zuckte zusammen. Simon in ihren Armen begann zu wimmern. Sein Gejammer übertrug sich auf die anderen Kinder im Saal, der im Nu erfüllt war von ihrem Klagegeschrei. Rebekka überließ ihn ihrer Mutter, die ihn sanft hin und her wiegte und anfing zu singen. Erst leise und beruhigend, dann allmählich lauter. Die anderen Mütter stimmten in Rahels Gesang ein, übertönten das Heulen der Kinder und schließlich sogar das Geschrei des Mobs draußen vor den Toren. Nur die Ramme übertönten sie nicht. Joshua, der gemeinsam mit den anderen Männern die Fenster des zweiten Stocks besetzte, von wo aus sie die Angreifer mit Eimern kochenden Wassers und allen nur erdenklichen Wurfgeschossen aufzuhalten versuchten, schaute für einen Moment zu ihnen herein.

„Wir haben nichts mehr, was wir noch auf sie werfen könnten“, sagte er ruhig. Doch aus seinen Augen sah die Verzweiflung. Bevor er wieder ging, umarmte er Rebekka, was er sich bisher noch nie erlaubt hatte. Er trug ein langes Messer im Gürtel und sie wusste, er würde es benutzen.

Ihr Vater war nicht unter den Verteidigern. Er hatte Rebekka mit Simon und Rahel vorausgeschickt, ohne langen Abschied. Rebekka war davon ausgegangen, dass er nachkommen würde, sobald er sein Vermögen in dem geheimen Kellerversteck in Sicherheit gebracht und mit Dietger das Haus verbarrikadiert hatte. Er war nicht nachgekommen. Vielleicht hatte er es nicht mehr rechtzeitig in den Bischofspalast geschafft. Vielleicht hatte er es aber auch vorgezogen, in seinem Haus zu sterben. Rebekka hoffte inständig, dass Dietger das Vertrauen ihres Vaters gerechtfertigt und ihn wenigstens nicht im Stich gelassen hatte.

Als die Nachricht gekommen war, das Kreuzzugsfieber sei auch hier angekommen und ein gewisser Graf Emicho von Leiningen habe ein Heer aufgestellt, mit dem er das

Rheintal heraufziehe, hatte Samuel immer noch versucht, seine Sorgen herunterzuspielen. Selbst als es hieß, Emicho sei ein übler Raubritter, der behaupte, ein Engel habe ihm aufgetragen, alle Feinde des Christentums, wozu er auch die Juden zähle, zu vernichten, wiegelte Samuel immer noch ab. Dann hieß es, Emicho habe mit seinem Haufen die jüdische Gemeinde in Speyer angegriffen, fürchterlich gewütet und mehr als zehn der Brüder dort getötet. Rahel bedrängte ihren Mann, bei Freunden auf dem Land Zuflucht zu suchen. Doch Samuel wollte nicht gehen.

„Sie ziehen ins Heilige Land nach Jerusalem", sagte er. „Jerusalem liegt im Osten. Worms aber liegt von Speyer aus gesehen im Norden. Er wird nicht hierher kommen. Es liegt nicht auf seinem Weg."

„Vielleicht will er mich ja abholen", brummte Dietger. Samuel lachte nur, wahrscheinlich, weil er nicht richtig hingehört hatte und viel zu sehr damit beschäftigt war, Rahels Sorgen zu zerstreuen. Aber Rebekka hatte die Häme aus Dietgers Worten herausgehört und zum ersten Mal verspürte sie heftige Angst. Da konnten auch weitere Beteuerungen ihres Vaters sie nicht beruhigen.

„Der Kaiser ist bereits von den Übergriffen informiert und hat angeordnet, dass die Juden unter allen Umständen zu schützen seien", sagte er.

„Der Kaiser sitzt in Italien fest und sein Einfluss ist gering", entgegnete Rahel.

Doch Samuel fuhr unbeirrt fort: „Außerdem hat Bischof Johann die Juden in Speyer verteidigt und sogar einigen der Mörder die Hände abhacken lassen. Bischof Albrand ist ein guter Mann. Er würde das Gleiche auch für uns tun. Da bin ich mir sicher."

Am Abend musste Rebekka dann jedoch mit anhören,

wie es tatsächlich um Samuels Sicherheit bestellt war: Er erzählte Rahel, dass er und die anderen Gemeindehäupter zum Bischof gegangen seien, um ihn mit einem beträchtlichen Geldgeschenk an seine „Güte“ zu erinnern.

Wummmm.

Unten am Eingang donnerte es wieder, gefolgt von einem fürchterlichen Krachen, gleich darauf ertönten Jubelschreie. Die Tore hatten nachgegeben, der Mob stürmte den Bischofspalast.

Der Gesang der Frauen verstummte schlagartig. Für einen Moment herrschte lähmendes Entsetzen im Saal. Dann drang Kampfeslärm zu ihnen herauf, als sich die Männer den Angreifern entgegenstellten. Rahel begann wieder zu singen, lauter als zuvor. Sie sang nun das Kaddisch-Jatom, das Totengebet, und die anderen stimmten ein, ohne sich darum zu kümmern, ob sie als Frauen das überhaupt durften.

Die Gegenwehr der Männer in der Etage unter ihnen dauerte nicht lange, zu schlecht waren ihre Waffen, zu groß die Zahl der Angreifer. Das Kaddisch war noch nicht beendet, als die ersten abgerissenen Gestalten mit hoch erhobenen Schwertern und dem Ruf „Tod oder Taufe“ zu den Frauen hereinstürmten. Ein großer, kräftiger Bursche blickte sich einen Moment lang suchend um, dann kam er direkt auf Rebekka zugestürzt. Er war so über und über mit Blut verschmiert, dass sie ihn erst auf den zweiten Blick erkannte. Es war Dietger. Rahel beachtete ihn gar nicht, sie sprach jetzt das Schma Jisrael und schien alles andere um sich herum vergessen zu haben.

Auch Dietger beachtete sie nicht. Er wandte sich nur an Rebekka. „Dein Vater ist in Sicherheit“, schrie er. „Ich kann auch dich retten. Alles was du tun musst, ist, dich taufen zu lassen!“

Ein zerlumpter Kerl mit einem Fleischerbeil kam hinzu und zerrte an Rahel herum, die sich nicht wehrte, sondern mit der einen Hand Simon umklammerte und mit der anderen unter ihrem Gewand nach etwas suchte. Dietger versetzte dem Lump einen Tritt, doch es gelang ihm trotzdem, Rahel und den Kleinen ein Stück von Rebekka wegzuziehen.

Um sie herum wütete der Mob. Rebekka hob flehend die Hände zu Dietger. Dann sah sie, wie ihre Mutter plötzlich ein Messer in der Hand hielt, das sie im nächsten Augenblick dem kleinen Simon ins Herz stieß.

Rebekka schrie auf.

„Entscheide dich!", funkelte Dietger sie an. In der einen Hand hielt er ein blutverschmiertes Schwert, die andere streckte er ihr entgegen.

Da sah sie den Ring am kleinen Finger seiner rechten Hand und wusste, dass er gelogen hatte. Ihr Vater war nicht in Sicherheit. Selbst wenn er es gewollt hätte, wäre es ihm nicht gelungen, sich von seinem Ring zu trennen, ohne sich den Finger abzuhacken.

„Du lügst", schleuderte sie Dietger entgegen. „Du hast Vater getötet."

Für einen Moment hatte sie ihm fast geglaubt, weil sie nach dem Strohhalm greifen wollte, den er ihr bot. Jetzt entdeckte sie wieder die unverhohlene nackte Gier in seinen Augen und empfand nichts als Abscheu. Sie sah zu ihrer Mutter. Der Zerlumpte hatte sie an den Haaren gepackt und schwang das Beil. Rahel wehrte sich nicht mehr. Mit geschlossenen Augen hielt sie den leblosen Jungen immer noch im Arm, während ihre rechte Hand mit dem Messer kraftlos herunterhing. Als sie ein letztes Mal die Augen öffnete und ihre Tochter gewahrte, kehrte das Leben noch einmal in sie zurück. Eine unheimliche Klarheit schien aus ihrem Blick zu sprechen. Unmittelbar bevor das Beil ihren Schädel spaltete, warf sie Rebekka das Messer zu.

Die fing es geschickt, umfasste es mit beiden Händen und stieß es sich, bevor der überraschte Dietger es verhindern konnte, selbst bis ans Heft ins Herz.

Wie es war:

Unter dem Namen Gezerot Tatnu – Verfolgung des Jahres 4856 – wird nach jüdischer Zeitrechnung der Opfer des Massakers im Jahre 1096 gedacht. Dabei starben allein in Speyer, Worms und Mainz weit über 1000 Juden unter den Waffen der Kreuzfahrer, viele aber auch von eigener Hand, um einer Zwangstaufe zu entgehen.

Der Leininger Graf Emicho erreichte das Heilige Land nie. Der sogenannte „Volkskreuzzug" endete bereits im Oktober 1096 in Ungarn, wo der dortige König Koloman den Plünderungen und Verwüstungen, die sich längst nicht mehr nur gegen die Juden richteten, ein Ende setzte. Emichos Bettlerheer wurde komplett aufgerieben. Er selbst kehrte in seine Heimat zurück, wo er unter ungeklärten Umständen starb.

DIE VISIONEN DER UNHEILIGEN FELICITAS Anne Grießer

Im Historischen Seminar der Universität Mainz wurde wieder einmal aufs Trefflichste gestritten. Professor Dr. Peter Leisetritt blickte seinen Kollegen Axel Notschrey herausfordernd an.

„Sie glauben also nicht an Hildegards Visionen? An ihre tiefe spirituelle Verbundenheit mit dem Göttlichen?“

„Ich bitte Sie! Das Glauben wollen wir doch lieber unseren Kollegen von der Theologie überlassen. Als Historiker müssen wir uns an Fakten halten, an schriftliche und, meinetwegen, auch an archäologische Quellen. Tatsache ist, dass hier eine kluge Frau die ihr zu Gebote stehenden Möglichkeiten genutzt hat, um politische und theologische Macht auszuüben. Ohne ihre angeblichen Visionen hätte Hildegard von Bingen niemals einen solchen Einfluss nehmen können. Niemals hätte Kaiser Friedrich Barbarossa sich mit ihr in Ingelheim getroffen. Niemals hätte sie ihre Bücher schreiben dürfen, Klöster gründen ...“

„Was macht Sie da so sicher, Notschrey?“

„Aber Leisetritt, Sie wissen doch selbst, dass Hildegard vermutlich an Migräne litt. Meine Frau sieht auch Farben und hört Stimmen, wenn sie Kopfweh hat.“

„Machen wir es uns da nicht zu leicht, mein lieber Notschrey? Früher sprach man abschätzig von Hysterie, heute also von Migräne. Und wenn Hildegard nun tatsächlich empfänglich war für ..., nun, es ist ganz egal, wie wir es nennen.“

„Was ist nur mit Ihnen los, Kollege? Ich kenne Sie als nüchternen Wissenschaftler. Woher kommt Ihr merkwürdiger Paradigmenwechsel?“

„Schwören Sie mir, mit niemandem darüber zu sprechen?

Schön. Bei meinen Forschungen zur Geschichte des Klosters Rupertsberg, 1147 von Hildegard gegründet, bin ich auf ein Originalschriftstück gestoßen, das meinen Glauben an Visionen ein wenig verändert hat. Aber hören Sie selbst ...“

Stolz erhob sich das Kloster Rupertsberg auf einer geräumigen Felsnase nahe Bingen am Rhein. Nichts deutete im Jahre des Herrn 1373 darauf hin, dass die dicken Mauern nicht der Ewigkeit oder doch zumindest den kommenden Jahrhunderten trotzen würden. Lieblich glitzerte die kleine Jakobskapelle in der Morgensonne, dahinter reckte die Klosterkirche ihre beiden Türme keck in den Himmel – das Dach des einen freilich ein wenig lädiert.

Neunzehn Nönnlein lebten dieser Tage hinter den starken Mauern. Und obwohl die berühmte Hildegard noch zu ihren Lebzeiten abgewandert und ein Tochterkloster in Eibingen gegründet hatte, wurde ihr Andenken auf dem Rupertsberg voller Ehrfurcht bewahrt.

Schwester Felicitas saß mit den anderen achtzehn Nonnen beim Abendbrot, als sie zum ersten Mal von einer jener düsteren Visionen heimgesucht wurde, die ihr Leben so nachhaltig verändern sollten. Sie stieß, das Schweigegebot missachtend, einen spitzen Schrei aus, kniff sich mit der linken Hand in den Bauch und ließ einen so würzigen Furz fahren, dass die blinde Schwester Anna zu ihrer Rechten ihren Teller mit Kohlsuppe missbilligend von sich schob und beschloss, sich bei der Schwester Köchin über das verdorbene Essen zu beklagen.

Die Äbtissin, eine kluge, aber hartherzige Frau, warf Schwester Felicitas einen strengen Blick zu, den diese jedoch nicht wahrnahm, da ihre Augen auf einem Punkt hafteten, der sich weit außerhalb des Refektoriums befand. Die beleibte, nicht mehr ganz junge Nonne begann nun stark zu zittern, bis ihr Körperfett in Wallung geriet und einen bunten Reigen tanzte.

Die anderen Schwestern hatten mittlerweile den Blick

von ihrer Kohlsuppe gehoben, um das abwechslungsreiche Schauspiel, welches das stumme Abendbrot aufs Angenehmste unterbrach, interessiert zu verfolgen. Die Äbtissin beschloss, dem Treiben rasch ein Ende zu bereiten, bevor die Disziplin des Klosters darunter litt. Sie versetzte Schwester Felicitas einen energischen Stoß in den Rücken und schubste sie zur Tür hinaus, den Gang entlang bis zu einer leeren Zelle, wo sie ihr befahl, auf der harten Bettstatt Platz zu nehmen.

„Nun", begann sie, „willst du mir dein wundersames Benehmen nicht erklären, Felicitas?"

Die beleibte Nonne erschauderte. „Unheil", stammelte sie und ihre Stimme klang nicht wie sonst klar und kräftig, sondern kehlig und dumpf, wie das Krächzen eines heiseren Raben. „Ich habe *Belphegor* gesehen. Er ist heraufgestiegen, in die irdische Welt." Sie flüsterte. „Heraufgestiegen aus dem Höllenfeuer, um sich eine Braut zu nehmen."

Die Äbtissin wurde bleich. „Schweig!", zischte sie. „Unselige! Schlechte Träume sind, wie jeder weiß, ein Zeichen von Völlerei und Schwatzhaftigkeit! Beider Vergehen hast du dich wiederholt schuldig gemacht, so mag es nicht verwundern, wenn dir in der Nacht der Leibhaftige begegnet!"

„Nicht in der Nacht", keuchte Felicitas. „Gerade jetzt habe ich ihn gesehen! Das Kreuz in der Klosterkirche begann zu weinen, es ging auf in Feuer und Rauch, dann erschien mir *Belphegor* in Form einer Birne und offenbarte mir sein großes schwarzes Gemächt."

Außer sich vor Zorn erhob die Äbtissin ihre Hand, als wolle sie Schwester Felicitas züchtigen. „Wie kannst du es wagen! Elende! Schon immer hast du aufbegehrt gegen die Regeln unseres Klosterlebens. Ist das nun eine neue Teufelei, die du dir ausgedacht hast, um uns zu schaden? Um unsere heilige Gemeinschaft zu stören, dich hervorzutun unter den übrigen? Willst du dich wichtiger machen, als es dir zusteht?"

„Nein! Ich wünschte, nichts von alledem gesehen zu haben, Mutter. Es war ein abscheulicher Anblick, den ich zu Lebzeiten nicht vergessen werde. Und litt nicht auch unsere ehrwürdige Hildegard unter Visionen?"

„Sie litt nicht, du dummes Ding. Sie wurde von Gott besucht, nicht vom Teufel."

„Oh, Mutter, der Leibhaftige weilt nicht zum ersten Mal unter uns! Er sucht uns jedes Jahr während der Fastenzeit heim. Nur die Auferstehung kann alles zum Guten wenden."

Da entspannte sich das Gesicht der Äbtissin ein wenig und zum ersten Mal zeigte es einen Anflug von Barmherzigkeit. „Armes Kind", sagte sie. „Nun weiß ich, was dich plagt. Auf dir lasten die schrecklichen Vorkommnisse, die unserer Stadt in den letzten Jahren widerfahren sind. Ist es so, Felicitas?"

Erst kürzlich hatte die Pest in der Umgebung gewütet und kaum ein Haus ausgelassen; nur durch ein Wunder und durch die berühmte Frömmigkeit der seligen Schwestern war das Kloster Rupertsberg von der Geißel Gottes verschont geblieben. Doch es war nicht dieses Unheil, von dem die Äbtissin jetzt sprach. Kaum hatte die Pest ihr schwarzes Handwerk beendet, brach ein neues Verhängnis über Bingen herein. In der Fastenzeit verschwand ein junges Mädchen, eine Jungfrau mit strohblondem Haar. Vielleicht hätte keiner das Unheil bemerkt, hätte es sich um eine beliebige Dirne oder ein Mädchen aus den Untergassen gehandelt. Aber das Kind, eine dreizehnjährige Schönheit, war die Tochter eines reichen und bedeutenden Kaufmanns gewesen. Sie blieb verschwunden und lange Zeit murmelte man, ein durchreisender Ritter, der sich jener Tage hier aufgehalten hatte, habe das Mädchen entführt und zu seiner Frau genommen. Im nächsten Jahr verschwand zur gleichen Zeit die schwarzhaarige Tochter des Tuchhändlers. Diesmal gab es keinen fahrenden Ritter, den man hätte verdächtigen können, und so war schnell klar, dass nur ein Dämon oder ein Teufel für die mysteriösen Vorfälle verantwortlich sein konnte. Auch die Tochter des Tuchhändlers wurde nie wieder gesehen. Man ließ Messen für die armen Seelen lesen, doch es nützte nichts, die Kräfte des Bösen waren zu stark.

Im vergangenen Jahr hatte das Schicksal die braune Barbara, Tochter eines Rechtsgelehrten, ereilt. Inzwischen hielt man *Belphegor* für den verantwortlichen Übeltäter, war doch allseits bekannt, dass dieser Teufel von Zeit zu Zeit zur Erde auffuhr, um sich eine Frau zu nehmen, dann jedoch wieder in die Hölle zurückkehrte, weil er diesen Ort den Qualen des Ehelebens vorzog.

Die Äbtissin zweifelte nicht daran, dass die eben begonnene Fastenzeit Schwester Felicitas' böse Visionen begünstigt hatte.

Tatsächlich nickte die beleibte Nonne und blickte der Äbtissin gerade in die Augen. „Aber dieses Mal", hauchte sie mit Grabesstimme, „wird *Belphegor* eine der unseren holen."

Man übergab Felicitas in die Obhut von Schwester Magda, die im Kloster für Kräuterkunde und Arzneimittel zuständig war. Magda verordnete ihr eine Schwitzkur und flößte ihr einige Tropfen eines Medikaments ein, das sie selbst gebraut hatte: Eisenhut gegen das Zittern, ein Mus aus Wacholderbeeren und Zwiebeln gegen den bösen Zauber und den Urin einer trächtigen Stute für die allgemeine Stärkung der Körpersäfte. Außerdem legte sie Felicitas einige getrocknete Ritterspornblüten auf die Augen.

ihm ein scheues Lächeln zu. Dann senkte sie schnell den Kopf und folgte ihm wortlos.
Diethelm vom Fels erwartete sie bereits in seinen Gemächern.

Es war für die Jahreszeit ungewöhnlich kalt und er trug einen wollenen Umhang, in dem er fast wie ein gewöhnlicher Mönch aussah. Unter der Kapuze konnte Felicitas sein Gesicht kaum ahnen. Lediglich sein Ring bewies, dass es sich tatsächlich um den Bischof handelte.

Lange Zeit schritt er schweigend im Raum auf und ab, bis er sich endlich an die Närrische Nonne wandte.

„Hast du selbst eine Erklärung für dein unerhörtes Betragen?“, fragte er. Seine Stimme klang sanft und angenehm, doch Felicitas erschauderte.

„*Belphegor* ist zur Erde aufgefahren. Er hat die Novizin Ursula zur Frau genommen.“

„Das hast du gesehen?“

„Ich habe noch mehr gesehen, aber es ist mir unmöglich, die abscheulichen Dinge auszusprechen, die der Teufel getan hat.“

„Wann soll das denn gewesen sein?“

„Am zweiten Fastensonntag. Ich habe gesehen, wie der Leibhaftige ins Kloster schlich und Ursula aus ihrer Zelle raubte.“

Wieder begann der Bischof auf und ab zu laufen. Er schien nachdenklich und erregt. „Wie ... sah der Teufel denn aus?“, fragte er schließlich mit leiser Stimme.

Trotzig schob Felicitas das Kinn nach vorne. „Wie eine Birne.“

Der Bischof blieb am Fenster stehen und wandte der Nonne den Rücken zu. Er atmete schwer aus. „Weißt du denn nicht,“ begann er, „wie du deinen Geist im Traum für

Gott und seine himmlischen Pläne öffnen kannst? Wie lange bist du schon im Kloster? Hast du noch nicht gelernt, dass es eine Todsünde ist, den Geist stattdessen für den Teufel und seine Boshaftigkeit zu öffnen?"

„Meine Visionen kommen von Gott!"

„Nein!", donnerte der Bischof. „Du hast das Böse in dir aufgenommen, Unselige! Es ist in dich gefahren und richtet durch dich Unheil an. Wir müssen das verhindern!"

„Vielleicht bin ich ausersehen, Rettung zu bringen?"

„Unsinn! Du bist besessen, das steht fest. Wir werden einen Exorzismus durchführen müssen."

„Habt Gnade", flehte Felicitas. „Wie soll ich Rettung bringen, wenn Ihr mich tötet?"

„Wer redet vom Töten? Den Teufel wollen wir dir aus dem Leib brennen, sonst nichts."

„Wo liegt der Unterschied, Eminenz? Gebt mir ein wenig Zeit. Ich weiß, wie Ursula zu retten ist. Ihr Heil liegt in der Auferstehung, das habe ich gesehen."

Der Bischof streifte Felicitas mit einem ungnädigen Blick. „Unser *aller* Heil liegt in der Auferstehung", sagte er verächtlich. „Du erzählst mir nichts Neues, Närrische Nonne. Du hast bis Ostern Zeit, deine Dämonen zu bekämpfen und deine teuflischen Visionen zu widerrufen. So lange wirst du hier bleiben, unter meiner Aufsicht."

Der Bischof zog seine Kapuze fester um den Schädel und ließ die Nonne mit dem Schweigsamen Rupert allein.

Die folgenden Tage verbrachte Felicitas in einer kalten, dunklen Kammer ohne Fenster. Die meiste Zeit dämmerte sie in einem fiebrigen Halbschlaf dahin.

Schlimmer als die Tage waren die Nächte, wenn die Tortur begann. Sie spürte brennenden Schmerz, sah Feuer, Pech

und Schwefel und immer wieder die Teufelsbirne, wie sie ihre Braut bestieg, gegen deren Willen und unter Zuhilfenahme von roher Gewalt. Schwitzend und zitternd erwachte sie dann, um den Rest der Nacht in einer Ecke ihres Lagers zu kauern, grübelnd, wie sie dem bösen Spuk ein Ende bereiten könnte.

Jeden Morgen suchte der Bischof sie auf, im Halbdunkel konnte sie ihn kaum sehen, nur seine Stimme drang aus der Kapuze hervor: „Bist du endlich bereit, zu widerrufen?", fragte er.

„Nein", erwiderte sie. „Nicht vor dem Tag der Auferstehung. Amen."

Mittags und abends brachte der Schweigsame Rupert ihr ein karges Mahl aus Brot, Wasser und gelegentlich einem Apfel. Er wartete, bis sie zu Ende gegessen hatte, dann nahm er ihre Hand, massierte sie ein wenig und drückte sie kräftig. Felicitas, die in ihrem bisherigen Leben noch keine Berührung durch einen Mann kennengelernt hatte, war aufs Angenehmste überrascht über das wärmende und aufmunternde Gefühl, welches die Geste bei ihr heraufbeschwor. Sie wagte es, dem Bischofsdiener zuzulächeln.

Am nächsten Tag, so kam es ihr vor, hielt er ihre Hand ein wenig länger.

In der Nacht zu Ostern war Felicitas ruhig eingeschlafen, so ruhig wie lange nicht mehr. Doch mitten in der Nacht schreckte sie hoch. Sie spürte einen Schmerz, der ihren Körper wie ein Dolch durchbohrte. Als sie ihren Leib betrachtete, konnte sie ihren Herzschlag sehen, der sich wie eine große Welle auf ihrem Fleisch ausbreitete. Die zarten Haare auf Armen und Beinen hatten sich kerzengerade aufgerichtet, als habe ein Zauberer sie beschworen. Felicitas konnte sich nicht bewegen.

Dann kamen die Bilder, schreckliche Bilder. Eine teuflische Birne, in einen schwarzen Kapuzenumhang gehüllt, unter dem sich ihre Männlichkeit wölbte, schlich in ein dunkles Verlies. Zwischen den Zähnen trug der Dämon ein Messer und grinste, wie nur ein Dämon grinsen konnte.

Die verängstigte Ursula drückte sich in die Ecke ihres Gefängnisses, doch es gab kein Entrinnen.

Auf dem Höhepunkt des Schmerzes holte der Leibhaftige aus und stach ihr, *Felicitas*, ihr, *Ursula*, das Messer in den Leib. Sie hörte sich röcheln und sah noch, wie der Teufel den Umhang abwarf, und zum ersten Mal sah sie *Belphegor* ins Antlitz.

Danach kehrte Stille ein und Felicitas sank in eine tiefe Ohnmacht.

Diethelm vom Fels beauftragte den Schweigsamen Rupert, die Nonne am Ostersonntag zur Kirche zu begleiten und sie nicht aus den Augen zu lassen. Während der Diener sie stützte, starrte Felicitas fröstelnd auf den frommen Bischof. Sein kahler Schädel glänzte im Kerzenlicht.

Nun hob er die Hostie, um sie zu segnen. Die Gläubigen hielten wie stets bei diesem heiligen Augenblick den Atem an – doch da flog mit einem lauten Schlag die Kirchentür auf.

Eine Gestalt mit strähnigem roten Haar wankte herein. Ihre Haut schimmerte durchsichtig und auf dem Bauch zeichnete sich eine Wunde ab, eine Stichwunde, wie von einem Messer.

Felicitas stieß einen Schrei aus.

Der *Teufel* hatte das arme Mädchen auf dem Gottesacker verscharrt. Doch sie war nur ohnmächtig gewesen, nicht tot. Sie hatte sich selbst ausgegraben, als sie das Bewusstsein wiedererlangte. Der *Teufel* hatte sie nicht tief genug verscharrt.

Diethelm vom Fels nahm die Gestalt erst wahr, als sie direkt vor dem Altar stand.

Er griff sich an die Brust, auf seiner Stirn zuckten zwei Adern. Seine Lippen wurden blau, er strauchelte und fiel. Noch in den hintersten Bänken konnte man das Splittern der Knochen hören, als der birnenförmige Schädel auf dem Steinboden aufschlug.

„Mein Gott, Leisetritt, das ist ja eine furchtbare Geschichte! Wie kommen Sie darauf, dass sie wahr sein könnte?“

„Nie wieder hörte man auf dem Rupertsberg von der Närrischen Nonne. Sie verschwand an jenem Ostersonntag auf Nimmerwiedersehen. Und auch vom Schweigsamen Rupert fehlte fortan jede Spur.“

„Wo haben Sie dieses Schriftstück gefunden? Das Kloster wurde 1641 von den letzten Nonnen verlassen, danach zerstört. Die geretteten Schriften, allen voran der Rupertsberger Riesenkodex, gelangten in das Tochterkloster Eibingen. Von einer so unerhörten Geschichte hätte man doch lesen müssen ...“

„Nun, manchmal finden sich die kostbarsten Quellen an gänzlich unerwarteten Orten. Habe ich Ihnen jemals erzählt, dass meine Familie seit undenklichen Zeiten ein umfassendes Archiv pflegt? Unsere Ahnfrau, so ist überliefert, eine ehemalige Nonne, habe den göttlichen Auftrag erhalten, ihre Visionen niederzuschreiben und für die Nachwelt zu erhalten.

Und das tat sie, Notschrey. Auch wenn ihre Aufzeichnungen niemals so berühmt wurden wie die von Hildegard.“

Er gibt sich halsstarrig. Doch ich nehme die Zügel kurz und stemme meine Fersen in seine Seiten. Und endlich prescht er los. Ich schone den Rappen nicht und lasse nicht nach mit dem Schenkeldruck, denn ich will, ja, ich muss vor Einbruch der Dunkelheit an der Fähre anlangen, die den Rhein quert! Herunterhängende, streifende Zweige vermögen mich nicht aufzuhalten. Die Sonne steht noch nicht hoch an diesem Morgen, wir haben das Tor der Stadt Ladenburg hinter uns gelassen. Ich muss! Denn wenn nicht ich, wer dann? Rom hätte schon längst handeln sollen! Aber Papst Leo, der Sohn Lorenzos des Prächtigen, ist zu sehr mit sich selbst und seinem Hofstaat beschäftigt, als dass er die Gefahr, die am Horizont heraufzieht, bannen könnte. Luther rührt sie allesamt auf! Die ehrwürdige Mutter Kirche wird angegriffen vom Teufel selbst! Jan Hus haben sie verbrannt, weshalb zögern sie bei ihm? Sind sie weich geworden? Hier greift nur eine starke Hand! Ein harter Besen wird kehren in Worms und ich selbst werde ihn führen!

Herr, lenke sie, denn sie wissen nicht, was sie tun. Leite sie ins Licht, damit sie erkennen deine Weisheit.

Der Konvent war gegen meine Reise nach Worms. Schon dass ich vor drei Jahren im Augustinum in Heidelberg an Luthers Disputation als stiller Beobachter teilnahm, schmeckte nicht allen. Dabei ist es doch wichtig, seine Feinde zu kennen! Und nun also haben sie ihn endlich in diesem April des Jahres 1521 vor den Reichstag zitiert. Dieser Tage soll er aus Wittenberg ankommen. Freies Geleit haben sie ihm zugesichert! Aber hatten sie das Jan Hus für Konstanz nicht auch? Heimlich habe ich heute schon im Morgengrauen das Pferd gesattelt und bin zum Tore hinausgeschlichen wie ein Dieb im Schatten der Nacht. Ladenburg ist die Nebenresidenz der Wormser Bischöfe. Und in Worms soll Luther nun endlich widerrufen. Ginge es nach mir, wäre er schon längst in den Händen der Inquisition gelandet, um ihm den Garaus zu machen.

Der Inhalt dessen, was das Mönchlein an Thesen bekannt gab, ist mir wohlbekannt. Denn ein Kaufmann brachte ein Flugblatt mit, wie sie allenthalben gedruckt werden, und ließ es auf dem Ladenburger Marktplatz vorlesen, so erreichte es auch meine Ohren. Wir könnten Gottes Gnade nicht erwirken, sondern Gott würde sie uns schenken. Das kommt einem Aufruf gleich, nicht mehr im Schweiße seines Angesichts gute Taten zu bewirken! Der Mensch ist geboren, um Gott zu dienen! Und der Papst ist sein Stellvertreter hier auf Erden, auf dem Stuhle Petris. Ihm zollt Gehorsam! Das Mönchlein rührt die Bauern auf, die nach den Wirren des Bundschuhs vor allem im Odenwald mit Mühe beruhigt werden konnten. Ihre Anführer haben sich in den Schwarzwald verkrochen, in den dunklen Wald, der so finster ist wie ihre Seelen, die sie dem Teufel verkauften. Silberlinge sind es, die der Höllenfürst für sie übrig hat. Silberlinge speit er ihnen vor die Füße, wo sie doch in das Himmelreich eingehen könnten. Und von Freiheit spricht er, das Wort, nach dem die Bauern gieren und welches sie erneut in Unruhe versetzen wird. Pah, Worte, die die Menschen aufrühren und sie doch nur ins Verderben stürzen!

Ich gebe dem Pferd die Gerte, um es noch mehr anzutreiben. Nicht alle vermochten zu fliehen. Mein eigener Vater fiel im Odenwald bei der Niederschlagung des Bundschuhs. Und die Brüder, alle tot, erschlagen auf dem Feld. Mir als Jüngstem war es gelungen, mich im Heu zu verkriechen. Die

Mutter starb im folgenden Winter, als sie mit hohem Fieber daniederlag. Hätten die Klosterbrüder mich nicht bei sich aufgenommen, so wäre ich elendig im Dreck verhungert. Da ich mich als gelehrig erwies, brachten sie mir sogar das Lesen und Schreiben bei.

Herr, du hast keinen ergebeneren Diener als mich. Denn hartes Brot esse ich, Brot aus dunklem Korn, das aus einer Erde sprießt, die getränkt ist von ihrem Blut, welches aus den abgetrennten Gliedmaßen strömte.

Gott hat die Menschen als Herren und Knechte erschaffen, so sagt unser Prior. Hätte er es anders gewollt, dann hätte er eine andere Weltordnung eingerichtet. Es steht niemand an, daran zu rütteln! Meine eigene Familie hat er ins Elend gestürzt. Alle sind sie vernichtet bis auf mich. Ich stelle mein Leben in den Dienst des Herrn, der dafür gesorgt hat, dass ich als Einziger überlebte und im Kloster meine Zuflucht fand.

Herr, du gabst mir ein Zeichen und ich will handeln! Vorletzte Nacht erschien mir dein Engel im Traum und gab mir den Auftrag. Es liegt ein Sinn darin, dass ich als Einziger meiner Familie übrig blieb. Ich werde gebraucht!

Kaiser Karl selbst ist bereits in Worms. Aber der Kaiser ist jung und unerfahren. Nuntius Girolamo Aleander jedoch ist ein treuer Diener des Papstes. Ist dem Manne zu trauen? Wird er endlich dafür sorgen, dass das Mönchlein brennt? Immerhin hat er bereits gefordert, die Acht über ihn zu verhängen, während er zwischen Ministern, Kaiser und Gesandten hin und her eilt, um etwas gegen diesen Ketzer aus Wittenberg zu bewirken. So jedenfalls erzählte Bruder Ägidius, der kürzlich mit Meldungen aus Worms in Ladenburg anreiste. Doch alles geschieht viel zu langsam! Es muss endlich ein Zeichen gegen das Wittenberger Schlangennest gesetzt werden. Selbst der oberste Ablassprediger, Johannes Tetzel, ist mittlerweile tot, da hat der schwarze Tod den Falschen geholt. Bei Luther wird eines Menschen Hand nachhelfen müssen.

Ich halte mich längs des Neckars, der nahe der Burg Eichelsheim vom Rhein aufgenommen wird.

Nun reite ich schon eine geraume Weile, die Sonne steht höher. Meine Kehle ist trocken und mich gelüstet danach, zu trinken. Während ich ans bewachsene Ufer gehe, grast der Rappe. Vorgebeugt schöpfe ich mit der hohlen Hand Wasser. Wie köstlich das erquickende Nass doch in meine Gurgel rinnt! Auch das Ross muss trinken. Ich führe es am Zügel ans Wasser. Da dringt etwas an meine Ohren. Erst ein Rascheln, dann ein Platschen. Durch Dickicht verborgen, doch jetzt wird der Blick frei.

Eine junge Frau besorgt die Wäsche. Im aufgelösten Mieder und geschürztem Rock schlägt sie die Teile auf die Ufersteine. Immer und immer wieder. Die Anstrengung hat ihr Gesicht gerötet, ihr Mund ist leicht geöffnet. Der Teufel versucht, mich in Gestalt eines Weibes von der Ausführung meines Auftrages abzubringen, den der Engel mir im Traum erteilte. Es gärt in meinem Inneren, mein Blut gerät in Wallung. Ich bin ein Mönch, ein Gelübde bindet mich! Ich habe der ins Verderben führenden Wolllust entsagt!

Das Weib erweckt nun auch noch den Anschein, als würde es sich unbeobachtet wähnen und zupft an seinem Mieder. Meine Manneskraft erwacht. Es ist der Teufel selbst, der sie dieses Spiel aufführen lässt um mich an meinem Vorhaben zu behindern und mich aufzuhalten. Er versucht alles, damit ich nicht nach Worms reise, um den Ketzer zu stellen.

Das Ross am langen Zügel führend, um es am Weglaufen

zu hindern, gehe ich zu ihr hin, die Gerte schwingend.

Sie hebt den Kopf, fährt mit der Zunge über ihre Lippe. „Was begehrt Ihr?"

„Niederträchtige! Du wirst keine Schandtat mit mir begehen!"

Die Gerte zieht ihr einen Striemen über die Wange, sie schreit auf wie ein getroffenes Tier. „Was wollt Ihr?"

„Von dir wollen? Nimm dies!" Mein Arm hebt sich erneut. Doch da steigt der Hengst wiehernd, ich kann ihn nicht länger halten und lasse die Zügel los. Das Weib stolpert und fällt. Ein Knacken ist zu hören, als der Huf sie trifft. Wimmernd liegt sie auf dem Boden. Sie so liegen lassen? Damit sie einer findet und mit letzter Kraft zum Reden bringt? Ein großer Stein hilft mir beim Beenden der Tat.

Gepriesen seiest du, o Herr, der du mir beigestanden bist, mich den Anfeindungen der Ausgeburt der Hölle zu widersetzen. Nichts wird mich davon abhalten, deinen Auftrag auszuführen, wen immer er auch senden mag, um mich davon abzubringen. Auch wenn der Teufel vielerlei Gestalt anzunehmen vermag. Es wird nicht gelingen! Ich habe es der Mutter auf ihrem Sterbebett versprochen, den rechten Weg zu beschreiten.

Es ist früher Nachmittag, als ich die Fähre am Rhein erreiche, mit der ich nach Worms übersetze. Der Fährmann weist auf meinen Ärmel. „Was ist das an Eurem Arm?"

„Ein Ast hat mich gestreift und die Haut aufgerissen." Ich halte seinem Blick stand, denn ich habe nichts zu verbergen. Ich bin gottesfürchtig und mutig zugleich. Das Einzige, das ich zu fürchten vermag, ist die Hölle. Aber dorthin gelange ich nicht, weil ich des Engels Auftrage zu Ende bringen werde und dafür im Himmel die Belohnung auf mich wartet.

Sein Blick streift auch noch die Flecken auf meiner Kutte,

dann sagt er „Nun denn, hinterm Stadttor ist ein Bader, der heilt Wunden."

„Setzt mich über, ich werde meine Wege schon zu lenken wissen."

Das Ross übergebe ich im Kloster kundigen Händen, die es trocken reiben. Man lädt mich ein, das Mahl zu teilen und ich verschütte wie nebenbei etwas von dem im Kloster gebrauten dünnen Bier auf die Flecken meiner Kutte.

Im Dom kniend breite ich meine Seele vor dem Herrn aus. *Ich werde tun, was immer du mir befiehlst. Ich, der geringste unter deinen Knechten, lasse dich meine Hand führen, um die Welt von den Gottlosen zu befreien. Gepriesen seiest du, Herr, der du groß und mächtig bist.*

Nach einer unruhig verbrachten Nacht durchstreife ich die Stadt. Sie kann die Menge der Menschen von allerlei Herkunft kaum fassen. Zahlreiche Fürsten sind mit ihrem Hofstaat zum Reichstag angereist. Ebenso halten sich Gelehrte, Reisende und Soldaten hier auf. Emsiges Treiben bevölkert die Gassen und Plätze. Auch die Spanier im Gefolge des Kaisers sind bereits seit Wochen hier. Fahrendes Volk hat sich unter die Menge gemischt, etliche Musikanten sind darunter.

Am Markt bei der Pfauenpforte versucht ein Händler den anderen mit lauter Stimme zu übertrumpfen. „Reißt euch die Gicht? Plagt euch das Fieber? Mittel gegen alle Zipperlein könnt ihr bei mir kaufen!" Der Mann im schwarzen Umhang und dunklem Barett preist Stoffbeutel mit zerriebenen Kräutern und Rinden, Tiegel mit Salben und Flaschen aus Ton mit Tinkturen an. Es ist der Stand eines reisenden Heilers. Nebenan gibt es Speisen, Stoffe, Borten und irdenes Geschirr zu kaufen. Gaukler in bunten Kostümen führen ihre Kunststücke auf. Die Luft, in die sich Essensgerüche mischen, ist verdorben vom Gestank des nächtlichen Unrats, der des Morgens aus den Fenstern geleert wird. Ein Bauer treibt Ferkel zum Markt, zwei verschmutzte Buben in verschlissenen Kleidern helfen ihm dabei. Allenthalben werden Holzschnitte verkauft, die den Ketzer zeigen, auf einer der Darstellungen trägt er sogar einen Heiligenschein! Die Blätter werden rege erworben. Ich trete näher, um den Stand in Augenschein zu nehmen.

„Die sollten besser den Jan Hus heiligsprechen, als nun gegen unseren Martin Luther vorzugehen! Endlich einer, der es ausspricht! Die Zeit der Freiheit der Christenmenschen ist angebrochen!"

Ich wende mich um, um dem Schandmaul ins Antlitz zu blicken! Wer wagt es, derartige Lästerungen auszustoßen? Doch er ist schon weitergeeilt und hinter mir steht eine zahnlose Alte.

Sie hält mir ihre offene Hand hin. „Eine milde Gabe!"

Ich schlage ihren Arm zur Seite, stürze weg und drücke mich in einen Hauseingang. Ich muss dringend zur Ruhe kommen. Die vielen Menschen, die Stimmen, die Gerüche! Es ist so vieles, das auf mich einstürmt. Doch ich brauche einen klaren Kopf! Hier in dieser lauten Stadt wird dem Mönchlein der Garaus gemacht werden! Und zwar durch meine Hand. Der Herr hat mich dazu auserkoren und mir im Traume den Engel gesandt.

Ich bin dein Diener, o Herr. Verfüge über mich.

Plötzlich finde ich mich nach einigem Herumirren an der Synagoge wieder. Mir kommt in den Sinn, dass die Wittenberger Professoren fordern, die Heilige Schrift in ihrer ursprünglichen Sprache, dem Hebräischen, zu lesen. In der Sprache der Juden! Dabei treten doch die Dominikaner für die Verbrennung des Talmuds und der übrigen jüdischen

Schriften ein. Und diese Wittenberger studieren deren Sprache! Der Gelehrte Johannes Reuchlin indes streitet für den Erhalt der Schriften der Juden. Wen wundert es da noch, dass sein Zögling Philipp Melanchthon nach Wittenberg aufbrach und Martin Luther nun zur Seite steht! Es ist ein Jammer, dass er den Dr. Martinus nicht nach Worms begleitet, so könnte ich mein mir im Traume befohlenes Werk sogleich an beiden verrichten. Und auf den Feuerhaufen, auf dem sie die jüdischen Schriften verbrennen, können sie gleich auch noch die Pamphlete Luthers werfen!

Plötzlich dringen laute Stimmen an mein Ohr, es sind ihrer viele. Was geschieht dort vorne? Ich dränge mich durch die Menge. Ein Herold reitet einem Wagen voran, in welchem mehrere Männer sitzen. Ein Mann, aufrecht, in dunkler Kutte und wachen Augen in einem schmalen Gesicht, zieht meine Aufmerksamkeit auf sich. Das ist er! Ich sende ihm einen giftigen Blick zu. Doch er nimmt mich nicht wahr. Vielmehr zeigt er seine Freude über die Begeisterung der Menge. Neben ihm sitzt ein Mann im Talar.

„Überall unterwegs auf der Reise wurde ihm solch ein Empfang bereitet," Der Mann, der vor mir steht, reckt sich hoch, um ihn noch besser sehen zu können. „Sogar gepredigt hat er, und die Menschen waren begeistert. Da, neben ihm sitzt Nikolaus von Amstorf, ebenfalls Professor an der Wittenberger Universität. Und hinter ihm, das ist Johann Petzensteiner, der Augustinermönch, der ihn begleitet. Vorneweg der Herold zeigt das kaiserliche Geleit an. Niemand darf Martin Luther angreifen."

Die freudige Erregung, die ich in der Menge um mich herum spüre, bestärkt mich darin, mein Handeln voranzutreiben. Es muss rasch etwas geschehen, bevor diesem Luther noch mehr Menschen folgen, die er von der Kirche wegtreibt. Sie werden alle ins Unglück stürzen, so wie meine eigene Familie. Ich folge dem Wagen bis zu seiner Unterkunft, denn ich muss wissen, wo er Wohnung nimmt. Sie haben vor dem Johanniterhof angehalten und steigen nun aus. Offenbar gewährt man ihm dort Unterschlupf, da man ihn, der die Bannandrohungsbulle des Papstes vor den Toren Wittenbergs verbrannte und über den daraufhin die Reichsacht verhängt wurde, nicht im Augustinerkloster haben will. Aber wie soll ich meine Tat ausführen? Mit einem Dolche? Oder soll ich ihn vor einen Wagen stoßen, wenn er durch die Stadt eilt? Es ist nötig, einen Plan zu fassen.

Beim Essen im Kloster fällt es mir leicht, mich an die Schweigeregel zu halten. Bruder Anselmus, der mir gegenübersitzt, scheint es hingegen schwerzufallen, mich nicht an seinen Gedanken teilhaben zu lassen. Dieser Schwätzer kann seinen Hang zum Reden nur mit großer Mühe unterdrücken. Ich tauche den hölzernen Löffel in den Brei aus Hirse. Dazu wird dünnes Bier gereicht, welches die Brüder selbst brauen.

Nach Beendigung des Mahls erwischt mich Anselmus jedoch im Klostergarten, wo Bruder Wilhelm die Schnecken in den Kräuterbeeten einsammelt.

„Wohin des Wegs? Es ist Zeit für die Andacht! Die teilst du doch mit uns, Bruder?"

Anselmus ist nicht nur überaus redselig, auch eine übergroße Neugier ist ihm zu eigen. Mein Schweigen entfacht diese nur noch mehr.

„Weshalb führen dich deine Wege nach Worms? Willst du den Mönch sehen, der heute hier eingetroffen ist?"

Meine Adern schwellen. Anselmus hat den Punkt getroffen.

„Man hört allenthalben, er sei mit Freude willkommen geheißen worden, so wie auch an anderen Stationen seiner

Reise von Wittenberg hierher. Sogar gepredigt habe er, etwa in Erfurt, obwohl ihm das untersagt worden war. So war es auf dem Markt zu hören."

Meine Fäuste ballen sich. „Wenn er vor dem Herrn steht, wird er für alles, was er auf Erden tut, zur Rechenschaft gezogen werden."

„Manches, was er sagt, ist gar nicht so unklug. Der Ablasshandel etwa ..."

Ich packe Anselmus am Arm. „Ungeheuerlich! Luther ist ein Ketzer! Er erdreistet sich zu sagen, der Papst sei nicht unfehlbar! Seit Jahrhunderten vertrauen wir schon auf die Kirche, weshalb sollten wir das ändern? Ich sage dir, Sodom und Gomorrha werden über uns hereinbrechen!"

Vergeblich versucht Anselmus, meine Hand abzuschütteln.

„Er sagt weiter, ein Christenmensch sei niemandem untertan. Weißt du, was das bewirkt? Sie werden sich wieder erheben! Wie beim Bundschuh! Es wird wieder so enden." Ich packe ihn mit beiden Händen und rüttele ihn.

Wilhelm stellt die Schale ab, in welcher er die eingesammelten Schnecken ablegt. Ich spüre eine Hand auf meiner Schulter. „Mäßige dich, der Kaiser wird es klären."

Ich wende mich ab. „Wird er das?"

Fort aus dem Garten, weg aus dem Kloster, hinter dessen Mauern offenbar schon Zuneigung zum Ketzer wächst! Als mich meine Schritte schon ein Stück weit getragen haben, blicke ich über meine Schulter zurück. Anselmus und Wilhelm sind in ein reges Gespräch vertieft. Vor Anselmus muss ich mich in Acht nehmen. Er kann nämlich nichts für sich behalten. Es könnte für mein Vorhaben verderblich sein, wenn er Verdacht schöpft. Nun gilt es, rasch zu handeln! Nach einiger Überlegung fälle ich meine Entscheidung. Ein Dolch muss her! Ich werde dem Ketzer vor seiner Unterkunft im Johanniterhof auflauern und mich auf ihn stürzen. Und keiner wird mir in den Arm fallen, um mich zu hindern! Alles wird blitzschnell geschehen und dann wird Martin Luther vor Gott stehen und sich verantworten müssen für seine aufrührerischen Reden und Schriften, die sie ihm aus der Hand gerissen haben, um ihren Inhalt gierig zu verschlingen.

Gänzlich in meine Gedanken versunken, vernehme ich plötzlich Stimmen. Ich blicke mich um. Meine Schritte haben mich in die Nähe der Stadtmauer geführt. Hohes Gestrüpp verdeckt mir den Blick dorthin, wo eine Unterredung zwischen Männern stattfindet. Wie viele mögen es sein? Ich drücke mich auf den Boden.

„Du wirst morgen im Hof des Bischofs vor dem Kaiser stehen!"

„Er erwartet deinen Widerruf."

„Wenn ich denn aus der Schrift heraus widerlegt werden kann …"

„Du selbst weißt am besten von uns allen, dass sie das nicht vermögen."

Nun wird die Stimme des Mannes, der nur Martin Luther sein kann, wie ich bebend erkenne, eindringlicher. „Ich habe mir in jahrelangen inneren Kämpfen im Kloster, während derer ich die Heilige Schrift gelesen und studiert habe, ein Gewissen gebildet. Der Teufel selbst hat versucht, mich in den Nächten niederzuringen, er hat es jedoch nicht vermocht." Nach einer Pause fügt er hinzu: „Ich muss meinem Gewissen folgen. Ich kann nicht anders."

„Man hat dir freies Geleit zugesichert!"

„Kurfürst Friedrich wird den Professor seiner Leucorea schützen."

Der Ketzer steht hier und hält Reden! Am liebsten würde ich zu ihm eilen, mich auf ihn stürzen, ihn mit meinen bloßen Händen erwürgen und ihn damit für immer zum Schweigen bringen. Aber sie sind zu mehreren. Sie würden mich überwinden und meine Tat vereiteln. Ich schleiche unentdeckt davon.

Wo kann ich mir hier auf die Schnelle einen Dolch besorgen? Wenn ich doch nur schon einen mit mir hätte! In Ladenburg, wo die Klosterbrüder sich gegenseitig mit wachen Augen bedenken, war es mir nicht möglich, einen an mich zu bringen. Mir dünkte, in Worms, wo sich zurzeit so viele Menschen unüberschaubar tummeln, sei dies einfacher. War mein Aufbruch doch zu überstürzt? Anselmus scheidet aus, seine Neugier ist ohnehin schon zu groß. Ich kenne außerhalb des Klosters niemanden in Worms. Der Fährmann kommt mir in den Sinn, den ich so leicht über die Herkunft der Flecken auf meiner Kutte täuschen konnte. Er setzt viele Menschen über den Fluss. Dabei schnappt er so nebenbei sicherlich einiges auf und weiß Bescheid über ihre Geschäfte. Er hat ein waches Auge, das habe ich wohl bemerkt. Seinem Blick und seinen Ohren wird auch anderes nicht verborgen geblieben sein. Ob er mir einen Hinweis geben kann, woher ich einen Dolch bekomme? Ich muss es wagen, denn die Zeit drängt. Ich halte mich in der Nähe des Stadttores auf und passe ihn ab, als er sich anschickt, für heute zum letzten Male gemeinsam mit seinem Gehilfen auf die andere Rheinseite zu fahren.

Als er meiner ansichtig wird, scheint eine Veränderung in ihm vorzugehen. Er bittet mich auf die Fähre, deren einziger Gast ich zu dieser späten Stunde bin. Bald werden die Tore für die Nacht geschlossen. Wer in Worms kein

Geschäft mehr zu tätigen hat, ist längst fort oder aber hat Unterschlupf gefunden. Mir ist es indes Recht, mit ihm überzusetzen, so wird unser Gespräch von fremden Ohren unbelauscht sein. „Aber ich komme dann nicht mehr zurück, wenn ich jetzt mit Euch übersetze." Mir kommen nun doch Bedenken in den Sinn.

„Ihr habt doch etwas mit mir zu besprechen? Ich sehe es Euch doch an!" Er packt mich am Arm und ich steige ein.

Wahrlich habe ich etwas mit ihm zu besprechen, etwas Dringliches sogar.

„Werde Euch ein Lager für die Nacht bieten, wohne zwar einfach, aber ein Dach über den Kopf habt Ihr heute Nacht sicherlich."

„Nun denn, so lass uns übersetzen." Sein Vorschlag leuchtet mir ein. Dann kann er auch seinen Gehilfen wegschicken und wir sind unter uns.

Es wird schon dämmerig. Soweit ich sehen kann, ist das gegenüberliegende Ufer menschenleer. *Dies ist ein Zeichen! Niemand wird uns belauschen und Zeuge unseres Gesprächs werden. Womöglich verfügt er bereits über das, was ich für meine Tat brauche und wird ein williger Helfer sein. So kann es bereits morgen geschehen. Das Schicksal hat uns zusammengeführt.*

Als die Fähre am Ufer anlandet, springt der Mann, der einiges mehr an Jahren aufzuweisen hat als ich, geschickt an Land. Doch als auch ich meinen Fuß dorthin setze, wirft er mir geschwind einen Sack über den Kopf, während sein Gefährte meine Arme gegen meinen Rücken drückt und mit einem Strick fest zusammenbindet.

„Du Ausgeburt der Hölle! Meine Gebete, dass dich die Vorsehung erneut in meine Arme treibt, wurden erhört!"

Ich spüre starke Stöße in meinem Rücken. Ich weiß gar

nicht, wie mir geschieht. Was will der Mann von mir? Es lohnt nicht, mich zu berauben, denn ich führe nichts Wertvolles mit mir. „Du hast meine Tochter wie einen Hund erschlagen!“

Sie zerren an mir, treiben mich vor sich her. Meint er das Weib, welches mich unweit von Worms am Rhein zu verführen suchte?

„Du wähntest dich unbeobachtet“, der Fährmann speit aus. „Doch ihre jüngere Schwester hat sie beim Wäschewaschen begleitet. Sie hat hinter einem Busche verborgen vor Angst zitternd die Tat beobachtet und mir eine genaue Beschreibung von dir gegeben. Du widerliches Schwein! Du bist nicht wert, dass die Sonne dich weiter bescheint. Ich habe doch gleich gesehen, dass es Blut ist, was du am Ärmel hast. Es ist das Blut meiner Tochter!“

Mein Auftrag! *Vater, rette mich aus der Hand dieses Irren! Du allein weißt, seine Tochter wollte mich zur Wolllust verführen. Ich habe doch nur zu meinem Schutz gehandelt. Denn Luther ist in Worms und ich muss ihn aufhalten!*

„Wie er zaudert und strauchelt! Du hattest kein Erbarmen mit meinem Kinde, hast es erschlagen wie einen räudigen Hund. Nun habe ich kein Erbarmen mit dir. Ersaufen wirst du wie eine jämmerliche Ratte.“

Schon spüre ich Wasser an meinen Knien, ich stehe auf morastigem Grund.

„Nur zu, immer schön weitergehen.“

Ein Holzprügel landet unversehens hart auf meiner Schulter und ich gerate ins Stolpern. Doch ich werde voran gestoßen.

„Nicht stehen bleiben, geh nur weiter.“

Sie stoßen und schieben mich immer weiter in den Fluss hinein. *Vater, ich gehöre dir. Sie lassen es nicht zu, dass ich meinen*

Auftrag erfülle. Alles wird seinen Lauf nehmen und alle werden ins Unglück gestürzt werden, weil derjenige, der auf dem Stuhle Petri sitzt schon viel zu lange zaudert, anstatt endlich zu handeln. Herr, ich habe alles gegeben!

Wasser umhüllt mich, nimmt mich auf, ich schlucke es. Meine Lunge fängt fürchterlich zu brennen an. Meine Atemluft geht zu Ende, meine Arme rudern verzweifelt. Doch ich gebe bald schon auf und es schließt sich Dunkelheit wie ein warmer Mantel um mich. Plötzlich wird es hell. *Vater, Mutter, die Brüder! Sie winken mir freudig zu und kommen mir entgegen, denn sie haben schon so lange auf mich gewartet. Endlich sind wir wieder vereint.*

„Habt Ihrs gehört, Ortwin? Der Ketzer kommt aus seinem Bau und reist nach Worms zum Kaiser!"

„Der wird sich nicht nach Worms trauen!"

„Nein, nein, der ist bestellt. Der kann nicht anders, wenn er da vor dem Reichstag steht. Ich gehe davon aus, dass der Kaiser ihn gnädig behandeln wird, ganz egal, wie das Urteil ausfällt. Dem Kurfürsten vom Luther hat er ja schon freies Geleit für den Mönch zugesagt, was kann man da insgesamt noch erwarten!? Das wird der Kaiser noch bereuen, da bin ich sicher, denn wenn der Mönch seine Lehre weiter umsetzen kann, gefährdet das letztlich auch die Einheit von Karls Reich. Für uns ist aber viel wichtiger, dass die Ketzerei endlich ein Ende haben muss.

Wir sollten diese großartige Möglichkeit nutzen, da ich als päpstlicher Nuntius natürlich beim Reichstag sein werde, sodass Ihr zu der Zeit also ebenfalls in Worms weilt. Sucht Euch doch einen Kompagnon, mit dem Ihr die Sache erledigen werdet."

„Was haltet Ihr vom jungen Cluny?"

„Keine schlechte Idee! Ich verlasse mich auf Euch!"

„Da drüben, Georges, siehst du die mit den blonden Locken unter der Haube?"

„Die mit dem blauen Schultertuch und dem Korb voll Gemüse?"

„Genau die!"

Georges fuhr sich durch die Haare, drängte sich durch die Menge der Kunden auf dem Wormser Marktplatz und stolperte geschickt genau neben der ausgeguckten jungen

Dame, sodass er sich im letzten Moment noch an ihrem Arm abfangen konnte, bevor er ganz zu Boden gegangen wäre.

„Huch!"

Elisabeth von Leiningen erschrak sich gewaltig: Da klammerte sich plötzlich ein fremder Mann an ihren Arm! Er war wohl im Gedränge zu Fall geraten. Nur gut, dass er nicht den Arm mit dem Korb erwischt hatte. Nicht auszudenken, wenn das frische Gemüse, wonach es den jungen Kaiser urplötzlich gelüstet hatte, zu Boden gefallen und von der Menge zertreten worden wäre. Elisabeth war eine zuverlässige Dienerin und wollte das auch gern bleiben.

Der Mann an ihrer Seite stand mittlerweile wieder fest auf beiden Beinen, ließ jedoch ihren Arm nicht los. Als Elisabeth sich drehte, um sich aus seinem Griff zu befreien, blickte sie in zwei leuchtend braune Augen über einem strahlenden Lächeln: „Danke, Fräulein, das war Rettung aus höchster Not! Wäret Ihr nicht gewesen, ich wäre im Unrat und unter den verdreckten Sohlen der gierigen Marktleute gelandet. Habt Dank!"

Verdutzt wusste Elisabeth nicht weiter zu reagieren und nickte daher nur kurz. „Wie kann ich Euch danken, Fräulein?", fragte der Mann und blieb weiter vor Elisabeth stehen. Er sah ihr immer noch direkt ins Gesicht. „Ach, so groß war meine Heldentat nun auch nicht!", antwortete sie mit einem leisen Lächeln. Das spitzbübische Lachen ihres Gegenübers gefiel ihr sehr.

Der Mann wusste sehr wohl, wie er auf das andere Geschlecht wirkte. Seine dunklen Augen konnten glühen, fanden so manche, und in ihrer Tiefe konnte man sich verlieren, fanden andere. Wieder andere hatten seine dichten schwarzen Haare geliebt, sein elegantes Bärtchen, seine gefälligen Züge, sein einnehmendes Wesen, seine schlanke und aufrechte Statur, ach, kurzum: Seine französische Herkunft lohnte sich hier zwischen den derben Germanen doch immer wieder. Und so setzte er sie eben gewinnbringend ein, der junge Georges de Cluny, wenngleich er hier in der Gegend oft aushalten musste, dass aus seinem Namen ein deftiges „Schorsch" gemacht wurde.

„Gestattet, dass ich Euch meinen Dank zukommen lasse, Fräulein. Wie kann ich Euch erreichen?"

Elisabeth von Leiningen hatte sich zwar auf den ersten Blick in den gut aussehenden Edelmann mit dem überaus charmanten französischen Akzent verliebt, aber das ging dann doch zu weit und sie schüttelte unwirsch den Kopf. Glücklicherweise stieß just in diesem Moment die kleine Genoveva von Abenheim zu ihnen, die unbedingt mit auf den Markt gewollt hatte. „Fräulein Elisabeth", rief die Zwölfjährige aufgeregt, „wie gut, dass ich Euch gefunden habe! Was für ein Gedränge heute!" Dann bemerkte sie Georges, schlug sich die Hand vor den Mund, rief leise „Oh!" und wurde feuerrot. Georges lächelte auch sie strahlend an und sagte: „Nein, noch so ein hübsches Fräulein. Heute ist mein Glückstag. Lebt wohl, Fräulein Elisabeth!" Dann ergriff er ihre freie Hand und verabschiedete sich mit einem Handkuss, noch bevor die überraschte Elisabeth sie zurückziehen konnte.

Nun, da er ihren Namen ganz offiziell wusste, konnte er sie auch offiziell ausfindig machen. Schon am Folgetag brachte ein Bote eine Schachtel edlen Konfekts zu Händen des Fräuleins von Leiningen, mit der er eine schlichte mündliche Nachricht auszurichten hatte: „Ich soll Dank sagen für die Unterstützung."

Elisabeth wurde so rot wie die kleine Genoveva am Tag

zuvor und war froh, dass der Bote sie allein angetroffen hatte.

Beim sonntäglichen Kirchgang stand der hübsche Franzose, wie sie ihn mangels Kenntnis seines Namens längst für sich genannt hatte, bei den Männern drüben schräg vor ihr und wagte sich tatsächlich, sich umzudrehen und ihr für einen Augenblick lang direkt in die Augen zu sehen, bis sie irritiert den Blick senkte.

Tags darauf fand sich in ihrer Schlafkammer plötzlich ein blühender Zweig in einem irdenen Krug auf ihrer Kommode, der morgens noch nicht dort gestanden hatte.

Elisabeth wurde beinahe schwindlig, wenn sie an den hübschen Franzosen dachte. So musste es sich anfühlen, wenn man dem Mann seines Lebens gegenüberstand! Hoffentlich wagte er sein Werben bald offiziell zu machen, bevor ihr Vater sich daran erinnerte, dass er vor Jahren schon mit seinem alten Kriegskameraden, einem Rodensteiner vom Rande des Odenwaldes, nach einem launigen Abend mit sicher zu viel Rotwein und anderen Lastern zur allgemeinen Erheiterung erklärt hatte, man wolle seine Elisabeth und den Adalbert des Rodensteiners baldmöglichst miteinander verheiraten. So habe man nämlich öfter einen Grund, sich zu treffen und zu feiern, und verwandtschaftliche Bande bis über den Rhein könnten in keinem Falle schaden.

Fast setzte ihr Herz aus, als der hübsche Franzose ihr zwei Tage später in der Halle im Vorbeigehen zuzwinkerte. Er war am Hofe! Seit wann? In welcher Funktion? Sie begegneten sich noch mehrfach, und immer streifte sein Blick Elisabeth, die jedes Mal schier starb vor Aufregung. Sie verbrachte den Rest des Tages wie im Fieber: Was sollte sie tun, wenn sie diesem Manne dauernd begegnete? Was würde er tun?

Nichts, was sie an diesem Tage zu erledigen hatte, gelang, und endlich, gegen Nachmittag, bat sie darum, sich zurückziehen zu dürfen, denn sie glaube, sie sei ein wenig fiebrig, was durchaus den Tatsachen entsprach.

Als es dunkel war, klopfte es plötzlich an ihrer Kammertür. Sicher die kleine Genoveva, die sich nach ihrem Wohlbefinden erkundigen wollte. Das Mädchen war Elisabeth in den letzten Monaten sehr ans Herz gewachsen, fast wie eine kleine Schwester, die sie leider nicht hatte. Elisabeth stand auf und öffnete arglos die Tür. Gleich darauf hielt ihr der Franzose mit starkem Griff den Arm fest und den Mund zu, sodass sie nicht einmal mehr um Hilfe hätte rufen können, wenn sie es denn gewollt hätte. Eilig verriegelte er die Kammertür von innen, um sich erst im Morgengrauen wieder davonzuschleichen.

Nun hatte Elisabeth wirklich Fieber. Was, wenn jemand beobachtet hatte, wie er in ihre Kammer gekommen und wie lange er dort geblieben war? Männern ließ man derlei ja stets durchgehen, aber ein Fräulein wie sie konnte nur noch ins Kloster gehen und die Hoffnung auf eine ehrenhafte Verheiratung auf immer begraben. Doch würde er bald um ihre Hand anhalten, das hatte Georges ihr versprochen. Nur durfte die Liaison bis dahin nicht auffliegen. Hoffentlich ließ er sich nur nicht zu lange Zeit damit, denn versprochen hatte er ihr in der letzten Nacht alles, was sie sich jemals erträumt hatte.

Sie traf ihn nicht wieder allein an, was sie einerseits sehr bedauerte, was andererseits aber auch Sicherheit bedeutete. So konnte sie niemand überraschen und alle Hoffnungen mit einem Schlage zunichte machen.

„Wie weit sind wir?"

„Die Dame ist dem Herrn erlegen, sie ist wie Butter geschmolzen und wird Wachs in unseren Händen sein."

„Sehr gut, dann dürfen wir also bald mit einem Erfolg rechnen?"

„Aber ja, Herr, es läuft alles nach Plan, der junge Cluny macht sich wirklich großartig."

„Aha. Dann will ich auf den Abschluss und Euer diskretes Handeln hoffen, denn immerhin bin ich hier im luther-freundlichen Worms wegen meiner Haltung schon ernsthaft bedroht worden!"

„Ihr könnt sicher sein, Herr!"

„Nun, dann will ich mich jetzt wieder in den Saal begeben. Nachher heißt es noch, der päpstliche Nuntius Hieronymus Aleander zeige kein Interesse an den Verhandlungen. Ihr lasst bitte von Euch hören, Ortwin, wenn es so weit ist, denn ich möchte meine Gesichtszüge unter Kontrolle haben, wenn die Nachricht dann durchsickert."

„Sehr wohl!"

Der Professor, der damals in Wittenberg seine ketzerischen Ideen an die Tür der Schlosskirche geschlagen hatte und sich nun vor dem Reichstag verteidigen sollte, war mit drei Wittenbergern und einem Reichsherold in der Stadt angekommen. Er konnte als Exkommunizierter nicht bei seinen Brüdern im Augustinerkloster unterkommen, daher wohnte er im Johanniterhof. Vorgeladen wurde er in den Bischofshof an der Nordseite des erhabenen Wormser Domes und genau dort war Elisabeth als Kammerzofe im Wormser Gefolge des jungen Kaisers Karl schon seit einiger Zeit dazu ausersehen, dem Angeklagten in der Kammer, in der er seine Mahlzeiten zu sich nehmen konnte, Speis und Trank ganz nach seinem Wunsch zu reichen, damit ihm gezeigt werde, dass er als Gast willkommen sei. Zumindest bis das Urteil gefällt würde. Die Beratungen und Verhandlungen liefen danach im Bürgerhof ab, der sich östlich vom Dom befand.

Er benahm sich ihr gegenüber sogar sehr freundlich, der Mönch Luther, sodass Elisabeth ihren Auftrag nicht nur mit einem gewissen Stolz, sondern auch mit Freude erfüllte. Als sie am Vorabend der Anhörung einen Krug Wein und etwas Brot zu Luther bringen wollte, fing sie ein Mann auf der dunklen Treppe ab, der ihr den Weg versperrte. „Fräulein Elisabeth, ich habe hier etwas, das dem Weine des Martinus Luther beigemischt werden muss. Hier und jetzt!"

„Aber Herr!", entrüstete sie sich.

„Nun macht schon!", drängte der Fremde und hielt ihr eine winzige metallene Hülse hin, die er an einem Lederband um den Hals getragen hatte. „Das muss in den Krug für den Mönch, damit er endlich Ruhe gibt!"

„Und wenn ich mich weigere und schreie?", versuchte es Elisabeth ganz mutig.

„Dann berichte ich, Ortwin, ich käme eben aus Eurer Kammer, richte dabei meine Kleider, hauche Euch einen Kuss auf die Wange und bedanke mich für die gute Empfehlung bei meinem Freund Georges."

Elisabeth war fassungslos. Sie lehnte sich an die Wand und überließ das Tablett Ortwin, sonst wäre es ohnehin heruntergefallen. „Woher wisst Ihr ...?", keuchte sie atemlos.

„Ich weiß es eben!", entgegnete Ortwin trocken. „Und sollte derlei ruchbar werden, dann wird es nicht einmal mehr zu einer Heirat mit dem jungen Rodensteiner reichen, geschweige denn zu einer anderen Partie."

Also ließ Elisabeth Ortwin gewähren und brachte kurz darauf mit bis zum Hals klopfendem Herzen den tödlichen

Wein zu Luther. Der jedoch ruhte sich gerade für eine Weile auf seinem Lager aus und so ließ Elisabeth den Krug und das Brot auf dem Fenstersims vor dem Zimmer stehen.

Wie erleichtert war sie, als sie auf dem Rückweg Georges traf! Er schien sie übersehen zu wollen, doch aufgeregt, wie sie war, lief sie zu ihm und berichtete, was ihr widerfahren war. „Der Wein muss dort weg! Jemand muss ihn holen! Geht hin und sagt, Ihr hättet von dem Komplott gehört, bitte!"

Aber Georges lachte nur: „Elisabeth, habt Dank für diesen Dienst, nun schon den zweiten, um mir zu helfen."

Und zum zweiten Male gab er dem völlig entgeisterten Fräulein einen Handkuss, ließ Elisabeth dann ohne ein weiteres Wort stehen und ging fort.

„Also muss ich unseren Gast selbst retten", sagte sie sich. In ihrer Panik war sie eben im Gang vor seinem Zimmer angelangt, als eine Wache sie ansprach: „Gut, dass Ihr kommt, Fräulein! Er will Euch etwas fragen, der Mönch."

„Oh Gott, er hats gemerkt! Und wenn er nun stirbt, während ich dabei bin?", dachte sie verzweifelt. Aber Luther erfreute sich bester Gesundheit. Er winkte Elisabeth zu seinem Tisch und deutete auf den Wein. „Was ist das für einer?"

„Ein Riesling aus der Gegend von Dürkheim, aus der Pfalz."

„Gutes Fräulein, ich weiß nicht, warum ich allüberall einen Weißen vorgesetzt bekomme. Ihr habt nicht zufällig einen guten roten Tropfen hier aus Worms für mich?"

Es geht hoch her im Wirtshaus „Löwen“ in Alsheim an diesem 25. November 1730. Am großen Tisch in der Nähe des Kamins haben sich die Honoratioren niedergelassen: der Schultheiß, der Pastor, ein Schöffe des Niedergerichts, mehrere Großbauern. Man diskutiert darüber, ob man sich dem Anbau von Kartoffeln zuwenden sollte, trotz der Fäuleanfälligkeit dieser neumodischen Frucht.

Die Kleinbauern an den anderen Tischen bewegen keine solch schwerwiegenden Gedanken. Sie saugen an ihren kurzen Tonpfeifen und sprechen bedächtig über die Ernte, das Wetter und den nahenden Winter.

In der Nähe der Tür haben sich Fuhrknechte niedergelassen, denen der Übermut ins Gesicht geschrieben steht. Die Stimmung in der Gruppe ist ausgezeichnet und wenn Marie, die Haustochter, ein Tablett mit Weingläsern und dampfenden Schüsseln zum Stammtisch schleppt, sich also nicht wehren kann, kneifen ihr die jungen Männer ins dralle Hinterteil.

Auf der langen Bank an der Wand sitzen die Knechte und die Tagelöhner. Sie blicken müde, nehmen gelegentlich einen Schluck Bier aus dem Steingutkrug, kaum einer sagt etwas. Der Knecht Endreß Wilk schnuppert sehnsüchtig dem Essen hinterher, dann blickt er in seinen Krug mit dem abgestandenen Bier. Er sollte jetzt wohl gehen, er hat kein Geld mehr, doch es zieht ihn nichts in seine kalte Kammer. Der Tagelöhner Michael Broß neben ihm, ein riesiger Mensch mit schwarzem Bart und stechenden Augen, hat bereits das dritte Bier und auch einige Schnäpse hinuntergestürzt, doch das hat seine Stimmung eher verschlechtert. Er starrt mit rotgeränderten Augen vor sich hin, räuspert sich lautstark, sammelt den Auswurf im Mund und rotzt ihn in den Spucknapf.

„Kennst du den dort am Stammtisch mit dem Lederwams und den braunen Strümpfen?", stößt er zwischen den Zähnen hervor.

Endreß rührt sich nicht. Er ist mit Broß nicht freundschaftlich verbunden, sie sitzen nur zufällig nebeneinander. Außerdem ist er etwas langsam von Begriff. „Meinst du den Großbauern Jungkenn?"

„Das ist ein Leuteschinder, sage ich dir. Dem möchte ich gerne des Nachts auf dem Feld begegnen, dem würde ich das Hüpfen beibringen. Oder sonstwas antun. Aber der geht nie alleine raus, der weiß schon warum."

„Der hat dich doch verklagt, weil du seine Hühner geklaut hast."

Broß braust auf. „Es war nur ein einziges Huhn und es war Mundraub. Als Knecht kannst du es bei dem vor Hunger nicht aushalten. Wegen seinem blöden Huhn bin ich zwei Tage in die Betzenkammer[1] gekommen." Er starrt den Endreß an, als wolle er ihn auffressen. „Der ist schuld, dass ich im Dorf gemieden werde. Dass man mit Fingern auf mich zeigt. Dass ich nur noch Gelegenheitsarbeiten bekomme."

„Wer zu dumm ist, ein Huhn zu klauen, hat nichts Besseres verdient."

Blitzschnell geht Broß dem Endreß an die Gurgel und drückt ihm die Luft ab. „Halt dich zurück, du halbe Portion! Sonst stopfe ich dir sämtliche Zähne in den Hals."

Peter Hirsch ist ein aufmerksamer Wirt. Er stemmt die Fäuste auf den Tresen und blickt grimmig zum Tagelöhner

[1] **Betzenkammer** = Arrestzelle, meist im Rathaus oder in einem Wachturm gelegen.

hinüber. „Wenn du meine Gäste belästigst, Broß, fliegst du raus. Und bekommst obendrein noch Lokalverbot."

Mit einem Mal ist es ungewöhnlich still in der Gaststube. Die Gespräche sind verstummt, nur das Rücken von Stühlen ist zu hören. Die jungen Fuhrmänner krempeln die Ärmel hoch, sie scheinen sich richtiggehend auf eine Wirtshausschlägerei zu freuen. Doch Broß ist nicht dumm. Angesichts der Übermacht im Raum knurrt er nur gereizt und senkt den Blick in den leeren Krug.

Die Situation scheint sich entspannt zu haben, doch als Marie mit ein paar leeren Humpen vorbeikommt, packt Broß sie mit einem harten Griff am Arm.

„Bring mir einen Krug Bier, Marie. Awwer bescheiß misch net. Isch kontrollier des."

Die junge Frau macht sich mit einer ärgerlichen Bewegung frei, sie schüttelt den Kopf. „Ich soll dir nichts mehr bringen. Weil du betrunken bist. Weil du Streit suchst."

Mit einem Satz ist Broß auf den Beinen. „Ich will Bier!", brüllt er durch die Gastwirtschaft. „Ich habe Geld. Ich kann bezahlen."

Jetzt ist es nicht mehr gemütlich im Wirtshaus zum „Löwen". Die Honoratioren blicken streng, die Fuhrleute schieben sich an Broß heran, es liegt Gewalt in der Luft. Auch die Bauern sind aufgestanden, sie wollen sich die Stimmung nicht von einem entlassenen Knecht, einem straffälligen Tagelöhner, einem Dieb vermiesen lassen.

Die Nachtluft kühlt das heiße Blut nicht ab, das in Broß' Adern schäumt. Er rappelt sich ächzend von der Straße auf und klopft den Staub von der Kleidung. Sie hatten ihn eingekreist und zum Ausgang gedrängt, er hatte keine Chance gehabt gegen die vielen Männer. Endreß hat die Tür aufgehalten, ausgerechnet der Endreß. Einen Augenblick war Stille gewesen, weil die Männer zum Großbauern Jungkenn hinüberblickten. Der hat eine Bewegung gemacht, als würde er ein Stäubchen vom Ärmel wischen. Das genügte als Zeichen. Plötzlich waren da viele Fäuste, die ihn packten, die seine Arme festhielten, die ihn anhoben und mit Schwung auf die Straße warfen. Lumpenpack, elendes! Aber denen wird er es noch zeigen. Besonders dem Jungkenn, diesem arroganten Fettwanst.

Broß legt sich auf die Lauer. Er wartet auf den Großbauern. Doch der kommt nicht. Es ist kalt an diesem 25. November in Alsheim, der Wind pfeift um die Ecken, Broß friert. Er stößt wüste Flüche aus, doch das bringt keine Entlastung. Als es zu nieseln beginnt, geht er.

Es ist nicht weit, er findet sich auch im Dunkeln zurecht. Er ist den Weg oft gegangen, damals, als er noch der stolze Knecht des Großbauern war. Broß schwankt ein wenig, es mag am Bier und am Schnaps liegen, dann hat er den Jungkenn-Hof erreicht. Der liegt still und dunkel vor ihm, sicherlich sind die Bäuerin, die Mägde und der Knecht bereits schlafen gegangen.

Broß schlägt einen Bogen ums Haus, da stolpert er in der Dunkelheit und fällt der Länge nach hin. Er flucht, rappelt sich auf und tastet herum. Aha, der Pflug, der kommt ihm gerade recht, an dem kann er seine Wut auslassen. Er springt auf dem Gerät herum, bis das Holz splittert. Das fühlt sich gut an.

Als er sich dem Haus nähert, vernimmt er wütendes Gebell, zwei dunkle Schatten schießen auf ihn zu. Die großen Hunde knurren bösartig, sie fletschen die Zähne, ihre Augen funkeln in der Dunkelheit. Broß steht ganz still, doch er ängstigt sich nicht. Er kennt die Tiere, er hat sie selbst großgezogen und abgerichtet. Als er leise auf sie einspricht, drängen sie sich an ihn heran und lassen sich beruhigen.

Der Lärm müsste die Bewohner eigentlich geweckt haben, doch offensichtlich traut sich niemand, die schützende Burg zu verlassen. Feiglinge, denkt Broß und lacht in sich hinein. Er sammelt ein paar Steine, konzentriert sich mühsam – dann gehen die Fensterscheiben zu Bruch. Das Klirren befriedigt ihn, doch das reicht noch nicht. Weil es hier draußen nichts gibt, was er noch zerschlagen könnte, rammt er die Schulter gegen die Küchentür. Natürlich will er nicht über die Bäuerin und die Mägde herfallen oder den neuen Knecht totschlagen, er ist kein Frauenschänder und kein Mörder. Aber vielleicht könnte er irgendetwas zerstören, etwas, worauf der Großbauer stolz ist.

Michael Broß tritt gegen die Tür, wieder und wieder, doch als die Hunde zu knurren beginnen, lässt er davon ab. Aber noch kocht die Wut in ihm. Ein zerbrochener Pflug und ein paar Fensterscheiben sind zu wenig gegen das, was ihm der Jungkenn angetan hat. Er blickt sich suchend um, doch da ist nichts, was er noch zerstören könnte. Schließlich zertrampelt er die Aussaat im Garten, hebelt das Gartentor aus den Angeln und schleppt es mit sich. Als es ihm zu schwer wird, wirft er es in den Graben.

Am nächsten Morgen wird der Tagelöhner Michael Broß von einigen Gemeindemitgliedern abgeholt und in der Betzenkammer in Gewahrsam genommen. Als das Niedergericht auf dem Marktplatz tagt, wird er herangeschleppt. Friedrich Jungkenn wirft seinem früheren Knecht vor, nicht nur den Pflug auf dem Feld und zwei Fenster zerschlagen zu haben, sondern „*ihm auch noch zu allem überfluß ahn seinem haußgarthen die Thür ausgehoben, undt endtwendet, wie auch ihme im besagten garthen seyn dießjähriges gepläntz mit seinen füßen zertretten undt ruinirt*“[2] zu haben.

Die Bösartigkeit des Broß lässt die Anwesenden zunächst sprachlos auf dem Marktplatz stehen, doch dann machen sie ihrem Unmut Luft. „In die Betzenkammer!“, schreit einer. „Raus aus dem Dorf mit ihm!“, ein anderer.

Der Schultheiß schlägt auf den Tisch, jetzt ist wieder Ruhe.

Zunächst werden der Knecht Endreß Wilk und die Magdalena Kohl, eine Nachbarin des Tagelöhners, zur Sache vernommen. Beide sagen aus, dass der Angeklagte erklärt habe, er wolle „*seinem vorigen Herrn alle boßen [Possen] bezeygen, die Er ihm thuen könne, er wolle ihm allerhandt schaden noch zufügen.*“ Und Wilk ergänzt in seiner bedächtigen Art, dass ihm der Broß im „Löwen“ zugezischt habe, er wolle dem Großbauern „das Hüpfen“ beibringen.

Nach der Zeugenvernehmung zieht sich das Niedergericht zur Beratung zurück. Zwar sind der Schultheiß und die Schöffen durchaus der Überzeugung, dass der Tagelöhner Broß sein Mütchen an dem Großbauern Jungkenn kühlen wollte, doch weil niemand den Frevler erkannt hat, scheuen sie sich, ein Urteil zu fällen.

Die Gemeindemitglieder sind mit der zögerlichen Haltung des Gerichts nicht einverstanden, denn sie befürchten wohl zu Recht, dass der Tagelöhner zu viel Oberwasser bekommen könnte. Doch das ficht Michael Broß nicht an. Er fühlt sich sicher, er steht breitbeinig auf dem Marktplatz, hat die Arme vor der Brust verschränkt und grinst den Großbauern schamlos an.

[2] **Gemeindearchiv Alsheim**, Gerichtsprotokolle 1730-1733

Der hat allerdings noch einen Trumpf im Ärmel. Auf einen Wink des Großbauern kommt der Knecht mit zwei riesigen Hunden auf den Marktplatz. Er kann sie kaum bändigen, es sieht fast so aus, als wollten sich die Bestien auf die Menschenansammlung stürzen. Die Leute weichen erschrocken zurück, Kinder verstecken sich hinter den weiten Röcken ihre Mütter, niemand traut sich in die Nähe dieser Ungeheuer. Auf ein Zeichen des Großbauern lässt der Knecht die Hunde frei und hetzt sie auf den Tagelöhner. Die Leute schreien entsetzt, der Schultheiß springt auf und will Einspruch erheben. Doch das ist nicht nötig. Die Hunde stürzen sich auf Michael Broß, springen an ihm hoch, lecken ihm durchs Gesicht, drängen sich an seine Beine, legen sich dann zu seinen Füßen.

„Das ist der Beweis!“, erklärt Friedrich Jungkenn mit Triumph in der Stimme. „Jeden anderen hätten meine Hunde in der Nacht zerrissen. Nur den Broß nicht, weil sie ihn kennen. Also kann nur er es gewesen sein, der mich geschädigt hat.“

Wieder berät das Niedergericht, diesmal jedoch nur kurz. Es spricht den Tagelöhner Michael Broß in allen Punkten schuldig. Er wird zu zwei Tagen verschärftem Arrest in der Betzenkammer bei Wasser und Brot verurteilt, außerdem zu einem Tag in der „Geige[3]“, angekettet am Schandstein auf dem Marktplatz. Natürlich muss er auch den Schaden ersetzen, was das Gericht mit der nicht geringen Summe von einem Gulden ansetzt.

[3] **Geige** = ein aus zwei spiegelverkehrt gearbeiteten Holzteilen bestehendes Marterwerkzeug, das entfernt die Form eine Violine hatte. In die beiden Löcher im „Geigenhals" wurden die Hände gelegt, in das größere Loch im „Geigenkörper" der Hals des Verurteilten. Danach wurde die Geige geschlossen. Festgebunden am Pranger konnte der Delinquent von den Dorfbewohnern ausgiebig beschimpft und angespuckt werden, ohne sich wehren zu können.

Zum Ende der Sitzung steht der Schultheiß auf. Er blickt auf Michael Broß herunter, der jetzt gar nicht mehr so sicher, eher beschämt und etwas sprachlos, vor seinem Richter steht.

„Ich denke, ihr solltet euren Streit begraben“, sagt der Schultheiß mit milder Stimme. „Du hattest deinen Spaß in jener Nacht, der Großbauer hat ihn heute. Damit hat jeder sein Mütchen gekühlt.“ Jetzt allerdings wird seine Stimme härter. „Wenn jedoch wieder etwas vorfallen sollte, Michael Broß, dann wirst du die Schärfe des Gesetzes deutlich zu spüren bekommen. Schlimmstenfalls müssen wir dich aus der Gemeinde verbannen. Und du weißt sicherlich, was das bedeutet.“

Michael Broß blickt zu Boden und sagt nichts.

„Du brauchst jetzt nicht zu antworten“, sagt der Schultheiß. „Du hast in der Betzenkammer und in der Geige Zeit genug, über meine Worte nachzudenken.“

Er blickt nach rechts und links zu den Schöffen. „Meine Herren, die Sitzung ist geschlossen. Wir treffen uns gleich im „Löwen“. Der Wirt hat uns zum Mittagessen eingeladen.“

Westhofen, im Spätsommer 1776

„Feuer! Hinter dem Mainzer Tor im Wingert irgendwo!" Die ganze Familie Baltz bis auf die sture Lotte, die ausgerechnet jetzt lieber Apfelmus kochen wollte, lief auf die Straße, von wo aus man mit zahlreichen Nachbarn aufgeregt die Ohliggasse hinunterstürmte, am Markt vorbei und die Mainzer Gasse hinauf, um zu sehen, was dort los war. Nur wenige waren so geistesgegenwärtig gewesen und hatten sich einen Eimer gegriffen und mit Wasser gefüllt, aber selbst wenn die überschwappenden Gefäße noch ausreichend gefüllt angekommen wären: Oben an der Aulerde brannte eine so große Fläche, dass die paar Eimer nichts ausrichten würden.

„Na ja", meinte der Winzer Julius Ohl, „es sind ja zum Glück nur die Maulbeerbäume und keine Reben." Die junge Rose Baltz jammerte: „Und das ausgerechnet heute, wo wir doch den Kurfürsten erwarten!"

„Tja, da kann er gleich mal sehen, was wir von seinen neumodischen Ideen halten, hier solche Seidenbäume hinzusetzen!", rief der Fehlinger Karl, der plötzlich auch von irgendwoher zu den Zuschauern gestoßen war. So ging es noch eine ganze Weile weiter, bis schließlich die Kutsche des Kurpfälzers oben auf der Kuppe auftauchte. Manche verneigten sich stumm, andere winkten dem Herrn trotz des Infernos fröhlich zu, andere wandten sich einfach um und gingen wieder heim ins Dorf, ohne abzuwarten, wie der Kurfürst auf den Brand reagieren würde.

Jakob Baltz hatte zu denen gehört, die sich einen Kübel mit Wasser gegriffen hatten. Aufgeregt, wie er war, hatte er sein bisschen Wasser neben sich abgestellt statt es mit

Schwung in die Flammen zu schütten, denn eben wurde der hohe Herr in seiner Kutsche vorbeigefahren, grimmig dreinblickend und völlig desinteressiert an denjenigen, die ihm trotz des Aufruhrs an der Aulerde ihren Gruß entboten. Im Luftzug der eilig hangabwärts zum Dorf rauschenden Kutsche gewann das Feuer auch hier am Rand wieder an Kraft, sodass Jakob Baltz erschrocken zurücktreten musste.

Unweit der ersten brennenden Maulbeerbäume fand er auf dem Boden ein in den Staub getretenes dunkelblaues Seidenband, das er aufhob, nachdenklich betrachtete und schließlich sorgfältig zusammenlegte und in die Hosentasche schob.

Kurfürst Carl Theodor bereiste das Oberamt Alzey nur widerwillig, aber manchmal musste es eben sein. Die Gegend eignete sich, seit die Römer ihn hergebracht hatten, hervorragend zum Anbau von Wein. Auf Befehl des Kurfürsten hatte man mit Hanf beste Erfolge erzielt, und nun sollten es die Maulbeerbäume sein. Die weißen, deren Blätter die Raupen so liebten, die diese großartigen Kokons spannen, aus denen man die wunderbarsten Seidenkleider schneidern konnte. Ach, welch ein Kontrast, diese durch und durch derbe ländliche Gegend und das zarte Produkt, das hier entstand. Nein, dieses Oberamt besah er sich lieber von ferne. Kein einziges wirklich komfortables Schloss fand sich im Umkreis, unglaublich! Wenn er da an seine Residenz in Schwetzingen mit dem traumhaften Garten dachte und dies mit seiner Unterkunft in Alzey verglich, herrje!

Erschöpft lehnte sich der Kurfürst in die Polster seiner Kutsche, um etwas zu ruhen. Es war ihm gleichgültig, ob die Landbevölkerung ihn so sehen konnte, da er des spätsommerlichen lauen Lüftchens wegen den offenen Landauer gewählt hatte. Nein, so schlecht, wie er geschlafen hatte, brauchte er einfach ein Nickerchen, bevor er nachher in Westhofen die neuen Pflanzungen inspizieren würde. Dösend lag Carl Theodor in den Kissen und ärgerte sich, dass er so häufig durchgerüttelt wurde: Mit dem Straßenbau hatten es die Leute aus dieser Gegend auch nicht. Nur den Weinanbau beherrschten sie wirklich, das musste man ihnen lassen.

Nach einer längeren Strecke bergauf erscholl plötzlich lautes Geschrei vom Kutschbock: „Es brennt! O Gott, es brennt!" Und noch bevor der Kurfürst die Augen richtig aufbekommen hatte, roch er das Feuer auch schon: In dunklen Schwaden zog der Rauch den Hügel hinauf.

„Hoheit, ich befürchte, es ist ein Maulbeerfeld", rief der Kammerherr erschrocken. Nun stand auch der Kurfürst selbst während der Fahrt auf, um besser sehen zu können, was sich vor ihnen abspielte: Kurz vor dem Dorf Westhofen brannte tatsächlich ein kompletter Maulbeerhain lichterloh. Und kaum jemand war da, um zu löschen. „Schon der vierte Acker in zwei Wochen!", wetterte Carl Theodor. „Es war halt trocken in der letzten Zeit!"

Der Kammerherr runzelte die Stirn. Dann sagte er vorsichtig: „Nun, ich denke eher, die Dorfschulzen haben ihre Leute nicht recht im Griff. Ich habe leider schon öfter gehört, dass sich einige der Bauern und Winzer nicht mit Euren neuen Methoden in der Landwirtschaft anfreunden wollen. Möglich, dass man auf diese Weise protestiert."

Verwundert sah der Kurfürst seinen Kammerherrn an: „Meint Ihr wirklich? Aber ich eröffne den Landleuten doch völlig neue Einnahmequellen! Was kann man dagegen haben?"

„Ich weiß es nicht, Hoheit", seufzte der Kammerherr und verschwieg, dass er sehr wohl darüber im Bilde war, dass die

Leute im Oberamt Alzey seit Monaten schon besonders lauten Protest vortrugen, wenn es um die Rodung von Wald und Wingerten zugunsten von Maulbeerpflanzungen ging.

Endlich hielt die Kutsche nahe des Brandes und endlich näherten sich aus dem Dorf auch einige Männer mit Eimern, aber was sollte das bringen! Längst schlugen die Flammen aus den Kronen der Bäume, die zu den ersten gehörten, die in der Region gesetzt worden waren und schon eine stattliche Höhe gehabt hatten, weshalb sie nun umso besser brennen konnten.

„Wenn ich den erwische!", schimpfte Carl Theodor und drohte mit der Faust gen Westhofen, obwohl ihm und allen, die ihn hörten, klar war, dass er natürlich auf keinen Fall selbst ermitteln würde, wie der Großbrand entfacht worden war. An Selbstentzündung wollte der Kurpfälzer nämlich nicht glauben, waren ihm doch eben beim Vorbeifahren mehrere Stellen aufgefallen, die aussahen, als habe jemand Hölzer aufgerichtet wie zu einem Lagerfeuer. Ganz am Rand, genau richtig zum Wind, sodass der warme Luftzug die Glut der vier, fünf Haufen leicht in den nach langer Trockenheit ausgedörrten Hain tragen und in ein prasselndes Flammenmeer verwandeln konnte. Wütend ließ Carl Theodor sich wieder in die Polster fallen und befahl die Weiterfahrt ins Dorf, wo ihm zwar ein guter Tropfen gereicht und die Neuanpflanzung versprochen wurde, was ihn jedoch nicht zu besänftigen vermochte: Ihm schien gar, man sehe sich vor Ort völlig außerstande, dem Feuerteufel, von dessen Existenz hier auch schon ganz offen geredet wurde, Einhalt zu gebieten. Wutschnaubend bestieg der Kurfürst den Landauer bald wieder und verließ Westhofen eilig.

Unter den Dorfbewohnern, die sich kurz vor dem Eintreffen des Kurfürsten am Unglücksort aufgemacht hatten, um einen oder zwei Eimer voll Löschwasser zum Brand zu tragen, und sei es auch nur, um ihre Anwesenheit zu erklären, war auch der junge Jakob Baltz.

Im Winter zuvor ...

„Der Kurfürst hats verordnet, ehrlich?“

„Er hat.“

„Was ist das nun wieder!“, schnaufte Heinrich und schüttelte den Kopf. „Alle Jahre etwas Neues, ts, ts!“

„Lass das nur niemanden hören!“, beschwor der junge Amtsschreiber Jakob Baltz seinen Vater.

„Ist doch wahr! Als junger Mann musste ich helfen, auf jedem noch so kleinen Stückchen Grund Hanf zu säen. Er versprach sich sonst was davon, der hohe Herr. Seile und Stoffe in großem Umfang. Aber das ist ja anders ausgegangen als gedacht.“

„O ja“, kicherte Jakob, „davon hat mir auch der Großvater schon öfter berichtet, wie zum Beispiel dem Nachbar sein Berthel am Marktplatz auf den Baum geklettert ist und geschrien hat, er sei ein Vögelein und werde nun fliegen.“

„So lustig das Zusehen sein mag, der Berthel hat nur knapp überlebt und ein paar Jahre bettlägerig verbracht, bis der Herrgott ein Einsehen hatte und ihn erlöst hat.“

„Immerhin hat man ihn bis dahin mit eben dem Pulver, das ihn zuvor flügge hat werden lassen, bis zu seinem Ableben schmerzfrei gehalten. Ich verstehe nicht, wieso der Kurfürst davon nicht jede Menge brauchen kann.“

Der alte Baltz stapelte schwer atmend frisch geschlagenes Brennholz neben dem Schuppen auf dem Hof und hätte liebend gern die Hilfe seines Ältesten in Anspruch genommen, aber der hatte sich ja entschieden, ein Schreiber zu werden und seine feinen Hände lieber zu schonen. Manchmal machte er sich Sorgen, wie es weitergehen würde mit dem Hof an der Westhofener Ohliggasse. Der Jakob auf dem Amt, danach nur drei Töchter, die es alle noch zu verheiraten galt. Wie hatten sie sich damals gestritten, als sein Ältester das Angebot bekommen hatte, beim Schultheiß zu lernen! Nun, wenn ein tatkräftiger Schwiegersohn einziehen würde, sollte es Baltz auch recht sein. Immerhin erfuhr er jetzt ja so manches auch eher als alle anderen, weil der Jakob die Neuigkeiten immer zuerst wusste.

Sie waren alle skeptisch gewesen, als der Kurfürst damals befohlen hatte, die guten Wingerte, die ertragreichen Kornfelder, umzupflügen und Hanf zu säen. „Was der Bauer nicht kennt", dachte sich Baltz, denn der Hanfanbau hatte sich schnell als sehr lukrativ erwiesen. Leider aber mit den Nebenwirkungen, die man sich noch heute erzählte. Ja, der Berthel hatte das Pulver aus dem zerstoßenen Samen in Wein zu sich genommen und alsbald merkwürdige Dinge zu tun begonnen. Zudem hatte er in einem fort gelacht, jedoch so, dass er und seine Kumpane allen im Ort ein wenig irre vorgekommen waren. Dass der Berthel dann hatte fliegen wollen, hatte fast niemanden mehr erstaunt. Heinrich hatte auch davon gehört, dass manche darauf schworen, Hanfsamen nähmen Schmerzen aller Art und ließen Geschwulste schrumpfen. Dass die Hühner davon besser legen sollten, hatte er seinerzeit nie ausprobiert, wohl aber die Empfehlung, dass Mannsbilder nach dem Genuss der jungen Blätter besondere Potenz zeigten und ausschließlich Söhne zeugten. Nun, bei Baltz war der Erfolg mittelmäßig geblieben.

Und jetzt also wieder etwas Neues? Wer flüsterte dem Kurfürsten nur immer diese neuen Ideen ein? Reichte es nicht, dass er in seinen schmucken Schlössern im fernen Mannheim und Schwetzingen residierte und bei Letzterem offensichtlich schon einen überaus exotischen Garten hatte anlegen lassen? Hatte der nicht genug Reichtum angehäuft oder warum mussten die Leute auf seinen Ländereien alle paar Jahre den guten Reben und dem sättigenden Getreide abschwören und irgendein landwirtschaftliches Experiment machen? Oder vermutlich gerade deshalb, fiel es Baltz ein, weil Carl Theodor wohl schon längst nicht mehr wusste, was er noch mit seinem ganzen Geld anstellen sollte. Da ließ man dann eben mal die kompletten linksrheinischen Besitztümer neu bepflanzen. Aber Maulbeerbäume? Wie war er bloß darauf gekommen?

Den letzten Satz hatte Heinrich Baltz offensichtlich laut ausgesprochen, denn sein Sohn antwortete: „Na, Vater, die Seidenraupen brauchen doch Maulbeerblätter als Futter."

„Ach, die feinen Stoffe ..."

„Ja, und momentan sind wir, wenn man alle kurpfälzischen Oberämter links des Rheines zusammenfasst, bei ungefähr hunderttausend Bäumen angekommen, aber bis ins Jahr 1790, also in weniger als fünfzehn Jahren, wird man die Zahl mindestens verdreifacht haben, so der Plan."

„Da wird der Kurfürst aber schön reich, was!?"

„Und du gleich mit, Vater!", erklärte Jakob.

„Reich? Das glaubst du allein! Da der Fürst die Pflanzungen anordnet, ist es eine Pflicht für mich. Also werde ich dadurch nicht mehr Gewinn erzielen als durch Wingerte, das steht fest. Vom Wein aber kann ich immer genügend für den Eigenbedarf abzweigen oder vor Ort an verschiedene Wirte verkaufen, das bringt mir viel mehr, als wenn mir nur einer alles zu einem von ihm vorgeschriebenen Preis abnimmt."

Jakob nickte: „Da hast du recht, Vater, aber ändern können wir das beide nicht."

„Das werden wir ja sehen!“, schimpfte abends Lotte, die Älteste der drei Baltz-Töchter, an der eigentlich ein Junge verloren gegangen war. Wer weiß, dachte sich Heinrich manchmal im Stillen, was der Hanf da bewirkt hatte, als er vor Lottes Zeugung eine ganze Handvoll von den frischen grünen Blättern gegessen hatte? Wie ein Kerl kam sie oft genug daher und wie ein Kerl schmiss sie auch die Arbeit auf dem Hof, sodass Baltz manchmal befürchtete, er werde sie überhaupt niemals verheiraten können, weil sie einfach die Hosen anhatte.

„Wir werden die Reben nicht für diese komischen Bäume ummachen, in denen dann eklige Raupenviecher ihre Kokons spinnen. Da kann mir der hohe Herr ruhig kommen, dann werde ich ihn fragen, ob er nur noch seidene Röcke braucht und keinen ehrlichen Tropfen zum Trinken mehr! Nichts da, die Reben bleiben!“

Jakob runzelte die Stirn und meinte: „Aber wenn es doch ein Erlass ist.“

„Pah!“, kam es von seiner Schwester zurück.

„Es heißt, der Kurfürst wolle vielerlei Genehmigungen mit dem Pflanzen von Maulbeerbäumen verbinden. Die Ausübung eines Berufes zum Beispiel.“

„Was ich den ganzen Tag tue, das ist kein Beruf, das ist eine Notwendigkeit“, brummte Lotte nur und goss sich Wein nach.

„Auch das Heiraten soll nur noch erlaubt sein, wenn man nachweisen kann, solche Raupen-Bäume gepflanzt zu haben“, ergänzte der junge Schreiber.

Lotte lachte laut auf und schlug vor Vergnügen mit beiden Händen flach auf den Tisch: „Umso besser! Dann ist das wenigstens geklärt.“

Im Frühjahr 1776 …

Julius Ohl raufte sich die Haare. Da er das oft tat, seit ihn der Kurfürst zum ersten Mal in den Ruin getrieben hatte, stand seine graue Mähne wild um den Kopf herum ab und wurde nur geglättet, wenn Ohl sich sonntags vor dem Kirchgang die Haare hinten zusammenband. „Nicht schon wieder!“, hatte er bei der Ratsversammlung gebrüllt, war aus der Tür gestürzt und den weiteren Ausführungen gar nicht erst gefolgt. Das konnte doch nicht wahr sein! Einst war Julius Ohl ein durchaus wohlhabender Mann gewesen, der mit seiner Schnapsbrennerei im ganzen Umland bekannt war, weil er es eben raus hatte: Seine Brände verätzten den Trinkern nicht die Kehle, sondern liefen ölig den Rachen hinab, ließen die veredelten Früchte durchschmecken und wärmten unten im Bauch auf das Angenehmste.

Im Jahr 1769 erließ der Kurfürst dann plötzlich das Verbot des Schnapsbrennens in Westhofen. Angeblich wegen Fruchtmangels. Aber das betraf ja nur die Kornbrände, war sich Ohl anfangs noch sicher, bis er, der sich auf die Obstbrände spezialisiert hatte, erfahren musste, dass sehr wohl auch sein Gewerbezweig unter das Verbot fiel. Von einem auf den anderen Tag war Ohl ruiniert. Seine Braut war ihm davongelaufen, weil er ihr so gar nichts mehr zu bieten hatte und er außerdem von großer Niedergeschlagenheit befallen war, während derer er mit dem Haareraufen begonnen hatte. Die Magd hatte ihn jeden Morgen aus dem Bett gejagt und gezwungen, den Tag anzugehen, und irgendwann hatte er sich dann auch ein Herz gefasst, die Magd geheiratet und mit dem Weinbau begonnen. Auch dafür hatte er ein Händchen, wie sich schnell herausstellte, sodass Julius Ohl und seine Gattin bald wieder Geld in der Schatulle übrig hatten. Und nun kam dieser unsägliche Kurpfälzer schon wieder daher und befahl ihm, seine Reben zu roden? Das konnte doch nicht angehen! Maulbeeren sollte er da überall pflanzen, ha! Als würden rund um das Dorf nicht schon genug Bäume stehen! Viele hatten in blindem Gehorsam brav Maulbeerbäume angepflanzt, als der Herr das verordnet hatte, aber Ohl sah das gar nicht ein, hatte er sich doch mit seinem neuen Metier endlich wieder etabliert. Wer kannte sich schon wirklich aus mit den Bäumen und diesen fremden Raupen, die angeblich so viel Gewinn einbrachten. Und wenn nicht? Wenn es zum Beispiel einmal stark hagelte, überlebten die Raupen das dann? Niemand hatte Ahnung, aber viele hatten eben auch nicht den Mut, die Anweisungen des Kurfürsten zu ignorieren. Julius Ohl aber war sich sicher, so weit weg, wie der Mann residierte, könnte er sich gar nicht ausgiebig um ausgerechnet das kleine Westhofen und ein, zwei unwillige Winzer kümmern. Diese Strategie hatte auch lange funktioniert, aber nun war verfügt worden, dass ein neues Gewerbe nur von denen ausgeübt werden durfte, die Maulbeerbäume pflanzten. Unglaublich, was hatte das denn miteinander zu tun? Und da Ohl schon wütend aus der Ratsversammlung gestürmt war, war ihm klar, dass nun auch jeder im Ort von seiner Ablehnung wusste und er es mit der (Wieder-)Zulassung als Schnapsbrenner nach der Aufhebung des Verbotes, das immerhin fünf Jahre lang gegolten hatte, besonders schwer haben würde.

„Kann man denn keinen Schnaps aus den Maulbeeren brennen?", fragte seine Frau, als er wutschnaubend auf dem Hof werkelte und dabei deutlich mehr Radau machte als nötig.

„Ja, und selbst wenn. Wer will denn den? Seidenraupenschnaps oder wie!"

„Nein", meinte seine Gattin leise, „aber überleg doch mal,

wenn man in die Bäume, die du dann doch pflanzt, damit du überhaupt wieder brennen darfst, keine Raupen setzt, sondern wirklich nur die Früchte erntet und verarbeitet? Meinst du, das merkt jemand? Und wenn man mal nachfragt, was ganz genau im kurfürstlichen Erlass steht? Weißt du, vielleicht reicht es ja, die Bäume zu haben, weil möglicherweise nichts von den ekligen Raupenviechern im Gesetz steht."

Nun musste Julius Ohl doch lächeln. „Frau, an dir ist eine Advokatin verloren gegangen!"

Aber natürlich ließ man ihn auf dem Amt einfach abblitzen: Er habe Maulbeerbäume für die Seidenraupenzucht zu setzen und so lange könne er die Genehmigung zum Schnapsbrennen in den Wind schreiben.

Als er nach Hause kam, war Ohls Wut kaum zu bremsen. „Ich darf nicht wieder brennen! Was zur Hölle hat das mit den Bäumen zu tun! Du musst ja auch nicht die Wäsche bleichen, damit wir etwas zu essen haben, oder, Frau!"

Seine Frau nickte und sagte: „Beruhige dich, Julius, finde dich damit ab, es ist halt nicht zu ändern."

„O, auf keinen Fall! Und ich sag dir eins: Ich werde trotzdem brennen!"

„Und wenn sie dich erwischen? Und an wen willst du denn dann bloß verkaufen?"

„Ich werde schon einen Brand hinkriegen, der dem Kurfürsten Feuer macht, verlass dich drauf!"

Wieder im Sommer des Jahres 1776 ...

„Ach, Kind, ich halte mich da raus", sagte Heinrich Baltz und strich seiner Luise übers Haar. „Meinen Segen habt ihr aber!"

Karl Fehlinger hatte sich endlich ein Herz gefasst und um die Hand seiner Luise angehalten. Ihr Vater stimmte der Verbindung problemlos zu, aber es gab eine ganz andere Hürde zu überwinden: Neuerdings durfte man nur noch heiraten, wenn man den Besitz oder die Neupflanzung von einer größeren Zahl an Maulbeerbäumen nachweisen konnte. Der Mannheimer Kurfürst nutzte sämtliche Gelegenheiten, um seine Untertanen zum Anbau zu zwingen. Da Karl aber als Schmied in der väterlichen Werkstatt nahe des Seebachufers arbeitete und das Anwesen mitten im Ort viel zu klein war, um überhaupt auch nur einen einzigen Baum zu pflanzen, hatte er seinen Eltern vorgeschlagen, auf dem Gartengelände hinter der Fleckenmauer, die den Ort umgab, einige Bäume zu setzen, aber Vater und Mutter hatten ihm schnell klargemacht, dass dann deutlich weniger Platz für frisches Gemüse und auch Wintervorräte bliebe, was sich Fehlingers nicht erlauben konnten. Sie hatten vorgeschlagen, beim alten Baltz anzufragen, denn der baute doch viel Wein an, da kam es auf ein, zwei Wingerte sicher nicht an.

Leider hatten Fehlingers da die Rechnung ohne den Wirt gemacht: Dem alten Baltz war es recht egal gewesen und er hätte es notfalls zugelassen, dass Rebfläche gerodet würde, aber Lotte, die, wenn man es sich genau besah, sämtliche Arbeit im Winzerbetrieb übernommen hatte, weil ihr Vater mit seinen müden Knochen kaum noch helfen konnte, hatte vehement protestiert. Und eigentlich fand auch Karl, dass es schon merkwürdig war, wunderbar gedeihende Pflanzen auszureißen, nur um dem Kurfürsten einen Gefallen zu tun, der ihm angesichts der seltsamen Kriechtiere in den Bäumen nicht einmal ganz geheuer war. Außerdem hatten sie auf dem Dorf von feinen Seidenstoffen ja so gar nichts, kein bisschen mehr zu beißen oder besser noch: zu trinken.

Sie trafen sich jeden Donnerstag auf ein, zwei Schoppen in der „Krone“ am Markt, der Karl Fehlinger und seine Alterskameraden. Heute war auch der Lui Strubel wieder einmal dabei und musste sich den Spott der Runde gefallen lassen: „Ja, Lui, seit du zu den Unfreien gehörst, sieht man dich ja nur noch sehr selten. Hat dich die Lene so sehr unterm Pantoffel, dass du es nicht mal mehr auf einen Schoppen hierher schaffst?“ Gutmütig grinste Strubel alle Lästerer an: „Keiner von euch hat bis jetzt ein Weib, ihr Feiglinge! Was ihr für dummes Zeug babbelt! In der Zeit trink ich lieber schon mal ein paar Züge!“

„Ja ja“, kam gleich die Retoure, „mach schnell, bevor du wieder heim musst!“

Nun stellte Strubel seinen Becher ab und sagte laut und fest: „Und ich gehe gern nach Hause. Aber für einen zweiten Schoppen reicht es schon noch. Ich tät mal sagen, der geht auf eine von euch Schlappgoschen!“

Karl Fehlinger musste lachen und rief gleich darauf der Bedienung: „Els, dem Lui sein Schoppen geht auf mich!“

„Soso“, bekam er sogleich zu hören, „kannst du dir das noch leisten, wo du doch auch bald unter die Haube kommst?“

Karl nickte erst fröhlich, aber dann wurde er ernst: „Ich habe keine Ahnung, wie ich das machen soll mit diesen dummen Maulbeerbäumen, die ich nachweisen muss. So lange wird das eh nichts mit dem Heiraten. Unser Gärtchen ist viel zu klein und beim Schwiegervater führt die Lotte das Regiment und regiert mit eiserner Hand: Keine einzige Rebe werde sie für einen Seidenbaum ummachen, hat sie gesagt.“

„Oje, und was die Lotte sagt, das ist Gesetz“, stimmte ihm sein Nachbar, der Matthes Wechsler, zu. „Deshalb hat die auch immer noch keinen Mann abbekommen, die ist ja beinah selber einer!"

„Aber sie hat den Hof im Griff, da gibts nichts!", sagte Karl und musste sich eingestehen, dass er die resolute Schwester seiner Luise schon irgendwie beeindruckend fand. Eine solche Entschlossenheit hätte er selbst auch gern gehabt! Aber leider hing es nun komplett von ihr ab, ob Karl seine Luise zum Altar führen durfte. Wenn nicht noch ein Wunder geschah ...

Auf dem Heimweg liefen Karl und Lui nebeneinander her, jeder in seine Gedanken versunken. „Gell, Karl, dir lässt das keine Ruhe mit den Bäumen!", stellte Lui fest. Karl nickte und brummte kurz. Lui blieb stehen und hielt seinen Freund am Ärmel fest. „Du, Karl, neulich war ein reisender Töpfer hier, mit dem hab ich mich länger unterhalten. Er hat gesagt, er sei gerade von Frankreich raufgekommen, und dort passiere es schon manchmal, dass nachts ein Acker abflämme, wenn darauf Frucht von der falschen Sorte oder für den falschen Herrn stehe. Da wehren sich wohl einige auf ihre Weise gegen die Herrschaft. Ich mein, ich will ja jetzt nicht Kopf und Kragen riskieren, aber ein wenig Gegenwehr könnte dem Kurfürsten hier auch nicht schaden. Heute hü und morgen hott und wir sollen das immer mitmachen, so gehts ja auch nicht!"

„Meinst du? Ist das nicht viel zu gefährlich?"

„Man muss es halt geschickt anstellen. Und wenn dem Kurpfälzer die Gegend hier im wahrsten Sinne des Wortes zu heiß wird und er nichts als Ärger mit uns hat, wer weiß, vielleicht lässt er uns ja dann in Ruhe einfach nur weiter Wein anbauen."

„Das kann aber auch ins Gegenteil umschlagen", gab Karl

zu bedenken. „Wenn uns jemand erwischt, sitze ich nachher im Kerker statt vor dem Altar!“

„Was laut dem kleinen Wechsler ja genau dasselbe ist!“, lachte Lui, stieß Karl in die Seite und bog in sein Hoftor ab.

„Ja“, dachte sich Karl, „wenn das nur alles so einfach ginge!“. Seufzend machte er sich auf die letzten Schritte bis nach Hause.

„Ach Lotte, warum willst du unbedingt unserem Glück im Wege stehen!“, rief Luise und wischte sich die Tränen aus dem Gesicht. Karl hatte ein paar Tage nach dem Besuch in der „Krone“ doch noch einmal versucht, Lotte umzustimmen, aber diese reagierte härter denn je. Luise und selbst Rose, die jüngste Schwester, weinten, Lotte hatte sich vor Wut rot geschrien, Karl war nass geschwitzt und Vater Baltz bekam vor Aufregung kaum noch Luft. „Und wenn ihr nun doch einen kleinen Wingert opfert?“, schlug Karl erneut und ganz vorsichtig vor. Einen Moment lang war es sehr still auf dem Hof. Schließlich sagte der Alte: „Das würde schon gehen, denke ich.“

Lotte stellte sich breitbeinig vor ihren Vater, stemmte die Hände in die Hüften und brüllte: „Jaa, so haben wir das gern! Wer ist es denn, die hier den lieben langen Tag schafft für drei? Das lass ich mir nicht sagen, Vater! Den Hof leite ich, da hats bisher ja auch kein Vertun gegeben! Und du machst dich besser vom Acker, du kleiner Möchtegern!“, herrschte sie Karl an. „Land gewinnen, das wärs jetzt, was du solltest. In zweierlei Hinsicht!“

„Der Karl und ich dürfen doch sonst nicht heiraten“, schniefte Luise. „Aber das verstehst du halt nicht, dass man das gern möchte. Du nicht, du Gewitterhexe! Dich nimmt eh keiner!“

Wutschnaubend fuhr Lotte zu Luise herum, aber bevor sie etwas erwidern konnte, sagte Heinrich Baltz: „Vergiss nicht, dass der Jakob den Hof mal erbt!"

Damit hatte er endgültig ein Schwert in Lottes Herz getrieben. „Was soll ich denn dann noch hier?", schrie sie aufgebracht. „Dann macht den ganzen Mist doch einfach allein! Ihr werdet schon sehen, was ihr davon habt!" Und aufgelöst lief sie einfach so vom Hof und stürmte am Ende der Gasse den Hügel hinauf. Auch Karl verließ, getroffen und durcheinander, wie er war, den Baltzschen Hof und versuchte in den Weinbergen zur Ruhe zu kommen. Nur wenige Augenblicke später traf Jakob Baltz ein. Er hatte heimlich mit der Tochter aus der „Krone" am Seebachufer im Schatten gesessen und war höchst verwundert angesichts der aufgewühlten Stimmung daheim.

Später kehrte Lotte staubig und verschwitzt heim. Wortlos wusch sie sich am Trog im Hof Gesicht und Arme und wollte sich auch die Haare wieder richten, die ihr völlig zerzaust um das braun gebrannte Gesicht hingen.

„Na", neckte ihr Bruder, „hast du dich beruhigt und jetzt ein wenig abgekühlt?"

„Red nicht so dummes Zeug", brummte Lotte. „Du klingst schon wie ein richtiger Herr vom Amt!"

Sie fuhr sich ein zweites Mal durch die Haare, dann fragte sie: „Sag mal, hast du mein neues Haarband irgendwo gesehen?"

„Aha", stichelte Jakob, „kommts von einem Verehrer?"

„Blödsinn! Der Bruder vom Seemüller hats mir geschenkt."

„Sieh an, eine gute Partie steht da also vor der Tür!"

„Glaub nur nicht, so einen Prahlhans wie den würde ich

jemals nehmen! Aber das schöne Band, das kann ja nichts dafür, dass es aus seinem Hause kommt. Außerdem ist es kostbar. Vielleicht mache ich es auch zu Geld.“

„Wie siehts denn aus?“, wollte Jakob wissen.

„Blau ist es – und aus feiner Seide.“

Wie es wirklich war …

In der zweiten Hälfte des achtzehnten Jahrhunderts wurden in den linksrheinischen Gebieten des Mannheimer Kurfürsten auf dessen Geheiß zigtausende Maulbeerbäume gepflanzt (1790 sollen es über dreihunderttausend gewesen sein!), und da die Untertanen eigentlich gar keine Lust hatten, Maulbeerbäume zu setzen, waren damit tatsächlich oft die Genehmigung zur Heirat oder zur Ausübung eines Berufes verbunden. Da manchmal auch – von den aufständischen Landwirten im nahen Elsass abgeguckt – kurfürstliche Pflanzungen abbrannten, wurde extra ein Aufseher eingestellt. In Westhofen beispielsweise im achtzehnten Jahrhundert der Betreiber der Gemeindemühle. Den Anbau von Hanf hatte der Kurfürst zuvor bereits propagiert, allerdings wohl gelegentlich mit den im Text geschilderten Folgen für die mehr oder weniger ahnungslose Bevölkerung.

Die Feuerwehr der nahen Stadt Alzey gilt als die älteste in Deutschland: Sie wurde im September 1799 als *Feuer Compagnie* in das städtische *Agentschafts Register* eingetragen. Zu spät für den Kurfürsten …

„Eine Schande ist das", schimpfte Friedmine und kehrte vehement mit dem Reisigbesen über die Fliesen. Seufzend ließ sie den Besen sinken, als ihr bewusst wurde, dass sie den Staub lediglich verteilte. „Ach Kind", setzte sie ihr Lamento fort, „was sollen wir nur tun? Unsere wunderbare Stadt geht in Trümmer. Dem Franzos' freilich kann's egal sein." Anklagend deutete Friedmine auf den Riss in der Hauswand, wo ein Geschoss eingeschlagen, zum Glück jedoch kein Loch gerissen hatte. „Ich bin den Dreck leid. Jedes Mal, wenn wir die Tür aufmachen, kommt neuer herein."

„Ja, Tante", beeilte sich Marie zu sagen. Sie wusste, wenn sie nicht auf das Gejammer der Tante einging, würde sich der Zorn Friedmines schließlich gegen sie richten. Maries Schwester Mathilda war noch zu klein, um als Brecher für Friedmines Wutwellen zu dienen. Marie war vor drei Tagen siebzehn geworden. Ausgerechnet an dem Tag, an dem die Franzosen ihr viertes Jubiläum des Sturms auf die Bastille gefeiert hatten. „Was beschwerst du dich, Kind", hatte Friedmine gesagt. „Die Kanonen schweigen heute. Weiß Gott, was der Preuß' zu feiern hat. Aus Rücksicht auf den Franzos' lässt er die Batterien sicher nicht ruhen." Mathilda hatte Marie zu ihrem Ehrentag eine Eidechse geschenkt, die sie mit ihren kleinen Händen geschickt gefangen hatte. Stolz hatte Mathilda ihr das Tier auf die Schulter gesetzt, sich einen dicken, schwesterlichen Dankeskuss abgeholt und wenige Minuten später die Eidechse schon wieder vergessen, die flugs von Maries Schulter und über den Boden davon gehuscht war.

Marie griff nach dem Korb, der am Haken neben der Tür hing. „Ich gehe Essen besorgen."

„Tu das, mein Kind. Aber gib auf dich Acht."

„Ja, Tante", beendete Marie den Dialog. Sie ertrug das tägliche Nahrungsmittel besorgen nicht mehr, die Knappheit von allem. Das Betteln bei den Besatzern widerte sie an. Als sie mit Friedmine und Mathilda vor einigen Tagen mit den Nachbarn in deren Hof beisammen gesessen hatten, war mit einem Mal eine ganze Horde betrunkener Franzosen auf den Hof gestürzt. Sie randalierten und Marie trug den Biss eines aufdringlichen Besatzers an der Schulter davon. Glücklicherweise bändigten die Nachbarn den toll gewordenen Mann. Die Rotte zog weiter. Es hätte auch anders ausgehen können.

Marie sah sich aufmerksam um, ehe sie aus dem Haus trat. Sie lauschte. Wenn die Geschütze abgefeuert wurden, gab es für gewöhnlich einen Knall, gefolgt von einem fast unhörbaren Pfeifen, dann folgte der Einschlag. Dadurch, dass die Preußen und Österreicher ihre Stellung ständig veränderten[1], war nie abzusehen, wo das Geschoss einschlagen und welchen Schaden sie anrichten würden. Marie hörte im Augenblick nur das Schnarchen eines Clubisten[2], der eine Flasche Wein im Arm hielt, den Kopf gegen das Rad einer Kutsche gelehnt. Marie umrundete ihn vorsichtig. Sie verabscheute die Übergelaufenen. Viele waren es nicht mehr, aber da es

[1] Preußen und Österreicher belagerten die eingeschlossenen Franzosen in Mainz. Während des Bombardements, von Juni bis zum Ende der Belagerung, wurden die **Batteriestellungen** öfter gewechselt, damit die Franzosen sich nicht einschießen konnten. (Quelle: Goethe „Belagerung von Mainz 1793")

[2] Die **Clubisten** waren EInheimische, die den Franzosen einen Treueeid geschworen und sich den Dekreten der Franzosen unterworfen hatten. Aus einer fortschrittlichen Idee wurde allerdings im Laufe der Zeit Zwang und Terror. Die Clubisten wurden von der Mainzer Bevölkerung nicht länger geduldet, ihre Zahl verringerte sich. Schließlich mussten sie nach der Kapitulation von d'Oyré am 23.07.1793 fliehen. (Quellen: Goethe „Belagerung von Mainz 1793" und Heinz Brauburger „Die Mainzer Republik 1792/1793 ein Ort der Demokratie und Freiheit?", Ingelheim 2015, S. 42ff.)

sich um die eigenen Leute handelte, die man seit Kindheit zu kennen geglaubt hatte, schmerzte der Gesinnungswechsel um so mehr.

Sie erreichte den Platz vor der St. Johanniskirche. Aus der Gasse hörte sie schon das vertraute Pfeifsignal. Doch nicht Benedikt, mit dem sie sich hatte treffen wollen, hatte gepfiffen, sondern ein Fremder. Und seine Hände hielten auch keine Kiste mit Lebensmitteln fest, sondern ein französisches Bajonett, dessen Spitze in Maries Richtung zeigte. Die Augen des Mannes waren so hellblau, dass sie tot wirkten. Marie machte auf dem Absatz kehrt und rannte los. Sie hörte Schritte hinter sich, drehte sich aber nicht um, sie tauchte in das Gewirr der Gassen ein. Schließlich erreichte sie die Trümmer eines zerstörten Gebäudes und verkroch sich hinter den dicken Steinbrocken. Der Unheimliche schien sie nicht länger zu verfolgen. Plötzlich hörte Marie einen dumpfen Knall, dann pfiff es und kurz darauf schlug das erste Geschoss ein. Kugel um Kugel fetzte Gemäuer in Stücke, riss Löcher in das Straßenpflaster, das Geschrei der Menschen war fern, aber bitterlich. Die Belagerer bombardierten mehrere Straßenzüge gleichzeitig. Marie presste die Hände auf die Ohren, rollte sich hinter den Trümmern zusammen und betete. Tränen flossen über ihre Wangen.

Sie nutzte eine Feuerpause, um den Weg nach Hause einzuschlagen. Je näher sie ihrem Viertel kam, desto größer waren die Zerstörungen. Rauch hing zäh in den Straßen, Menschen lagen sich in den Armen. Eine Löschkette reichte Eimer mit Wasser weiter. Befehle wurden gerufen. Marie bahnte sich einen Weg durch die Menge. Dann blieb sie stehen. Ihr Mund öffnete sich zu einem stummen Schrei. Sie sank auf die Knie und blickte auf den Trümmerhaufen, der einst ihr Heim gewesen war. Die Nachbarin kam, zog sie auf die Füße. „Marie, deiner Tante und Mathilda geht es gut. Hörst du mich?" Eine Ohrfeige holte Marie zurück, gab der Nachbarin wieder Töne in den Mund und stupste die Erde an, auf dass sie sich weiterdrehe. Marie schüttelte den Kopf. „Das kann nicht sein."

„Wenn ich's dir doch sage."

Marie fühlte sich am Arm gepackt und mitgeführt. Sie betrat das Haus der Nachbarin, das – wie durch ein Wunder – nicht einen Kratzer abbekommen hatte. Nur der Steinstaub war auch hier allgegenwärtig. Gegen ihn gab es wohl kein Mittel. Maries Schuhe hinterließen Abdrücke auf den Fliesen. „Kind", dröhnte Friedmine und schloss Marie in eine Umarmung, die für einen zierlicheren Menschen durchaus hätte tödlich ausgehen können. Endlich, die Luftnot ließ die Umgebung bereits wattig werden, entließ die Tante Marie aus ihrem Griff. „Ich bin ja so froh". Marie nickte und stammelte: „Ich habe den Korb verloren." Dann brach sie in Tränen aus.

Die Nachbarn durchstöberten die Trümmer und bargen, Marie hätte es nie für möglich gehalten, doch noch einiges Brauchbare. Friedmine, Marie und Mathilda kamen einstweilen in der Wohnstube der Nachbarn unter. Als Gegenleistung versprach Marie, Essen für alle zu besorgen.

Auch der nächste Tag war heiß und voller Lärm und Schrecken. Ständig kam der Befehl „Bas!"[3] von den Franzosen. Die Leute auf der Straße gingen in Deckung. Kugeln donnerten in Häuser und Kutschen oder rissen Pflastersteine entzwei. In den Löchern auf der Straße sammelte sich der

[3] **Bas**! (frz.) = runter!

Urin aus den entleerten Nachttöpfen. Es roch widerwärtig, da sich kein Lüftchen regte. Marie ging, dieses Mal mit einem geborgten Korb der Nachbarin, auf St. Johannis zu. Das Bild des Helläugigen stand ihr noch lebhaft vor Augen. Aber zum Glück wartete dieses Mal Benedikt auf sie. Er rief schon von Weitem. Marie winkte ihm zu. Benedikt eilte heran. Seine abstehenden Ohren glühten und eine Platzwunde verunzierte seine linke Augenbraue. „Was ist geschehen? Hast du dich gerauft?"

„Pah, gerauft. Überfallen wurde ich. Von dem miesen Franzosenpack", Letzteres hatte er geraunt.

„Warum?", wollte Marie wissen.

„Sie wollten mich einschüchtern. Aber komm mit, das will ich dir nicht hier auf dem Platz erzählen, wo jeder mithört. Wir gehen in die Trümmer der Dominikanerkirche. Irgend jemand streute das Gerücht, es spuke dort. Seitdem hat man dort seine Ruhe."

Schweigend schritten die beiden nebeneinander her. Sie erreichten den Schuttberg und suchten sich ein Stück Wand, das wie ein Zahn in die Luft ragte. Benedikt half Marie hinauf, dann zog er sich selbst auf die schmale Plattform. Sie ließen die Beine baumeln und lauschten den einschlagenden Geschossen. „Für heute ist's hier wohl sicher", sagte Marie.

„Die Kanonade hat genug angerichtet", schimpfte er. „Aber der Platz ist gut. Wie die Adler im Horst thronen wir hier."

„Ich wäre lieber die Spinne im Netz", sagte Marie und seufzte. „Ich fühle mich so hilflos. Wir haben durch die elende Schießerei unser Haus verloren. Aber was jammere ich. Meiner Tante und meiner kleinen Schwester geht es gut. Nun ja, meine Schwester redet seitdem nichts mehr. Aber das wird wohl vorbei gehen."

„Ich habe einen Spitzel ausfindig gemacht."

Marie fiel beinahe von ihrem Aussichtspunkt. „Was?"

„Ein Obrist von den Wegenern."

„Preuße?", fragte sie nach. Benedikt nickte. „Das musst du melden!"

„Kann ich nicht."

„Bist du von Sinnen? Was glaubst du, was die Franzosen mit dir machen, wenn …"

„Sag, Marie, hörst du mir eigentlich zu? Die Franzosen wissen es. Sie haben mich aufgestöbert und zusammengeschlagen. Ein Teil von ihnen macht gemeinsame Sache mit den Preußen. Was glaubst du, warum die so gut treffen mit ihren verfluchten Kanonen? Und was glaubst du, warum die Franzosen beinahe den König und den Kalckreuth[4] im Hauptquartier erwischt hätten."

„Aber woher weißt du denn das alles?"

„Ich bediene seit geraumer Weile in der Schenke, wo sich die Verschwörer im Hinterzimmer treffen. Wenn immer derselbe Junge mit tumbem Gesichtsausdruck und einem Krug Wein in der Hand in der Ecke steht, fällt der irgendwann nicht mehr auf."

„Beschreibe ihn mir", bat sie.

„Wen?"

„Den Preußen."

„Ja, der ist einfach", sagte Benedikt lebhaft. „Der hat ganz helle Augen und schaut wie ein Adler, kurz bevor er seine Beute schlägt. Außerdem schneidet er ganz schön auf. Erzählt, er hätte sich mit Goethe getroffen, zum Nachtessen, und mit ihm die Wirren des Krieges diskutiert."

[4]Goethe beschreibt in seinem Text „Belagerung von Mainz 1793" im Eintrag vom 27.05., wie ein Offizier, der zu Graf **Kalckreuths** preußischem Regiment gehörte, zu den Franzosen überläuft und es zu einer Schießerei kommt.

Marie hörte die nächsten Minuten zu, unterbrach ihn nicht. „Der Obrist hat mir aufgelauert. Als ich gestern auf St. Johann gegangen bin, um Essen zu besorgen. Er verwendete unser Pfeifsignal.“

Benedikt wurde blass. Er griff nach Maries Hand. Seine Finger waren eiskalt. Marie war es mit einem Mal unwohl. „Benedikt, lass uns gehen.“

„Warte, ich helfe dir.“ Benedikt sprang herunter und wandte sich mit nach oben ausgestreckten Händen just Marie zu, als eine Stimme ertönte: „Nicht nötig, ich helfe der jungen Dame herunter.“ Marie entfuhr ein Schrei. Benedikt wurde von zwei Sansculotten[5] in die Mitte genommen. Die Finger des Obristen waren schmal, aber kräftig, und seine Augen noch heller, als Marie sie in Erinnerung hatte.

„Sie sind schnell zu Fuß“, sagte der Obrist.

„Was wollen Sie von uns?“, fragte Marie. Sie fühlte einen Kloß im Hals.

„Ich kannte einst einen wirklich schwerfälligen Jungen. Er“, der Obrist nickte in Richtung von Benedikt, „konnte mich nicht täuschen. Und doch unterschätzte ich seine schweigende Gesellschaft. Nur jetzt, wo alles dem Ende zuzugehen droht, möchte ich doch wissen, was der Vogel mit den abstehenden Ohren für Lieder gezwitschert hat.“

Marie presste die Lippen aufeinander. Außer den Sansculotten, die sich lautstark unterhielten – der eine schien auf einem Ohr taub zu sein – schwiegen die Übrigen.

Sie erreichten jene Schenke, in der Benedikt seine Rolle so fürchterlich schlecht gespielt hatte. Für Marie und Benedikt wurden Stühle vom Tisch gerückt. Der Obrist wies sie an,

[5] **Sansculotten** (frz.): ohne Kniebundhosen; diese Männer trugen lange Hosen, meist aus gestreiftem Stoff und nicht die typischen Kniehosen der Adligen.

sich zu setzen. Fünf Clubisten fanden sich zusätzlich ein.

„Beginnen wir mit etwas Einfachem. Wie heißen Sie?“, wandte sich der Wegener Verräter an Marie.

„Marie Elisabeth Scheffner.“

Ein Schreiber, den Marie erst jetzt wahrnahm, erkundigte sich, wie man den Namen schrieb. Marie stand kurzerhand auf und nahm dem Schreiber die Feder aus der Hand. Geschwind schrieb sie ihren Namen so groß auf das leere Blatt, dass es nicht viel mehr Informationen zu fassen vermochte. Der Schreiber brummte unwillig. „Setzen Sie sich wieder hin“, befahl der Obrist.

Franzosen betraten die Schenke. Sie achteten nicht auf das Geschehen im Hinterzimmer. Marie sah, wie sich die Männer an der Theke niederließen und vom Wirt mit Getränken versorgt wurden. „Ich bin Marie Elisabeth Scheffner, meine Großmutter war eine ehrliche Näherin namens Fernande Marguerite Dubois in Paris. Ich werde schlecht behandelt. Aufgrund meiner Herkunft verlange ich einen französischen Besatzer mit Rang zu sprechen“, sagte Marie laut auf Französisch. Benedikt sah sie ungläubig an. Der Obrist schnappte konsterniert nach Luft. Die Clubisten wirkten ratlos. Die Franzosen an der Theke wurden aufmerksam.

„Ja, Sie“, rief Marie den Besatzern zu. „Holen Sie Ihren Capitaine.“

Der Schreck des Obristen währte nicht lange. Er gab seinen Mitstreitern ein Zeichen. Marie wurde auf die Füße gezerrt und aus dem Raum geschleift. Sie zeterte, doch ein derber Schlag in die Seite ließ sie verstummen. Es brannte erbärmlich, wenn Marie einatmete. Die Franzosen kamen neugierig hinterdrein. „Der Obrist ist ein Preuße“, stieß Marie atemlos auf Französisch hervor. „Ein Feind!“

Ein Fuhrwerk hielt neben ihnen. Marie wurde unsanft hinein bugsiert. Der Obrist setzte sich neben sie, auf der anderen Seite nahm ein Clubist Platz. „Ich kann Sie nicht leben lassen. Es tut mir leid“, sagte der Obrist. So schnell geht das, dachte Marie. Eine Information wechselt den Besitzer und … „Was ist mit Benedikt?“, hauchte Marie. Der Clubist fuhr sich mit der Handkante über die Kehle. Marie senkte den Kopf. Lieber Herrgott, begann sie innerlich zu beten, bitte mach, dass es schnell geht. Bitte sorge gut für die fromme Tante und meine kleine Schwester. Bitte, lieber Herrgott …

Ein Ruck warf Marie vom Sitz. Sie landete unsanft auf ihren Knien. Die Tür der Kutsche wurde aufgerissen, ein Bajonett spießte beinahe Maries Schulter auf. „Aussteigen!“, befahl eine Stimme mit deutlichem Akzent. Marie wurde als Erste aus der Kutsche gezogen, es folgten der Clubist und unter Androhung von Waffengewalt, der Obrist. „Sind Sie Mademoiselle Scheffner?“, fragte die Wache.

„Oui“, sagte Marie.

„Folgen Sie mir.“

Sie betraten ein Haus, das nur geringfügige Beschädigungen zeigte. In der Wohnstube saß ein Mann mit fein geschnittenen Gesichtszügen. Er stand auf und deutete eine Verbeugung an. „Gestatten, Général d’Oyré.“

Marie knickste und blieb mit gesenktem Blick stehen.

„Meine Soldaten erzählten, Sie hätten Kontakt zu einem preußischen Spion gehabt?“

„Er forscht Geheimnisse sowohl für die Preußen als auch für die Franzosen aus, Herr General. Er wollte mich töten.“

„Können Sie sich vorstellen, was der Spion von Ihnen wollte?“, hakte d’Oyré nach.

Marie schüttelte den Kopf. „Ich bin eine einfache Bürgerin. Unser Haus wurde gestern durch die Kanonade zerstört. Meine kleine Schwester, sie ist erst drei Jahre alt, wird sich von dem Schrecken vielleicht nie wieder erholen. Wir waren dabei, als die Aussperrung am 24. Juni stattfand[6]. Meine Tante leistete den Eid[7], Mathilda und ich wohnen bei ihr. Unsere Eltern sind tot."

„Beruhigen Sie sich, Mademoiselle", bat d'Oyré sanft. Marie schämte sich der Tränen, die über ihre Wangen rollten. Sie drehte sich weg und wischte mit dem Handrücken über ihr Gesicht.

„Was können Sie mir über den Verräter erzählen?"

Marie holte Luft und berichtete dem General alles, was Benedikt ihr über den Obristen erzählt hatte.

D'Oyré sah nachdenklich aus. Er blickte ins Leere und sagte leise: „Es begann als Idee, das Leben des einfachen Mannes zu verbessern, den Bedürftigen zu helfen. Die Bildung voran zu bringen. Allerdings wurde Hilfe im Laufe der Zeit mit Zwang verwechselt. Das kann nicht gut gehen, das ist es auch noch nie. Niemandem wurde geholfen."

Marie schwieg ergriffen. D'Oyrés Blick klärte sich. Er sah sie nun an. „Ich werde für Ihre Sicherheit sorgen, für die Sicherheit der gesamten Stadt. Ich kann die Wunden, die Mainz erlitten hat, nicht ungeschehen machen, aber ich kann dafür sorgen, dass keine neuen mehr geschlagen werden. Mögen die Kanonen der Belagerer fortan schweigen. Und Sie, leben

[6] **Aussperrung**: Franzosen und Clubisten schickten 1500 Alte, Kranke, Frauen und Kinder aus der Stadt und verriegelten die Tore. Vor der Stadt befand sich der Ring der Belagerer. Einen Tag lang mussten die derart Verbannten zwischen den Fronten ausharren, bis sie endlich wieder in die Stadt eingelassen wurden. Sie hatten nichts zu essen und trinken während dieser Zeit. (Quelle: Brauburger, s. Fußnote 2, S. 39)

[7] Die Franzosen ließen die Menschen besetzter Gegenden einen **Eid** – später sogar unter Zwang – schwören, der die Befolgung der französischen Dekrete von Dezember 1792 zum Inhalt hatte. (Quelle: Brauburger, s. Fußnote 2, S. 68 ff.)

Sie wohl, Mademoiselle Marie. Haben Sie Dank. Ihre Worte haben die Klarheit gebracht, die ich mir wünschte. Ich bringe jetzt den Mut auf, die Entscheidung, die ich schon einige Tage vor mir herschiebe, vor meinen Vorgesetzten vertreten zu können. “

D’Oyré flüsterte seinem Gardisten etwas zu und verließ das Haus. Marie erhielt einen ledernen Beutel sowie eine Flasche Wein und wurde von den Soldaten nach Hause begleitet. Auch Benedikt wurde umgehend freigelassen. Überglücklich, so glimpflich davon gekommen zu sein, fielen sich die beiden um den Hals und versprachen, sich am nächsten Tag bei St. Johannis zu treffen.

Friedmine saß vor dem Haus der Nachbarin und starrte verdrießlich auf die Trümmer des Scheffner’schen Hauses. Marie setzte sich neben sie und strich ihr über den Arm. Mathilda stolperte herbei und setzte sich auf Maries Schoß. „Das hat lange gedauert, Kind. Zeig, was du mitgebracht hast“, verlangte die Tante. Marie öffnete grinsend den Beutel, den sie von d’Oyré erhalten hatte und schüttete viele goldene Münzen auf Friedmines ausgestreckte Handfläche.

Breitsester Hof, im Spätherbst 1801

„Nein, ich mag nicht!", schrie ich mit schriller Stimme und schlug dem Mann das Trinkgefäß aus der Hand. Scheppernd rollte der Becher über die groben Holzdielen. Der Ältere, den sie Müller-Jakob riefen, schnappte wütend nach meinem Arm und stieß mich auf den Boden.

„Leck den Schnaps auf!", brüllte er außer sich vor Zorn.

„Es hat dir eben doch noch geschmeckt!", grölte sein Kumpan Benedum und beugte sich zu mir hinunter.

„Lasst mich los, ich will nicht!"

„Ha, sie will nicht!" Benedums schmutzig verschwitztes Gesicht erschien dicht vor meinem. „Das wollen wir sehen! Haltet sie fest!", herrschte er den Müller-Jakob und dessen Sohn Johannes an.

Ich versuchte mich unter ihren Händen herauszuwinden und schrie meine Verzweiflung hinaus. Aber sie hielten mich eisern fest und zogen gewaltsam meine Lippen auseinander, setzten den Krug an und flößten mir so viel Branntwein ein, dass er an den Mundwinkeln wieder herauslief.

„Schluck, verdammt noch mal!" Zwei kräftige Schläge trafen mein Gesicht. Die Wangen glühten vor Schmerz. Das Gesöff floss den Hals hinunter und versickerte im Mieder. Meine Augen brannten. Undeutlich erkannte ich durch den Tränenschleier die Männer über mir.

„Treibt es nicht zu bunt!," rief eine befehlsgewohnte Stimme von der Tür her.

„Hilf mir, ich will nicht!", wollte ich schreien, doch ich brachte nur gurgelnde Laute heraus. Benedum wandte sich dem Mahnenden zu und winkte ab. „Lass uns doch den

Spaß, Hannes. Es ist nicht alle Tage so lustig."

Meine Augen flehten den Mann am Eingang an. Hilf mir, in Gottes Namen. Doch nur ein gleichgültiger Blick streifte mich. Dann war er wieder draußen.

Von Neuem näherte sich ein Mund meinem Ohr. Mit schwerer Zunge lallte der Müller-Jakob: „Das war der Schinderhannes. Nimm dich vor ihm in Acht. Mit dem ist nicht zu spaßen."

Ein weiterer Krug Schnaps wurde gereicht. Wieder griffen sie mir an Kinn und Nase und drückten die Zähne auseinander. Scharf brannte es in meiner Kehle. Ich hustete und spuckte. Ruckartig wurde mein Kopf an den Zöpfen herumgerissen. „Mach das nicht noch einmal! Der Branntwein ist teuer genug."

Schwielige Hände glitten an meinem Hals entlang. Mit scharfem Ratschen riss das Mieder entzwei. Klebrige Lippen saugten in dem Grübchen unter meiner Kehle den Rest des verbliebenen Schnapses auf. Ich schlug um mich. Doch meine Kräfte erlahmten im Nebel des Alkohols.

„Schau dir dieses wilde Kätzchen an!" Jemand lachte meckernd. „Man muss es zähmen!"

Unsinniges Zeug lallend, schüttelte ich den Kopf.

„Was? Du willst immer noch nicht? Dann tanzen wir! Musikanten, spielt auf!"

Sie zogen meinen willenlosen Körper empor und rissen ihn im wirren Drehen zum Takt der Musik herum. Hinaus ging es auf den Hof, vom einen in die Arme des anderen geworfen. Gellendes Gelächter hallte in meinem Kopf. Etwas würgte im Hals und ein Strahl Erbrochenes landete an Kragen und Brust des Nächsten. Die ausholende Hand traf mich mit voller Wucht. „Du gottserbärmliche Dirne, du!", schrie Benedum. „Das wirst du mir büßen!"

Schläge prasselten auf mich nieder. Pfeifend wich der Atem aus der Lunge. Ich taumelte und ging röchelnd zu Boden. Der Sohn vom Müller-Jakob stieß Benedum beiseite. „Jetzt bin ich dran!“ Lachend zerrte er an meinen Kleidern: „Her mit den Röcken! Zeig, was du hast!“

Schmutzige Finger grapschten nach mir. Betäubt ließ ich alles über mich ergehen. Zum Schluss packten sie mich an Armen und Beinen und schwenkten mich wie einen Sack in der Luft hin und her.

„Machts mit der keinen Spaß mehr, nehmen wir eine andere her!“, grölten sie, bevor sie mich losließen.

Aufgeregt gackernd stoben die Hennen davon, als die Männer mich auf den Misthaufen warfen.

Hamm am Rhein, im Januar 1802

Ich hielt die Handballen fest gegen meine Ohren gepresst. Trotzdem setzte sich das Knallen und Krachen der Eisschollen ungehindert im Kopf fest. Nachts hörte es sich noch bedrohlicher an als bei Tag. Manchmal verwandelte sich das dumpfe Knirschen in einen hellen Klang, ging über in ein Wimmern, wie es nur Katzen oder Säuglinge vermögen, um mit einem schrillen, fast nicht mehr zu vernehmenden Quietschen urplötzlich zu enden oder wieder von Neuem zu beginnen. Unruhig blökten die Tiere in den Ställen und die Hunde jaulten jämmerlich.

In der Nacht zuvor hatte sich Tauwetter mit einem für Januar unnatürlich warmen Wind angemeldet, der stündlich stärker wurde und zu einem Orkan anwuchs. Er fauchte durch die Rheinebene und rüttelte unbarmherzig an den Katen und Fischerhütten aus Fachwerk, zerrte das Stroh von den Dächern und drückte die dünnen Lehmwände ein. Polternd riss er alles mit sich, was nicht gesichert und hereingeholt worden war. Fielen anfangs noch reichlich dicke Schneeflocken, verwandelten die sich in harte, waagrechte Regentropfen. Sie trommelten gegen die Fenster, als riefen sie zum jüngsten Gericht.

Erst dachte ich, einer der Holzläden sei nicht richtig befestigt worden. Das Klopfen verstärkte sich. Da hörte ich aus dem angrenzenden Stall die Stimme von Theodor: „Wer da?"

„Der Hannes ist hier!", kam es gedämpft, aber ungeduldig von draußen zurück. „Mach schon auf."

Wieder schlugen Eisschollen polternd aneinander und es quietschte leise. Doch dieses Mal waren es die Riegel und Angeln des Stalltors. Kurz darauf wurde die Tür zur Küche aufgerissen. Theo rüttelte an meinem Arm und herrschte mich an: „He, wir haben Besuch, mach Feuer und Kaffee!"

Ich richtete mich neben der gemauerten Ofenfläche von meinem Lager auf. Hier war der wärmste Platz in dem heruntergekommenen Haus der Fischerswitwe Seibel, ihrer Tochter Liesel sowie der zwei Söhne, dem zweiundzwanzigjährigen Theodor und dem zwei Jahre älteren Adam. Der wohnte mit seinem Weib samt Säugling in einer Kammer unter dem Dach. Dazu hatte sich vor ein paar Tagen eine Frau einquartiert, die von der rechten Rheinseite herübergekommen war. Sie nannte sich hochtrabend Krämerin Julia Ofenloch. Dabei glich sie mit ihrem verschlagenen Blick eher einer Bettlerin oder Diebin. Eine seltsame Person, dachte ich und überlegte, ob ich ihr nicht schon irgendwo begegnet war. Sie schien hier bestens bekannt zu sein. Sie kommandierte alle herum wie eine Hausherrin. Dabei stand der Seibel-Familie jedes Mal die Angst in den Gesichtern. Die Witwe hatte ihr sogar die gute Stube wie selbstverständlich überlassen. Als sich die listigen Augen der Krämerin an meiner Halskette mit dem kleinen silbernen Kreuz festsogen, gab ich meine restlichen Habseligkeiten Adams Frau Maria zur Aufbewahrung. Sie war eine gute Seele und kümmerte sich nicht um die zwielichtigen Gäste, die ab und zu beherbergt wurden.

Theo riss mich aus meinen Gedanken. „He, träum nicht, mach Feuer! Unsere Gäste haben Hunger und Durst. Warum sonst bist du Dienstmagd in unserem Haus?"

Erschrocken raffte ich das kleine Bündel Reisig, um die Ofenasche des gestrigen Abends zusammenzukehren. Dann griff ich zum Eimer, um Wasser zu holen. Theo blickte mich missmutig an. Trotzig gab ich zurück: „Ich habe mich bei euch nur für die Winterzeit verdingt. Und weil ich mich ängstige, bei Hochwasser und Eis überzusetzen. Habe nur Kost und Logis bei euch frei und erhalte keinen Lohn."

„Warum die Mutter dich aufgenommen hat, bleibt mir ein Rätsel. Wir haben selbst nichts zu beißen", antwortete er unwirsch. „Sobald das Eis abgetrieben ist, bringen wir dich rüber. Nimm dir ein Beispiel an der Händlerin Ofenloch, die hatte keine Angst, letzte Woche den Rhein zu überqueren."

„Vielleicht kann ich ja über Wasser gehen", kam es mit schnippischem Ton von der Krämerin, die aus der angrenzenden Stube heraustrat und unser Gespräch belauscht hatte. Dabei galten ihre Ohren einer anderen Stimme. Die drang aus dem Stall zu uns herüber. Und die kannte ich nur zu gut. Sie hatte sich fest in mein Gehirn eingebrannt.

„Verstaut die Ware gut, versteckt die Gewehre! Die Pferde müssen auch versorgt werden. Wickelt das Leder von den Hufen, hier sind wir vor Gendarmen sicher!"

„Liebster!"

Ohne uns weiter zu beachten, lief die Krämerin an uns vorbei in den Stall. Im Fackelschein sah ich, wie sie sich einem der Männer mit freudigem Aufschrei in die Arme warf. Er hob sie hoch, drehte sich mit ihr einmal um die eigene Achse und herzte sie lachend. Dann schlug die Tür zu und ich war mit meiner Küchenarbeit wieder allein.

Ich hätte überall eine bessere Bleibe finden können, doch diese kleine Ortschaft Hamm, zwischen Oppenheim und Worms gelegen, hatte ich mit Bedacht ausgesucht. Wie oft lag ich in den letzten Monaten nachts wach, von entsetzlichen Albträumen geplagt.

Nachdem mich Leute des Hofpächters blau gefroren und ohne Kleider auf dem Mistpfuhl gefunden hatten, hielt ich es dort als Magd nicht mehr aus. Meine anfängliche Scham über das Geschehen verwandelte sich in eine unbändige Wut. Ich hatte nur noch einen Wunsch: bittere Rache zu nehmen. Wenn ich daran dachte, was die Grobiane mir angetan hatten, schoss mir das Blut ins Gesicht.

Der erste Gedanke war, mich der Räuberbande zum Schein anzuschließen und meine Peiniger einen nach dem anderen hinterrücks abzustechen. Zum Schluss würde ich dem Hauptschuldigen und Anführer des Gesindels das Messer in den Leib stoßen. Doch meine Angst, erkannt zu werden, war zu groß. Sie würden mir, ohne mit der Wimper zu zucken, die Kehle durchschneiden. Ich musste es also geschickter anstellen. Außerdem hatten einige dieser zwielichtigen Gesellen schon mehrere Male auf dem Hof beim Edinger Unterschlupf gefunden. Dieser rühmte sich, selbst an einem Überfall beteiligt gewesen zu sein. Bei ihm trafen sie sich, prahlten mit ihren Taten und baldowerten neue Überfälle aus. So hatte ich auch von ihren Fluchtwegen ins Rechtsrheinische erfahren.

Die Stalltür wurde lärmend aufgestoßen. Turtelnd kam die Krämerin mit ihrem Liebhaber heraus. Aus den Augenwinkeln beobachtete ich den Mann, von dem es hieß, er verabscheue Gewalt gegen Weibsleute. Er würde sie sogar beschützen. Unwillkürlich ballten sich meine Hände zu Fäusten. Mich jedenfalls hatte er nicht beschützt, sondern achtlos den Bestien überlassen. In diesem Moment war die Angst, wiedererkannt zu werden, vergessen.

„Glotz nicht so, hast du nichts zu tun?", fuhr mich die Ofenloch herrisch an. Schnell senkte ich den Kopf, was sie zu einem weiteren Befehl ermunterte. „Ist der Kaffee fertig, so mach uns etwas Deftiges zu Essen! Hol Eier, Butter, Speck und Brot vom Händler Bychen nebenan."

„Gebt mir Geld, ich habe keines," kam es kleinlaut zurück.

„Lass bei ihm anschreiben und bestell einen Gruß vom Schinderhannes."

„Sei still!", herrschte er sie zischend an. „Es muss nicht jeder wissen, dass ich hier bin." Er zog einen ledernen Beutel hervor und gab mir ein paar Münzen. „Hier ist noch Geld für einen Krug Branntwein. Und besorge ein paar Hühner, meine Leute brauchen etwas Ordentliches im Magen."

Er schaute mich prüfend an und drückte mir zu den Kreuzern noch einen Taler in die ausgestreckte Hand. Hatte er mich erkannt? Hastig zog ich das Kopftuch tiefer. Meine Handflächen wurden feucht vor Angst. Schnell umschlossen meine Finger die Münzen. Beim Hinausgehen warf ich einen Blick zurück über die Schulter. Nein, er schien sich nicht an mich zu erinnern. Erleichtert atmete ich die angehaltene Luft aus.

„Halt! Bleib stehen!" Vor Schreck hielt ich inne. Er meinte mich und mein Herz blieb fast stehen. Mit wenigen Schritten war er bei mir und riss mich an der Schulter herum. Die Finger drückten sich durch den Stoff in die Haut, sodass es wehtat und ich laut aufstöhnte.

„Dass du mir das Maul hältst, ich mag keine geschwätzigen Weiber. Wenn du gefragt wirst, sag, der Händler Jakob Ofenloch ist gekommen. Hast du verstanden?"

„Ja", stammelte ich mit gesenktem Blick. Dann rannte ich wie von Teufeln gehetzt hinaus. Der Sturm riss mich fast um. Ich hielt dem peitschenden Regen mein erhitztes Gesicht entgegen. Es fühlte sich an, als stächen tausend Nadeln in meine Haut.

Den ganzen Tag wurde es nicht richtig hell. Die Windböen stoben gegen die Bedachung, rüttelten an Fenstern und Türen, bis sie die undichten Stellen fanden und pfeifend durch das Haus zogen. Über dem Herd klimperten leise Küchenutensilien gegen den hängenden Kessel. Eine Schöpfkelle fiel herunter. Doch das Scheppern ging im Bersten weiterer Eisflächen unter. Ansonsten war es im Haus ruhig. Adam und Theo waren zum Fluss unterwegs. Sie wollten ihre Gerätschaften und den Nachen überprüfen sowie nach dem Eisgang schauen. Schinderhannes war mit der Krämerin Ofenloch im guten Zimmer verschwunden. Ab und zu drang ihr Lachen bis in die Küche. Wenn der heulende Sturm gerade pausierte, vernahm man aus dem Stall das Schnarchen der Komplizen. Mit klopfendem Herzen öffnete ich leise die Tür und wollte einen Blick auf die drei Schlafenden werfen. Ihre Gesichter lagen jedoch im Schatten. In den Stall hineinzugehen, traute ich mich nicht. Ich hatte Liesel und Maria gebeten, den Männern das Essen auf den Tisch zu stellen. Der Gedanke daran, vielleicht meinen Peinigern ins Gesicht sehen zu müssen, hatte mich genau wie in der Frühe in Panik hinauslaufen lassen, um wiederholt mein tränennasses Gesicht im Sturm abzukühlen.

Ich saß am lichten Ofenfeuer und rupfte gemeinsam mit Liesel und der alten Seibelin die Hühner, dass die Federn flogen. Maria hatte ihren Säugling an die Brust gelegt. Liesel erzählte von den mitgebrachten Waren der Gauner. Schinderhannes habe ihr ein Stück Stoff und der Mutter ein wollenes Tuch geschenkt. Die Brüder hätten sich auch etwas aussuchen dürfen.

Krachend schlug die Haustür gegen die Wand. Ein Schwall kalter Luft erfüllte den Raum, sodass Maria rasch den Kleinen mit einem Tuch bedeckte. Adam und Theo rissen ihre regennassen Lederumhänge von den Schultern. Um ihre klobigen Fischergaloschen herum bildeten sich Pfützen, die langsam in den Ritzen der Dielen versickerten. Die Männer reichten mir die feuchten Joppen, um sie am Ofen trocknen zu lassen.

„Mit der Überfahrt wirds heut nichts mehr! Das kann er sich aus dem Kopf schlagen!“, schimpfte Adam ärgerlich.

Sogleich drang aus dem Nebenraum die wütende Stimme des Schinderhannes zu uns herüber: „Was kann ich mir?“ Da stand er auch schon in der Küche, nur mit dem Hemd bedeckt, die restliche Kleidung samt Gürtel und Pistole in der Hand.

Adam schüttelte den Kopf. „Du kannst nicht über den Rhein! Und vor allem nicht mit den Pferden!“

„Verdammt, die Tiere und die Waren müssen ans rechte Ufer gebracht werden!“ Sein Gesicht färbte sich vor Zorn rot. Hastig zog er sich seine Sachen über.

„Ihr müsst warten, der Fluss trägt zu viel Eis“, wiederholte Theo.

Die Faust vom Schinderhannes sauste krachend auf

den Tisch. „Wollt ihr mir sagen, was zu tun ist? Und wenn ich euch für jeden von uns und die Pferde einen Louisdor gebe?“ Etwas Hartes, Metallisches klimperte.

Jetzt klang auch Adams Stimme laut und ungeduldig: „Steck das Geld wieder ein. Du wirst keinen finden, der dich heute übersetzt, nicht für hundert Goldtaler!“

Gierig hatte die alte Seibelin nach dem Geld gelangt. In Windeseile klaubten ihre von Gicht knotigen Finger die Münzen auf. Ein Knall gleich einem Schuss ließ alle erschrocken auffahren. Der Räuber hatte blitzschnell seine Waffe gezogen. Doch es war nur der Pistolenknauf, der hart neben der Frauenhand aufschlug. Entsetzt riss die Alte ihren Arm zurück. Losgelassen rollten die Münzen über die Tischplatte. Hastig griff die Ofenloch danach.

„Ohne Überfahrt keine Zahlung!“, brüllte Schinderhannes. Zitternd vor Angst zog sich die Seibelin auf ihren Platz zurück. Die Tür vom Stall flog auf. Mit Messern und Gewehren bewaffnet sprangen die drei Banditen ihrem Anführer zur Hilfe, in der Annahme, er werde bedroht. Voller Panik wollte Maria mit dem schreienden Kind an den Männern vorbei und ins Obergeschoss laufen.

„Hiergeblieben!“

Derbe Hände schubsten sie unsanft zurück.

Ich hatte mich hinter der nassen Kleidung am Ofen versteckt. Vorsichtig schob ich eine Joppe zur Seite und versuchte mich an die Banditen damals auf dem Hof zu erinnern. Doch stets stiegen vor meinen Augen die vor Lüsternheit und Alkohol verzerrten Fratzen der Peiniger hoch. Mein Herz klopfte laut und hart, sodass ich mich ängstigte, es könne mich verraten. Die Finger tasteten nach dem Fleischmesser, das seit dem Morgen in meinem Kittel steckte. Der kühle Stahl beruhigte mich und die Hand schloss sich fester um den hölzernen Griff. Als mein Atem gleichmäßiger wurde, verglich ich die Bilder meiner Erinnerung mit den hier hereingestürmten Männern.

Adam hatte sich zwischen seine Frau, die ihr Kind mit dem Arm schützte, und die Räuber geschoben. „Und wenn ihr noch so viele seid und uns die Pistolen an die Brust setzt, wir können euch nicht hinüberbringen. Das Eis wird den kleinen Nachen zermalmen, noch bevor die Mitte des Rheins erreicht ist!", schrie er aufgebracht.

„Er hat recht", hörte ich die Ofenloch leise sagen. „Ich fürchte mich auch und mag nicht mit. Wenn das Eis den Kahn umschlägt, sind nicht nur die Waren verloren."

Theo nickte der Händlerin heftig zu, froh, wenigstens die Frau auf seiner Seite zu haben. Eifrig redete er auf die Banditen ein: „Unser Nachen ist zu klein für die Pferde. Es passen höchstens fünf Mann hinein. Im Sommer konnten wir die Tiere mit den Zügeln an den Kahn anbinden, da schwammen sie hinüber. Aber jetzt?"

„Zum Teufel, dann besorgt einen größeren Nachen", fauchte Schinderhannes die zwei Brüder an. Frauenhände legten sich beruhigend auf seinen Arm. „Lass uns wenigstens warten, bis der Sturm vorüber ist, Liebster."

Endlich winkte er mit der Hand resigniert ab. „Dann bleiben wir also hier!" Er wandte sich seinen drei Kumpanen zu: „Steckt die Messer wieder ein. Wir schauen, ob der Rhein morgen früh frei ist. Seibelin, stell Essen auf den Tisch und lass beim Wirt Bier holen!"

Aus der Kehle der Frau entwich ein tiefes Seufzen. „Gebt uns den Lohn der Überfahrt schon heute, so kann ich auch Würste und Grundbeeren kaufen", bettelte sie unterwürfig.

Wieder klirrte etwas auf dem Tisch. „Hier habt ihr einen Louisdor, vorgestreckt für die morgige Überfahrt." Er drehte sich um und riss Liesel von ihrem Hocker hoch. Hühnerfedern stoben durch die Luft.

„Lass mich. Ich hab nichts getan!", schrie sie, die Augen weit vor Angst aufgerissen, während das halb gerupfte Huhn vor ihr auf den Boden gefallen war.

Er zog sie dicht vor sein Gesicht. „Und du mein Vögelchen, wenn du singst!" Dann drehte er sich wieder um. „Oder wenn einer von euch das Maul aufreißt und uns verrät, dann sitzt der rote Hahn auf dem Dach. Ich warne euch alle!" Mit einem Ruck schubste er die Seibel-Tochter zurück. Polternd fiel sie über den Schemel und blieb wimmernd auf den Dielen zwischen den herumwirbelnden Federn liegen.

Ob es eine unbedachte Bewegung von mir war oder ob ich leise aufgeschrien hatte, ich weiß es nicht mehr. Vielleicht hatte ich meinen Kopf zu weit vorgesteckt, um die Halunken besser mustern zu können. Plötzlich stand einer der Räuber neben mir. „Was für ein Täubchen haben wir denn hier?" Er zerrte mich aus meinem Versteck. Das Messer in meiner Hand war vergessen. Klirrend fiel die Klinge zu Boden.

„Nein, ich will nicht, keinen Schnaps! Lasst mich am Leben!" Erschrocken schlug ich die Hände vor den Mund. Jetzt war alles umsonst. Ich hatte mich verraten. Doch schallendes Gelächter erfüllte den Raum. Eine pockennarbige Fratze beugte sich über mich. Hatte nicht damals auf dem Hof einer der Spießgesellen solch ein entstelltes Gesicht?

„Kenne ich dich nicht? Warst du nicht Magd beim Edinger auf dem Breitsester Hof?"

In wilder Verzweiflung schüttelte ich den Kopf. „War im Dienst bei Bauern in Eschbach."

„Lass sie in Ruhe, Rinkert", rief eine scharfe Stimme, „wir haben Ärger genug. Da brauchen wir nicht noch Weiber, die uns mit Gezeter das ganze Dorf auf den Hals hetzen."

Murrend schubste mich der Gescholtene in die Ecke zurück. „Hast du gehört mein Täubchen, er mag keine plärrenden Frauenzimmer. Er tanzt lieber mit ihnen!" Noch einmal musterte er mich mit gerunzelter Stirn. Rasch drehte ich der Fratze den Rücken zu. Rinkert, ich konnte mich nicht an den Namen erinnern. Einen blatternnarbigen Räuber hatten sie damals Schmitt, den Sachs, gerufen. Aber was hieß das schon. Schinderhannes gab sich auch als Jakob Ofenloch aus. Der andere hier mit dem Hinkefuß, das musste Leyendecker sein. Weil er schreiben und lesen konnte, bekam er die Aufträge, Erpresserbriefe zu verfassen. Der Pächter Edinger hatte des Öfteren von ihm erzählt. Unmerklich schüttelte ich den Kopf. Sollten die drei jemals auf dem Hof gewesen sein, hatten sie mich bestimmt nur von Weitem auf dem Acker beim Grundbeerenhacken gesehen, dachte ich.

Sie spielten den ganzen Abend bis in die späte Nacht Karten. Dazu floss reichlich Branntwein, den Liesel holen musste.

„Maria, bitte, kann ich für diese Nacht in eurer Kammer schlafen? Ich fürchte mich so, mag nicht hier unten bleiben," flehte ich leise.

„Mir geht es ebenso", flüsterte Maria angsterfüllt. „Adam geht gleich mit Theo zum Klepper-Caspar. Der hat einen größeren Nachen. Und der Sturm hat an Kraft verloren. Trotzdem werden sie erst um vier Uhr zurück sein. Kannst bei mir im Bett schlafen, komm."

Leise schlichen wir nach oben. Die Seibelin war schon zu Bett gegangen. Nur ihre Tochter Liesel und die Ofenloch leisteten den Banditen Gesellschaft. Derbe Witze, dröhnendes Gelächter, Hände, die krachend auf den Tisch schlugen, wüste Beschimpfungen und das Gekicher der zwei Frauen drangen zu unserer Dachkammer herauf.

„Weißt du, dass das Ganovenliebchen mit richtigem Namen Juliana Blasius heißt?", wisperte Maria.

„Auf dem Hof, wo ich vorher diente, hatten die Leute des Öfteren von einem Julchen gesprochen", flüsterte ich zurück.

„Sie hat mir im Verschwiegenen erzählt, dass sie letzten Sommer bei Bruchsal ein Mädchen vom Hannes geboren hätte. Es sei aber kurz darauf verstorben."

„Das hat sie dir erzählt?"

„Ich erwischte sie dabei, wie sie unseren Kleinen aus dem Körbchen hob. Dachte, sie wolle ihn stehlen, beschimpfte sie und riss ihr mein Kind aus den Armen. Da brachs unter Tränen aus ihr heraus."

Nach einer Weile des Schweigens sagte ich in die Dunkelheit hinein: „Morgen werde ich mitfahren."

„Dann gib acht. Auch drüben geben einige dem Hannes und den Komplizen Unterkunft. Dazu gibt es Hehler und Viehhändler, die seine Waren abkaufen. Die Ofenloch geht mit dem Gestohlenen hausieren. Sei also vorsichtig. Halte dich von denen fern. Und nun sei still und schlaf."

In aller Frühe stand ich auf. Der Sturm hatte sich tatsächlich gelegt. Im Stall schnarchten die Ganoven. Im guten Zimmer schlief geräuschvoll das Gaunerpärchen seinen Rausch aus. Mein Bündel lag gepackt in der Ecke.

Es war noch dunkel, als wir vor das Haus traten. Gott sei Dank regnete es nicht mehr. Stattdessen umhüllten uns Nebelschwaden. Vorneweg gingen Theo und Adam. Ich erkannte sie an den ledernen Umhängen der Fischer und an den Hüten mit den weiten Krempen, die sie tief ins Gesicht gezogen hatten. Dahinter erahnte ich die vier Verbrecher. Sie führten die zwei Pferde mit dem Gepäck. Den Schluss bildete ich mit Julchen Ofenloch. Kein Licht, keine Fackel erhellte den Weg. Schweigend stapfte einer hinter dem anderen her. Je näher wir dem Fluss kamen, desto dichter wurde der Nebel. In Wirbeln zog er über das Wasser. Wir Frauen hatten uns in dicke wollene Tücher gehüllt. In der einen Hand hielt ich mein Bündel, in der anderen und teils im Ärmel versteckt einen umwickelten länglichen Gegenstand. Aufgetürmte Eisbrocken versperrten uns den Weg.

„Passt auf, wo ihr hintretet! Wir haben zwar in der Nacht einen Teil des Eises mit der Axt zerschlagen", rief vorn eine unterdrückte Stimme, „aber der Rhein ist gestiegen und hat weitere Schollen aufgeworfen. Dazu hat der Regen den Nachen wieder mit Wasser gefüllt."

Eine Zeit lang war nur das Plätschern des geschöpften Wassers sowie das Keuchen der Männer zu hören.

„Achtung, die Tiere!", schrie jemand. „Sie gehen durch! Haltet sie fest!"

„Wenn sich auch nur eines verletzt, bekommt ihr mein Messer zu spüren!", zischte Schinderhannes aufgebracht.

„Zieht ihnen einen Sack über den Kopf!", rief ein Dritter.

Der Morgen graute schon, als die Pferde endlich über die ausgelegten Planken in den schwankenden Kahn geführt und angebunden waren. Der Nebel war noch dichter geworden. Ich hörte die ungeduldige Stimme von Adam: „Bindet die Fesseln der Tiere ganz kurz und haltet sie ruhig!"

Krampfhaft hielt ich mich an dem schwankenden Sitzbrett fest. Wie ein unwirklicher Schatten sah ich eine Gestalt Befehle erteilen. „Du und du, ihr nehmt die Stangen und haltet das treibende Eis ab, schiebt es beiseite. Wir zwei rudern!"

Gespenstisch glitt der Nachen im Nebel übers Wasser. Es gurgelte und klatschte. Kommandos drangen dumpf durch das wabernde Grau. „Achtung! Da, das Eis!“

Gleichzeitig mit einem: „Pass auf, ein Baumstamm!“, rammte ein großer Gegenstand den Nachen. Wir wurden hin und her geschleudert. Neben mir schrie die Ofenloch auf und krallte ihre Finger in meinen Arm. Ein Strudel erfasste den Kahn. Um die eigene Achse kreisend trieben wir stromabwärts. Dann barst etwas mit ohrenbetäubendem Knall. Eine verzweifelte Stimme rief: „Das Ruder ist gesplittert, helft mir.“

„Nimm ein Sitzbrett!“, kam es zurück. Wasser schwappte in den trudelnden Nachen. Wieder stieß ein Eisbrocken gegen die Bootswand. Die Pferde, die die Gefahr spürten, zerrten mit aller Gewalt an ihren Zügeln und trappelten mit ihren gefesselten Läufen nervös auf den Holzbohlen. Der Kahn begann noch heftiger zu schwanken. Plötzlich krachte es dröhnend unter meinen Füßen. Ein heftiger Ruck und wir Frauen wurden von unseren Sitzen katapultiert. Ich landete vor zwei Männerbeinen, die in Stulpenstiefeln steckten. Das müssen die aus dem Diebesgut vom Schinderhannes sein, dachte ich. Von denen Liesel gestern beim Rupfen der Hühner erzählte, und dass Theo die feinen Stiefel bewundert hätte. Die Fischer trugen bei der Arbeit ihre unförmigen, mit Talg eingefetteten Galoschen. Ansonsten liefen sie wie alle im Dorf mit Holzpantinen oder geflochtenen Strohschuhen herum.

„Großer Gott, wir ertrinken alle“, jammerte es hinter mir.

Ich versuchte, mich an der glatten Lederpelerine, unter der ich die Stiefel gesehen hatte, hochzuziehen. Wieso hat der Schinderhannes einen Fischerumhang an, wunderte ich mich. Er musste ihn von einem der Seibel-Brüder bekommen haben. Dann ergriff ein Gedanke meinen Kopf, der alles ausfüllte. Jetzt oder nie. Ich tastete nach dem länglichen

Bündel unter meinem Wintertuch. Weg, es war verschwunden. Verzweifelt suchte ich mit den Händen die schwankenden Planken um mich herum ab. Das Messer, ich hatte es verloren. War es bei dem Aufprall über Bord gegangen? Nur ein auf dem Boden liegendes Sitzbrett fand ich. Wieder stieß eine Eisscholle gegen das Holz. Sollten die anderen doch jammern und in Todesangst um ihr Leben betteln. Es war mir gleichgültig. Ich hatte nur noch Augen für den in den Stiefeln, der sich mit einer langen Stange verzweifelt abmühte, das Eis fernzuhalten. Breitbeinig kam ich mit dem Brett hinter dem vor Anstrengung Keuchenden zu stehen. Mit weit ausholender Bewegung schlug ich zu. Ein kurzer Aufschrei und der Getroffene stürzte mit lautem Platschen kopfüber ins Wasser. Für einen Moment wurde es gespenstisch still. Ein Kopf tauchte zwischen dem Eis auf, dann eine Hand. Lautes Rufen erscholl und schwere Schritte kamen eilig auf mich zu. Adam stand drohend vor mir. Rabiat schüttelte er mich, dass mein Kopf hin und her flog. „Du elendes Weibsstück! Du Unglückliche, was hast du getan?“ Er riss mir das Brett aus der Hand. Dann griff er zur Stange und hielt sie weit auf die Wasserfläche. „Halt fest, Theo, ich zieh dich raus!“, schrie er in den Nebel.

„Mein Gott, es war Theo gewesen.“ Ich schlug meine Hände vors Gesicht. „Was hab ich gemacht?“ Wimmernd warf ich mich auf den Boden des Kahns.

Eine derbe Hand packte mich, riss mich hoch und schlug zu, einmal, zweimal. Ich stolperte und kippte seitlich über und ins Wasser. Die Kälte nahm mir den Atem, den Herzschlag. So ist das Sterben also, dachte ich verwundert. Leiser und leiser wurden die Stimmen. Bis sie ganz verstummten. Mit aufgeplusterten Röcken, die für eine kurze Zeit ein paar Luftblasen gefangen hielten, trieb ich davon. Bis sich der

Stoff in einer großen Wurzel verhedderte, die das Wasser mitgerissen hatte. Ich fühlte meinen Körper nicht mehr. Alles war taub und tot. Meine Gedanken und Erinnerungen versanken im eisigen Nebel. Dann schlug irgendetwas in das Wurzelholz ein und zerrte mich mit.

„Um Himmels willen! Da, ein Mensch! Komm hilf mir!"

„Mein Gott, eine Frau!"

„Sie lebt!"

Das war das Letzte, was meine Sinne vernahmen, bevor ich an einem warmen Ofenfeuer wieder aufwachte.

Epilog

Noch im Jahr 1802 konnten Schinderhannes und sein Liebchen Juliane Blasius festgesetzt werden, ebenso die meisten Bandenmitglieder und Helfer. Angeklagt wurden letztlich siebenundsechzig Komplizen. 1803 sprach das Gericht über Schinderhannes und neunzehn Mittäter die Todesstrafe aus, darunter auch für meinen Peiniger, den Müller-Jakob. Sein Sohn Johannes konnte wegen schwerer Krankheit nicht an dem Prozess teilnehmen. Was aus ihm geworden ist, ich weiß es nicht. Vielleicht ist er, wie einige andere auch, schon vorher im Kerker gestorben.

Siebzehn Ganoven erhielten langjährige Kettenhaft. Dabei war auch Jakob Benedum. Er wurde für zweiundzwanzig Jahre in Ketten gesetzt.

Vier Personen bekamen Zuchthausstrafen. Julchen Blasius musste für zwei Jahre ins Zuchthaus. Noch während der Haft und vor der Verurteilung brachte sie im Oktober 1802 ein Kind vom Schinderhannes zur Welt.

Der Pächter Edinger vom Breitsester Hof wurde in Trier inhaftiert und dort mit zwölf weiteren zum Tode verurteilt.

Ich, Katharina Braun, bis Spätherbst 1801 Magd auf dem Breitsester Hof, war eine der Zeuginnen und berichtete, was mir Jakob Benedum sowie der Müller-Jakob und sein Sohn Johannes angetan hatten. Auch die Banditen, die auf dem Hof die Überfälle geplant hatten, benannte ich und erkannte sie bei den Gegenüberstellungen wieder.

Die drei Komplizen, Johannes Martin Rinkert, Johann Leyendecker und der Krug-Josef, die ich im Haus der Witwe Seibel gesehen hatte, konnten noch rechtzeitig flüchten.

Adam und Theodor Seibel bekamen acht Jahre Kettenhaft. Theodor überlebte den Kerker nicht. Vielleicht waren die Folgen seines Sturzes in den Rhein die Ursache dafür. Adam sagte beim Verhör, sein Bruder wäre damals fast ertrunken und sei seitdem nur noch von schwacher Gesundheit gewesen.

Die Witwe Seibel und ihre Tochter Liesel wurden freigesprochen.

„Schnell, lies mir das vor, Junge! Hast du das goldene Siegel auf dem Umschlag nicht gesehen?“

Mein Oheim drückte mir das dicke Kuvert in die Hände.

Lustlos verdrehte ich die Augen und unterdrückte einen Fluch. Der Brief war vor wenigen Minuten vom Gesandten des Präsidenten abgegeben worden und schon verlangte Oheim Franz, dass ich sofort alles stehen und liegen ließ, um ihm die Botschaft vorzutragen, weil seine Augen kaum noch etwas taugten. Meine Einwände, dass ich gerade mit dem kniffligen Unterfangen beschäftigt war, eine neue Geige zu lackieren, blieben ungehört. Die alte Krähe war zwar fast blind, aber nicht taub. Er hörte jedoch nur das, was ihm passte. Jetzt beugte er sich eifrig über meine Schulter und versuchte vergeblich, die distinguierte Kritzelei zu entziffern.

„Immer mit der Ruhe“, rief ich unwirsch. „Zuerst muss ich den Pinsel reinigen, bevor er so steif wird wie ein Stockfisch.“

Er nickte zustimmend. Aber schon kurz darauf trommelte er ungeduldig mit den Fingern auf meinen Arbeitstisch. Ich schraubte den Deckel der Terpentinflasche auf und schaute ihn grimmig an. Die Lackierung verlangt Geduld und Präzision. Ein paar falsche Bewegungen und der glänzende, flüssige Lack trocknet ab und wird matt. Deshalb wollte ich die Arbeit nicht unterbrechen. Aber nichts zu machen – unbeirrt trommelte er mit den Fingern und begann nervös zu pfeifen. Er hatte gewonnen. Ich spülte auf die Schnelle die empfindlichen Marderhaare aus.

„*Mainz, den 16. Januar 1837*“, las ich dann in affektiertem Ton vor, „*Sehr geehrter Herr Gutwein, anlässlich der bevorstehen-*

den Feierlichkeiten zur Vermählung Unserer Tochter Luise mit seiner Hoheit Clemens Freiherr von Lilien, möchten Wir dem ehrenwerten Brautpaar ein außerordentliches Geschenk machen. Nach reiflicher Überlegung sind Wir zu dem Beschluß gekommen, dass eine prächtige Geige sowohl dem musikalischen Talent Unserer Luise als auch der Leidenschaft ihres zukünftigen Gatten auf das Trefflichste dienen wird. Größte Anerkennung finden das Genie von Antonius Stradivarius Cremonensis und seine Instrumente. Falls Ihr, lieber Herr Gutwein, Uns also in den nächsten neunzig Tagen eine solche originale Geige von jenem Meister vorlegen wolltet ..." Ich unterbrach das Vorlesen mit einem Gähnen und faltete gelangweilt den Brief.

Oheim Franz klappte ein paar Mal seinen Mund auf und zu. Ich konnte mir ein Grinsen kaum verkneifen.

„Na? Also? Wie viel?", drängte er. Durch die dicken Brillengläser funkelten seine Augen erregt.

„Ach, es ist kaum der Rede wert", betonte ich mit einer abschätzigen Handbewegung. „Du weißt doch, wie diese Adligen sind. Sie erwarten immer, alles fast umsonst zu bekommen ..."

Ihm platzte fast der Kragen. „Aber, Matthias, das geht doch nicht! Wie viel bekommen wir für eine Stradivari? Sag schon!" Er blickte mich erwartungsvoll an und stampfte ungeduldig mit dem Fuß auf, wie ein kleines Kind vor dem Süßwarenglas in der Bäckerei.

„Beruhige dich", ermahnte ich ihn. „Sonst überforderst du dein schwaches Herz. Außerdem es ist möglich, dass uns Präsident von Lichtenberg nur mit einem Handschlag würdigt ...", fügte ich frech hinzu. Aber ohne seine Antwort abzuwarten, entfaltete ich den Brief doch wieder. „Also, wo waren wir?", räusperte ich mich. *„Ah, ja, ... werden Wir Euch für Eure Mühe mit der Summe von 500 silbernen Gulden entschädigen. Mit dem Ausdruck Unserer vorzüglichen Hochachtung, Ludwig*

Christian Christoph Freiherr von Lichtenberg, Regierungspräsident u. Präsident des Landwirtschaftlichen Vereins für Rheinhessen."

Einen Augenblick lang herrschte Schweigen. Nur das Pendel der alten Standuhr schlug seinen lauten Takt unbeeindruckt weiter.

„500 silberne Gulden?", stammelte Oheim Franz plötzlich und ließ sich auf einen Stuhl fallen. „Allmächtiger, 500 Gulden!", wiederholte er entgeistert und hielt langsam fünf Finger in die Luft, als wolle er mir erst das Zählen beibringen. Seine Hände zitterten. „500 Gulden", kicherte er in sich hinein und fuhr sich flink mit den dünnen Fingern durch das struppige Haar. „Weißt du, Junge, was wir mit 500 Gulden machen könnten?"

Und ob ich das wusste! Mit dem Geld könnte ich mich endlich mit der wunderschönen Leonie vermählen! Mehr wünschte ich mir gar nicht vom Leben. Aber leider wusste ich schon, dass unsere Aussichten gering waren. Wo sollten wir eine solch wertvolle Geige finden? Und noch dazu in neunzig Tagen! Wir hatten kein blühendes Geschäft wie Dorn, Leonies Vater ... Sicher hätte er die richtigen Beziehungen, um im Nu ein hervorragendes Instrument für den Präsidenten herbeizuzaubern. Dann könnte sich der große Geigenhändler schon wieder über uns lustig machen. Schweren Herzens zuckte ich mit den Schultern.

„Ich sehe nicht, warum du dich so erregst", meinte ich und versuchte, gleichgültig zu klingen.

Der Alte runzelte die Stirn. „Das ist doch nicht dein Ernst!", schnaubte er und rutschte ungeduldig auf dem Stuhl hin und her. „Der Präsident hat *uns* beauftragt, für *ihn* eine Stradivari-Geige zu finden!" Er zögerte. „Du meinst nicht ...", fragte er bestürzt, „Glaubst du, dass Lichtenberg auch ..."

„... an Dorn geschrieben hat?“, vollendete ich seinen Satz. Ich zuckte mit den Achseln. Warum Lichtenberg nicht dem berühmten Gottfried Ludwig Dorn, dem erfolgreichsten Geigenhändler von ganz Mainz, sondern uns, d.h. eine traditionsreiche, aber sehr kleine Geigenwerkstatt, beauftragt hatte, konnte ich nicht so recht verstehen.

Oheim Franz lachte. Es war ein sonderbares Lachen, spöttisch und gleichzeitig bitter: „Warum sollten wir nicht auch einmal vom Glück begünstigt sein?“

„Wem sagst du das“, seufzte ich, legte den Brief zur Seite und versuchte, die Konzentration wiederzufinden, um meine Geige fertigzustellen.

Dennoch machte er keine Anstalten, mich weiterarbeiten zu lassen. Sein düsterer Blick sprach Bände.

„Na ja, man sollte die alte Fehde am besten endlich begraben“, erwiderte ich bemüht.

„Niemals!“, schrie er und sprang mit geballten Fäusten auf die Füße. „Dorn verachtet mich und unsere ganze Familie. Er hält sich für etwas Besseres. Ich würde lieber sterben als ihm die Hand reichen!“

„Nun beruhige dich bitte“, drängte ich und zeigte mit der Hand auf den Stuhl. „Ihr seid beide zu alt, um euch wie kleine Straßengören zu balgen.“

Er überhörte meine Bemerkung großzügig, nahm wieder Platz und presste seine Hände an den Kopf, so als könne er Halt an seinen rachsüchtigen Gedanken finden.

Besorgt blickte ich ihn von der Seite an. Er stand da, das Gesicht in den Händen vergraben. Er tat mir leid, mehr als ich es ihm je hätte sagen können. Was für Groll und Feindseligkeit seit Jahrzehnten zwischen den beiden Geigenbauern lag, war mir schon zur Genüge bewusst. Dass Oheim Franz vor fünfundvierzig Jahren mit den Jakobinern sympathisiert hatte, trug sicher dazu bei, die Lage noch zu verschärfen. Er war immer ein Freigeist gewesen, der alte Franz, und die Ideale von Freiheit und Gleichheit, die nach der Französischen Revolution auch unser Land erreicht hatten, sprachen ihm aus dem Herzen. Ohne zu zögern war er 1792 dem Appell von Macké, dem Politiker, gefolgt und hatte sich dem Jakobinerklub angeschlossen. Damals hieß unsere Stadt noch *Mayence* und es gab offensichtlich noch Platz für solche Träume. Als der Mainzer Jakobinerklub aber schon ein Jahr später endgültig aufgelöst wurde, verspottete der streng konservative Gottfried Dorn meinen Oheim immer wieder. Eben darum begann er, ihn „*Bonvin*" zu nennen, was der französischen Übersetzung von Gutwein entspricht. An einem Sonntag hatten Dorn und sein Freundespack Oheims rote Jakobinermütze gestohlen und auf dem Marktplatz verbrannt, gerade als die Kirchgänger nach der Messe den Dom verließen und sich sammelten, um vor dem Sonntagsbraten noch ein wenig zusammenzustehen. Mein Oheim hatte sich so sehr geschämt, dass er für einen ganzen Monat keinen Fuß mehr vor die Tür seiner Werkstatt gesetzt hatte. Das hatte er mir erzählt, als ich vor vier Jahren hierher gezogen war, um bei meinem einzigen verbliebenen Verwandten zu leben. Und ausgerechnet ich hatte mich Hals über Kopf in Dorns Tochter Leonie verliebt. Verdammt!

Abrupt stand ich auf und ging auf und ab. Wenn wir nur eine Möglichkeit fänden, unsere Hand auf eine Stradivari zu legen ... Die alten Höllscher-Schwestern besaßen eine. Ob sie an uns verkaufen würden?

„Was glaubst du?", fragte ich Franz ernst. „Könnte es uns gelingen, einen solchen Schatz zu kriegen?" Ich seufzte bei dem Gedanken.

Er sah mich nicht an. Stattdessen betrachtete er mit nachdenklichem Stirnrunzeln seine trockenen Handflächen, als stünde die Antwort darin. „Vielleicht lässt sich doch ein Weg finden“, grübelte er weiter. „Wo ein Wille ist, ist auch ein Weg.“

„Du weißt besser als ich, wie selten und teuer diese Instrumente sind“, beharrte ich. „Wenn Lichtenberg sich mit einer Kopie zufrieden geben würde, könnte ich sie noch rechtzeitig anfertigen“, ergänzte ich zögernd.

„Vielleicht könnten wir uns umsehen ...“

„Wo umsehen? Was meinst du damit?“, maulte ich gereizt und schürte nervös mit dem Feuerhaken im Ofen.

„Hm“, meinte er unentschlossen. „Es war nur eine Idee ...“, fügte er mit einer wegwerfenden Handbewegung hinzu. „Es wird uns schon etwas Besseres einfallen ...“

„Also? Ich höre ...“ Entschlossen baute ich mich vor ihm auf. „Und sag bloß nicht wieder, wo ein Wille ist, ist auch ein Weg!“

Er hielt inne und rückte seine Brille zurecht. Dann seufzte er und stieß kleinlaut hervor: „Wie wäre es, wenn wir Hilfe im Ausland suchen würden?“

„Im Ausland?“ Ich war verblüfft. „Planst du vielleicht, tagelang am Schreibpult zu stehen, um Briefe in alle Welt zu schicken?“, blaffte ich ihn spöttisch an. „Ach nein, eigentlich soll ich das wohl tun, oder?“ Demonstrativ stemmte ich die Arme in die Hüfte und bohrte weiter: „Leider haben wir aber keine drei Jahre Zeit, um solch eine Geige zu finden, sondern nur drei Monate!“

Meine Antwort war wohl zu harsch gewesen. Ich merkte, dass ich zu weit gegangen war. Letztlich war ich doch seine einzige Hoffnung. Seufzend legte ich meine Hand auf seine Schulter und setzte mich wieder neben ihn.

Er presste die Hand auf sein Herz und blickte zum Fenster hinaus, als läge dort die richtige Antwort.

Im Kamin prasselte ein kleines Feuer und ich beobachtete, wie die hellen Flammen an einem offenbar feuchten Holzklotz leckten, denn er zischte und summte in hohem Ton, fast wie ein Kastratensänger. Langsam verwandelte sich meine Wut in einen flimmernden Hoffnungsschimmer in meinem Herzen. Wieso hatte ich nicht sofort daran gedacht? Vielleicht gab es doch eine Möglichkeit ... Rasch ging ich zum Arbeitstisch und blätterte durch den Auftragskalender. Tatsächlich war es die richtige Jahreszeit! Nach altem Brauch fällte man in der Neumondnacht im Januar die prächtigsten Fichten des Val di Fiemme, des Fleimstales, in den italienischen Dolomiten. Dort in den Wäldern standen die sogenannten „klingenden Fichten“ und dorthin war auch Antonio Stradivari vor hundert Jahren gegangen. Genau in zwei Wochen würden Dutzende von Geigenbauern in dem Tal ausschwärmen, um sich das beste Fichtenholz für ihre Meisterstücke der kommenden Saison zu besorgen.

„Ich könnte versuchen, jemanden im Fleimstal zu finden, der uns helfen kann“, bemerkte ich. „Es ist eine lange Reise, aber es könnte sich lohnen.“ Meine Bemerkung enthielt Hoffnung, aber auch eine Spur Besorgnis, denn ich zählte erst knapp zwanzig Lenze.

Zuerst sah Oheim Franz mich verdutzt an. Dann warf er den Kopf zurück und lachte schallend. „Ich wusste es! Gut gedacht, mein Junge! Der alte Brathuhn kann dich schon morgen mit seiner Kutsche bis zur Grenze bringen.“

Plötzlich pochte mir das Blut in den Schläfen. Hatten wir tatsächlich eine Chance? Tausend Gedanken gingen mir durch den Kopf, als ich mich den 500 Gulden und Leonie näher fühlte.

Das Läuten der Türglocke unterbrach unser Gespräch.

Oheim Franz klatsche in die Hände und sprang von Stuhl auf. „Gib niemals auf, Junge!“ Er ging rasch aus dem Zimmer. Kurz darauf erfüllten die lauten Stimmen der Höllscher-Schwestern unsere Werkstatt.

„Meine verehrten Damen, willkommen in meinem bescheidenen Laden“, begrüßte sie der Alte in honigsüßem Tonfall. „Wie darf ich Ihnen behilflich sein?“

Die Höllscher-Schwestern waren ein bemerkenswertes Trio. Die älteste Schwester, Mathilde, war groß und mächtig, mit durchdringenden schwarzen Augen und einer wilden Mähne, die mich an die Frisur der Medusa erinnerte. Die mittlere, Agatha, hatte winzige Augen, hervorstehende Zähne, blutleere Lippen und den Gesichtsausdruck von jemandem, der sich hauptsächlich von Zitronen ernährt. Und schließlich war Ursula, die jüngste, ganz klein, mit molliger Figur und winzigen Ohren ausgestattet. Da die Geschwister nicht nur musikalisch talentiert, sondern auch wohlhabend waren – zwei Qualitäten, die Oheim Franz zu schätzen wusste – fand er sie amüsant und unterhielt sich gerne mit ihnen. Ihnen gehörte der älteste Juwelierladen der Stadt und entsprechend erschienen sie immer geschmückt wie die Hofdamen des Barock. Ohne mich selbst loben zu wollen, sollte ich hinzufügen, dass die Schwestern alte Kundinnen von Dorn gewesen waren, bis sie Gefallen an meinen Schöpfungen gefunden hatten. Obwohl sie bemerkenswerte Instrumente besaßen – darunter eine klangvolle Stradivari-Geige – hatten sie sich noch ein paar Stücke von mir bauen lassen und musizierten regelmäßig mit der Haushälterin der Pfarrei als Quartett.

„Und wo steckt Ihr talentierter Neffe?“, fragte nun Ursula neugierig und beugte sich zum Ohr des Oheims. „Arbeitet er an seiner Geheimrezeptur für den roten Lack?“, flüsterte sie erregt und stieß unabsichtlich gegen einen Stoß Kolophonium. Die kleinen gelben und braunen Harzstücke verteilten sich auf dem Holzboden wie Damesteine auf einem staubigen Spielbrett.

„Oh je!“, rief die runde Frau verlegen und kniete sich neben Oheim Franz, um ihr Versehen wiedergutzumachen. Ihr üppiger Busen schwabbelte und ihre Rubinbrosche strahlte wie eine riesige Kirsche direkt vor seiner Nase.

Der Alte hüstelte verlegen. „Es ist nichts passiert. Machen Sie sich keine Sorgen, Gnädigste“, beeilte er sich, sie zu beruhigen.

Ein tiefer Seufzer von Mathilde betonte noch die Ungeschicklichkeit der kleinen Schwester, während Agatha nervös mit Daumen und Zeigefinger an ihrem Perlenohrring zupfte.

„Soll ich Matthias rufen?“, versuchte mein Oheim das Trio abzulenken.

„Das wäre eine wunderschöne Idee!“ Agatha war entzückt.

Sofort erklang der Ruf meines Oheims, drängend wie die Feuerglocke: „Komm, Junge. Wir haben Besuch!“

Als ich kurz danach unschlüssig das Zimmer betrat, warteten die Schwestern kichernd mit ausgebreiteten Armen auf mich.

Vor lauter Aufregung konnte ich in der Nacht kein Auge zutun und bei Tagesanbruch war ich auf den Beinen. Auch Oheim Franz ging ruhelos auf und ab und kam jede Minute mit neuen Ratschlägen zu mir. Ich war schon in Sorge, denn wenn er so aufgeregt war, tauchte seine alte Macke wieder auf: Er tendierte nämlich dazu, Sachen zu klauen. Es waren keine große Diebstähle, trotzdem musste man schon aufpassen, weil er glitzernde Gegenstände mitgehen ließ, genau wie eine Elster. Zum Glück kannte er seine Schwäche und bewahrte, was immer an seinen Fingern kleben geblieben war, in der dritten Schublade meines Arbeitstisches auf. Er nannte sie seine Sündenschublade, die ich regelmäßig prüfen musste. Nun, mit meinem Bündel schon unter dem Arm und bereit das Haus zu verlassen, warf ich einen schnellen Blick hinein. Und da lag sie, die Rubinbrosche der dicken Höllscher!

„Da hast du gestern aber einen fetten Fang gemacht!", kommentierte ich grimmig.

Oheim Franz errötete und wich meinem Blick aus.

Die Kutsche des alten Brathuhn konnte jede Minute erscheinen. Kurz darauf steckte ich die wertvolle Brosche in meine Hosentasche und verließ in großer Eile die Werkstatt.

Im Zentrum kämpfte ich mich durch das Gedränge. Ein jeder hatte es eilig. Ich lief zum Juwelierladen, als sich dessen Tür öffnete und Leonie unerwartet heraustrat.

„Guten Tag", keuchte ich und versuchte meine Überraschung zu überwinden. „Wartet Ihr etwa auf mich?"

Sie blickte verwirrt und zwei rosa Flecken erschienen auf ihren Wangen. Sie Dummkopf, hörte ich sie im Geist sagen. Dennoch lächelte sie. Sie hatte ein entwaffnendes, umwerfendes Lächeln. Mein Herz schlug mir bis zum Halse.

„Ich verreise heute", stieß ich hastig hervor.

Sie sah mich neugierig an. „Wieso? Verlasst Ihr die Stadt?", erwiderte sie ernst. Ihre grünen Augen verfinsterten sich.

„Nein! Das würde ich sowieso nie ohne Euch tun." Sie roch leicht nach Maiglöckchen und lächelte mich an. So ein bezauberndes Mädchen!

„Schwesterchen, bist du fertig?", klang eine raue Stimme hinter mir, die ich sofort erkannte. Es war die von Paul, Leonies Bruder. Er hatte dunkle Augen, pechschwarze Haare und einem schmalen, entschlossenen Mund. Als er mich sah, stieg ihm das Blut ins Gesicht. „Ihr wisst, dass ihr euch nicht vor den Leuten unterhalten sollt“, flüsterte er erregt. „Wenn Vater das zu Ohren käme ...“

Ich richtete mich kerzengerade auf und holte tief Luft. „Ich wollte mich nur kurz verabschieden, denn ich reise ins Fleimstal ...“

„Auf der Suche nach einer Stradivari?“, fiel Paul mir ins Wort.

Also war auch die Familie Dorn sehr gut über das Hochzeitgeschenk für Luise von Lichtenberg informiert!

Ich quittierte seine Bemerkung mit einem Achselzucken.

„Na ja, ich wünsche Euch viel Erfolg“, ergänzte Paul und es klang so, als ob er es tatsächlich ernst meinte. Dann drehte er sich um. „Hast du alles?“, fragte er Leonie erneut.

Sie nickte und zog ein mit blauem Samt beschlagenes Kästchen aus ihrer Handtasche, öffnete es und zeigte eine goldene, mit den Initialen GLD verzierte und reich ziselierte Tabakdose vor.

Paul prüfte die Dose, nickte zufrieden und steckte das Kästchen in die Tasche seines Gehrocks. „Viel Glück“, verabschiedete er sich, ohne mich anzusehen und nahm seine Schwester beim Arm. Leonie zögerte einen Augenblick, dann machten sich die beiden auf den Weg.

Ich holte tief Luft und betrat den Juwelierladen. Kurz danach schlug Ursula Höllscher sich die Hand vor die Brust und nahm ihre Brosche mit einem erleichterten Seufzer entgegen. „So dumm von mir, nicht zu merken, dass der Verschluss lose war“, bemerkte sie. „Zum Glück habt Ihr sie gefunden, mein junger Held!“, strahlte sie mich an und kniff mir in die Wange.

Einige Kniffe später eilte ich zur Werkstatt zurück. Die

Kutsche stand schon vor der Tür und ich sprang hinein. Oheim Franz warf mir mein Bündel und eine Tasche mit Proviant zu. Dann ließ Brathuhn die Peitsche knallen und die Pferde zogen an.

In den folgenden zwölf Tagen wechselten die Kutschen und die Reisebegleiter. Nach dem endlosen Schaukeln auf der harten Holzbank fühlten sich meine Glieder an wie aus Marmor. Als ich das Fleimstal endlich erreichte, begann es wie aus Kübeln zu gießen. Übernächtigt und mit lautem Magenknurren suchte ich Zuflucht in einem Wirtshaus.

Der Schankraum platzte fast aus allen Nähten vor Gästen und Lärm. Beißender Rauch hing über den Köpfen wie eine Nebelglocke. Mit der fülligen Wirtin verstand ich mich sofort. Wir sprachen eine Mischung aus Deutsch, Italienisch und Französisch und am meisten trugen unsere Hände zur Konversation bei. Als sie mir einen Teller duftender, heißer Zwiebelsuppe reichte, erklärte sie, dass alle Herbergen weit und breit wegen des Fichtenfällens überfüllt seien. Aber sie bot mir einen Unterschlupf im Pferdestall an, weil ich sie an ihren Sohn erinnerte, der vor ein paar Jahren im Krieg gefallen war. Gierig leerte ich einen zweiten Teller Suppe und spülte den würzigen Nachgeschmack mit Wein hinunter. Dennoch wärmten mich Suppe und Wein und das Blut strömte wieder durch meine durchgefrorenen Glieder. Um keine Zeit zu verlieren, schlenderte ich von Tisch zu Tisch und erkundigte mich bei den Gästen, wo man wohl eine Stradivari-Geige erwerben könnte. Obwohl niemand Rat wusste, empfahlen mir drei Burschen aus Mailand, mit Tommaso, einem Händler aus Turin, zu sprechen, der am folgenden Tag ankommen sollte und mit teuren Instrumenten handelte. Bald darauf streckte ich mich hoffnungsfroh und mit vollem Bauch auf einem

Strohhaufen aus. Meine Knochen taten weh, dennoch fiel ich sofort in einen tiefen Schlaf und träumte von Reichtum und von Leonie.

Am nächsten Tag spiegelte sich der dunkle Himmel in den vielen Pfützen auf den matschigen Straßen. Frühmorgens schloss ich mich einer Gruppe von Geigenbauern an, die zum Wald marschierte. Schnell stellte ich fest, dass ich den Weg eigentlich auch allein hätte finden können, so groß war die Menschenkarawane, die mit demselben Ziel unterwegs war. In Scharen ließen wir den Ort hinter uns und erreichten den dunklen Wald, der mit jedem Schritt größer und mächtiger wirkte. Der Markt für die Bäume fand auf einer Lichtung statt, die größer als das ganze Dorf war. So etwas hätte ich mir nie im Leben vorstellen können! Zu Dutzenden lagen die gefällten Bäume auf Stapeln und bildeten eine Mauer aus hölzernen Schnittflächen und Baumrinden. Hinter ihnen ragten die mächtigen Fichten auf, die bisher der Axt entgangen waren. Die vielen Interessenten maßen mit Zollstöcken und Zirkeln die Jahresringe und versuchten, sich die entsprechende Maserung auf ihren Instrumenten vorzustellen. Ich weiß nicht, wie viele Stunden ich dort mit weit aufgerissenen Augen und einem Gefühl von inniger Zugehörigkeit verbrachte. Dies war meine Welt, mit der ich mich für den Rest meines Lebens beschäftigen wollte!

Spät am Abend zeigte man mir endlich Tommaso, den Händler aus Turin. Er war ein breitschultriger, rotbärtiger Mann mit einer hohen Stirn und hellen Augen, die ein wenig zu weit auseinander standen. Als ich ihn beim Essen im Wirtshaus traf und den Grund meiner Reise erklärte, zog er nur eine Augenbraue hoch und kaute weiter an seiner Wurst. Ich konnte nicht sagen, ob er nachdachte oder einfach nicht bei der Mahlzeit gestört werden wollte. Nach einer Weile, die mir wie eine Ewigkeit erschien, schob er seinen Teller zur Seite, trank den letzten Schluck Wein und nickte mir über den Rand seines Bechers zu. Langsam zündete er sich eine Zigarette an und starrte auf die glühende Spitze, bevor er mit verschwörerisch gesenkter Stimme sagte: „Du hast verdammtes Glück, Junge!“ Dann bestellte er ein Bier.

Da ich nichts damit anfangen konnte, beschloss ich, den Mund zu halten.

„Du hast Glück“, wiederholte er und blickte weiter auf das Ende seiner Zigarette, ohne auf die Wirtin zu achten, die seinen Krug brachte. „Mein Cousin ist Luigi Tarisio“, fügte er hinzu und beobachtete meine Reaktion.

Selbstverständlich kannte ich den Namen dieses berühmten Geigenbauers und Händlers und entsann mich nun, dass Tarisio tatsächlich aus dem Piemont stammte.

„Luigi hat gerade vom Grafen Salabue mehrere Stradivari gekauft.“

„Von einem Grafen?“

Tommaso nickte, trank einen Schluck Bier und wischte sich danach mit dem Handrücken den Schaum aus dem Bart. „Graf Salabue hat viele Instrumente von Paolo Stradivari erworben, dem jüngsten Sohn Antonios.“

„Und Euer Cousin hat davon erfahren?“

„Genau“, bestätigte er und zündete sich am Stummel seiner alten Zigarette eine neue an. „Graf Salabue hat seine ganze Sammlung an Luigi verkauft, denn er ist alt und hat nicht mehr lang zu leben“, erklärte er mit solcher Gewissheit, als ob wir schon vor dem Grab des Grafen stünden.

„Sollte ich dann nach Turin fahren?“, fragte ich unentschlossen.

„Nein, das brauchst du nicht“, sagte er nach kurzem Überlegen. „Luigi wird sich Anfang März auf den Weg machen, um die Instrumente in Frankreich, Deutschland und England feilzubieten." Jetzt schien er mit einer Stelle über meiner Schulter zu sprechen.

„Könnt Ihr sagen, wann er nach Deutschland kommt?", wollte ich wissen.

Er legte eine Pause ein, um seine Zigarette auszudrücken. „Nein. Aber ich kann Luigi ausrichten, dass Ihr ihn erwartet", empfahl er. „Und mit ein wenig Glück könnt Ihr ihm sogar seine *Messias* abkaufen."

„*Messias*?", wiederholte ich gespannt.

„Die Geige *Messias* ist Stradivaris Meisterwerk!", dozierte er mit erhobenem Zeigefinger. „Sie ist rot wie das Höllenfeuer und klangvoll wie nur die Engel Gottes. Das wäre das beste Geschenk für euren Präsidenten". Nickend zupfte er heftig an seinem Bart.

Messias ... Schon der Name klang eindrucksvoll. Und diese Geige sollten wir Lichtenberg bald anbieten können? Ich wischte mir die Stirn, denn mir war plötzlich warm geworden. Erregt sah ich mich um, um festzustellen, ob jemand unser Gespräch mitbekommen hatte. Trotz der vielen Gäste schien aber niemand an uns Interesse zu finden.

Noch eine ganze Weile unterhielt ich mich mit Tommaso und seinen Freunden und verabschiedete mich erst kurz vor Mitternacht. Beim flackernden Kerzenlicht schrieb ich Oheim Franz die großartige Neuigkeit. Auch Leonie schickte ich ein paar Zeilen in der Hoffnung, sie würde sich darüber freuen. Da Tommaso meinte, dass sein Cousin erst Anfang März seine Reise nach Deutschland unternehmen würde, hatten wir noch Zeit, um uns auf den Kauf vorzubereiten. Deshalb beschloss ich, noch ein paar Tage im Fleimstal zu verbringen.

Zwei Wochen später erreichte ich bei Einbruch der Nacht

Mainz. Ich war gut einen Monat weggeblieben, aber irgendwie kam es mir wie ein Jahr vor, so viel hatte ich in kurzer Zeit erlebt, entdeckt und gelernt.

Als ich an der Schwelle unserer Werkstatt stand, lachte Oheim Franz unbefangen. „Ah, da bist du, Junge! War es kalt im Fleimstal?"

Ich fand seine Frage komisch und erkundigte mich: „Ist etwas passiert? Hast du meinen Brief bekommen?"

„Und ob!" Belustigt blickte er mir ins Gesicht. „Komm mit, Junge, du wirst staunen." Er stolzierte ins Nebenzimmer und ich folgte ihm.

Ich spürte, wie meine Handflächen feucht wurden. „Hattest du viel zu tun? Sind Fremde hier gewesen?"

„Fremde?" Er starrte mich missbilligend an. „Das würde ich nicht sagen, denn den Herrn Tarisio kennt schließlich jeder", verkündete er mit breitem Grinsen.

Ich zögerte einen Moment und ließ mein Bündel mit den drei frisch gesägten Holzblöcken zu Boden fallen. „Meinst du, dass Luigi Tarisio, der Geigenhändler, hier war?", betonte ich jedes Wort überdeutlich, als ob ich mit einem Kind spräche.

„Gestern!", nickte er stolz wie ein Knabe bei der Erstkommunion und kreuzte triumphierend die Arme vor der Brust.

„Aber wieso?", hakte ich nach. „Tarisio hat das Piemont noch nicht verlassen."

Er überging meinen Einwand mit einem Achselzucken. „Mit dir kann man nicht argumentieren", erwiderte er gekränkt. „Aber bald wirst du mit Leonie vor den Traualtar treten", ergänzte er gutgelaunt und stupste mich am Arm.

„Leonie?" Ich hob verwirrt die Brauen.

„Na ja, ich weiß, dass du ihr dein Herz geschenkt hast",

antwortete er und wechselte das Thema: „So eine herrliche Geige, rot wie die Steine unseres Domes. Der Herr Präsident wird begeistert sein!“

Ich hörte ihm mit gerunzelter Stirn zu. Offensichtlich war Tarisio doch in Mainz gewesen und Oheim Franz hatte eine seiner Geigen gekauft. Aber irgendwie wurde ich das Gefühl nicht los, dass hier etwas nicht stimmte. „Darf ich das Instrument sehen?“, fragte ich und zwang mich zur Ruhe.

Der Alte schien nur darauf gewartet zu haben. Rasch schritt er zum Schrank und holte einen dunklen Lederkasten, auf dem die roten Initialen *A. S.* geprägt standen. Aus einer Seidenhülle zog er kichernd eine Geige heraus, die wie ein Rubin glänzte.

Vorsichtig und tief beeindruckt nahm ich sie in die Hand. „Es ist zu dunkel hier. Zünde noch ein paar Kerzen an“, bat ich ihn, ohne den Blick vom Instrument zu wenden. „Wie viel hast du dafür bezahlt?“, erkundigte ich mich.

„Es war nicht billig. Aber ich musste sie kaufen! Dorn hätte nicht gezögert, sie sich unter den Nagel zu reißen“, klärte er mich hastig auf und schüttelte dann gutmütig den Kopf.

„Und wie hast du sie bezahlt?“, ließ ich nicht locker und sah ihn scharf an.

Er hatte sichtlich Schwierigkeiten mit der Beantwortung meiner Frage, denn er wich meinem Blick aus und schaute stattdessen zu Boden. „Ich habe mich an die Schwestern Höllscher gewendet“, gab er schließlich zu. „Sie waren sehr nett, denn ich habe die Werkstatt als Gegenwert angeboten.“ Als er meine Fassungslosigkeit sah, beeilte er sich hinzufügen: „Es wird nichts passieren, wenn ich ihnen das Geld binnen vier Wochen zurückgebe.“ Dennoch knetete er nervös seine Finger. Er hatte alles auf eine Karte gesetzt und er wusste es.

Ich nahm mir Zeit. Die Geige war schön, aber ... „Das ist keine Stradivari", platzte ich schließlich völlig mutlos heraus.

„Was sagst du da?", rief er ungläubig aus.

„Es ist eine schöne mittelmäßige Geige, aber auf keinen Fall eine Stradivari", wiederholte ich.

„Das glaube ich nicht eine Sekunde!", beharrte er und schüttelte zweifelnd den Kopf.

„Man hat sich nicht mal die Mühe gemacht, den Geigenzettel im Inneren richtig zu fälschen", erwiderte ich und näherte mich einer Kerze, um besser durch die F-Löcher sehen zu können. „*Antonius Stradivarius Cremonensis Faciebat Anno 1716*", las ich vor. „Bei den echten Stradivari-Geigen ist der Zettel gedruckt und nicht handgeschrieben!"

Er reckte den Hals vor, sagte aber nichts, denn er wusste, dass ich Recht hatte.

„Der Schurke hat dir eine Fälschung verkauft", stellte ich fest. „Leider sind deine Augen nicht mehr die besten ..."

„Aber ihr Klang, der ist perfekt, kräftig und voller Nuancen!", widersprach er.

Zweifelnd nahm ich einen Bogen und spielte einige Töne damit. Obwohl Oheim Franz fast blind war, konnte er immer noch eine Nadel zu Boden fallen hören. „Das ist nicht das Instrument, das ich gehört habe", rief er bestürzt.

Seine Stimme klang gebrochen. Sein Blick wanderte zwischen mir und der Geige hin und her.

Mir war unbehaglich zumute. „Dieser Gauner hat dir wahrscheinlich eine Stradivari vorgespielt und danach das Instrument mit diesem hier vertauscht", überlegte ich.

„Das hätte ich nie für möglich gehalten!"

„Wie sah der Mann aus? Hatte er einen roten Bart und blaue Augen?", fuhr ich hastig fort.

Er schüttelte den Kopf. „Er war ganz dunkelhaarig wie ein

Italiener, lief ein bisschen gebückt und zog ein Bein nach."

Diese Beschreibung passte weder auf Tommaso noch zu seinen Freunden. Ich atmete tief ein und blickte zur Decke, als läge dort die Erklärung, die ich suchte.

„Aber wir brauchen uns nicht zu erregen. Es muss eine Erklärung geben", sagte der Alte und kratzte sich am Schädel.

Er sprach noch weiter, aber ich hörte ihm nicht mehr zu und ging stattdessen die Ereignisse der letzten zwei Wochen der Reihe nach durch. Ich beobachtete bei geöffneter Ofenklappe, wie die Funken aus einem Holzscheit stoben. „Was hast du gesagt?", fragte ich ihn und wandte ihm den Blick wieder zu.

„Sicher gibt es eine Erklärung ...", wiederholte er.

„Man hat uns reingelegt. Das ist die einzige Erklärung."

Er blickte mich an, als habe er sich verhört. Es dauerte ein paar Augenblicke, bis die Worte, die er aus meinem Mund gehört hatte, für ihn einen Sinn bekamen. Dann sanken seine Schultern herab und die Farbe wich aus seinem Gesicht, das jetzt müde und grau wirkte. In seine Augen trat ein Ausdruck von Furcht. Nun hatte er es begriffen: Er war auf einen Schwindel hereingefallen und hatte alles verloren. Langsam neigte er den Kopf und brach zusammen. Seine zitternde Hand griff zur Brust. „Oh", flüsterte er. Sonst nichts. Er ließ sich in einen Sessel fallen und starrte auf die verfluchte Geige vor ihm. „Mein Gott", stieß er hervor. Er alterte vor meinen Augen. „Man hat mich ... betrogen?" Das Wort blieb ihm beinah im Hals stecken und er brachte es nur mit Mühe heraus.

Ich wich seinem Blick aus.

„Was für ein alter Narr bin ich nur ..."

„Du solltest dich nicht so quälen", unterbrach ich ihn.

„Das hilft uns auch nicht weiter."

„Ich werde mich bis auf die Knochen blamieren", fuhr er fort. „Die ganze Stadt wird sich über mich lustig machen. Ich bin ruiniert." Er zupfte ganz langsam an den Saiten der Geige, den Kopf zur Seite geneigt. „Aber weißt du, wovor ich wirklich Angst habe?"

Ich nickte, denn ich selbst konnte an nichts anderes denken als an das hämische Grinsen von Dorn, seinem Todfeind.

„Was willst du tun?"

Er wollte antworten, aber seine Stimme versagte. Er starrte auf seine Hände.

Ich legte ihm die Hand auf die Schulter. Er blickte kurz auf und erhob sich schwankend.

„Es tut mir leid, mein Junge", sagte er leise. „Ich hatte mich für klüger gehalten, als ich bin." Er schlich aus dem Raum und murmelte unverständliche Worte. Ich hörte, wie er langsam die knarrende Holztreppe hinaufstieg.

Schweren Herzens verließ ich das Haus, ohne mich umzusehen. Ich brauchte Zeit, um meine Gedanken zu ordnen.

Spät am Morgen erwachte ich. Es war mucksmäuschenstill im Haus. Nur das Ticken der alten Standuhr im Flur war zu hören. Beunruhigt stand ich auf, zog mir die Hosenträger über die Schultern und wusch mir das Gesicht. Als ich die Treppe hinunterstieg, begann sich allmählich der Nebelschleier vor meinen Augen zu lichten. Dennoch brauchte ich einige Momente, um das Bild vor meinen Augen zu erfassen. Oheim Franz saß zusammengekauert in seinem schäbigen Ledersessel. Er war ganz blass. Sein Mund war nur noch ein Strich und seine Lippen wirkten blutleer. Seine Hände waren eiskalt. „Oheim", rief ich entsetzt. Aber ich wusste, dass er tot war. Ich wandte den Kopf zum kalten Ofen und kämpfte mit den Tränen. Das tat mir im Herzen weh. Ich bereute, letzte Nacht nicht mit ihm gesprochen, ihn nicht beruhigt zu haben. Noch immer seine Hand in der meinen haltend, bedachte ich meine Lage. Ich ließ meinen Blick durch den Raum schweifen: Die Tische mit den gestapelten Werkzeugen, die verschiedenen an den Wänden hängenden Instrumente, der Kasten mit der verdammten roten Geige.

Leise stand ich auf, lief ziellos umher und versuchte klar zu denken. Hatte Tommaso diese Ungeheuerlichkeit verursacht? Oder ein anderer Gast, der unser Gespräch im Fleimstal mitgehört hatte? Tief in meine Grübeleien versunken, wühlte ich in den Schubladen auf der Suche nach einer Erklärung, als mein Blick auf einen Gegenstand in der Sündenschublade fiel.

Die bleiche Wintersonne stand bereits hoch über der Stadt, als ich die vornehme Villa erreichte. Ich atmete tief durch, bevor ich an die schwere Holztür klopfte. Leonie machte auf und errötete sogleich. Aber sie erkannte sofort, dass dies kein Höflichkeitsbesuch war. Verlegen senkte sie ihre langen Wimpern.

„Ich muss Euren Vater sprechen“, stieß ich kurz angebunden hervor.

Sie nickte und ich folgte ihr durch einen Flur. Die mit königsblauer und purpurner Seide bespannten Wände beeindruckten mich diesmal überhaupt nicht. Auch die mit fein geschnitzten englischen Möbeln eingerichteten Wohnräume würdigte ich keines Blickes.

Der Hausherr saß in einem Ledersessel im Salon und schmauchte seine Pfeife. „Ich nehme an, dass du einen guten Grund hast, um mich zu besuchen, mein Junge“, sagte er mit einem blasierten Zug um dem Mund.

Nachdem Leonie mit besorgter Miene gegangen war,

starrte er mich prüfend und amüsiert zugleich an.

„Mein Oheim ist tot", knurrte ich.

Er zuckte nicht einmal mit den Wimpern.

„Mein Oheim ist tot", wiederholte ich.

„Also der alte Bonvin ist tot." Die Gleichgültigkeit stand ihm ins Gesicht geschrieben.

„Ihr habt ihn getötet!"

Er betrachtete mich, wie ein buntes, aber lästiges Insekt. „Ich weiß nicht, wovon du redest, mein Junge."

„Ich habe Leonie einen Brief über Luigi Tarisio und die Geige Messias geschrieben", stellte ich fest und fuhr fort, ohne auf seine Antwort zu warten: „Und sie hat Euch davon erzählt."

Er fuhr sich mit der trockenen Zunge über die Lippen, erwiderte aber nichts.

„Ihr kamt auf die Idee, meinem Oheim einen bösen Streich zu spielen", sprach ich weiter. „Aber Ihr seid zu weit gegangen und sein Herz hat nicht durchgehalten."

„Du musst schon aufpassen, wen du beleidigst", zischte er mit finsterer Miene.

„Nicht, wenn ich Beweise habe."

Er kniff die Augen zusammen und sprang auf. „Dein Verdacht ist grotesk! Er stand da wie ein Feldherr. Entschlossen versuchte er, das gefährliche Thema mit einer verächtlichen Geste fortzuwischen. „Lass dich hier nie wieder blicken!"

Ich musterte ihn. „Die Sache war klug ausgedacht, verdammt klug."

„Hör sofort auf!"

„Soll ich die Höllscher-Schwestern fragen, ob sie Euch gestern ihre Stradivari geliehen haben?", unterbrach ich ihn.

Erst jetzt zeigte sein Gesicht einen Anflug von Überraschung.

„Und?“, grunzte er. „Daraus lässt sich nicht folgern, dass ich irgendetwas mit Bonvins Tod zu tun hätte!“ Seine Augen waren zornig und misstrauisch, dennoch fühlte er sich sichtlich unwohl in seiner Haut. Er klopfte nervös mit der Pfeife auf seine flache Hand.

„Und ob!“, widersprach ich fest.

Dorn wirkte irritiert. Er war es offenbar nicht gewohnt, unterbrochen zu werden. Schon gar nicht von jemandem wie mir und dies gleich zweimal hintereinander.

„Wo ist übrigens Eure neue goldene Tabakdose?“

Er erstarrte. Unsere Blicke trafen sich. Er öffnete den Mund, dann schloss er ihn wieder ... und schwieg doch lieber. Schließlich schlug er die Augen nieder.

„Jetzt sage ich Euch, was als nächstes geschehen wird“, hob ich entschlossen an.

„Zuerst werdet Ihr den Höllscher-Schwestern das Geld zurückgeben, das Ihr von meinem Oheim bekommen habt“, zählte ich an meinen Fingern auf. „Zweitens werdet Ihr das Gerücht verbreiten, dass ein Dieb meinem Oheim die kostbare Stradivari gestohlen habe. Ihr müsst ganz besonders überzeugend sein. Aber das werdet Ihr wohl schaffen. Nicht mal mein Oheim hat Euch wiedererkannt, als Ihr den dunklen Italiener Luigi Tarisio gespielt habt!“

Wieder öffnete er den Mund, aber ich ließ ihn nicht zu Wort kommen.

„Und drittens werdet Ihr Euren Segen dazu geben, wenn ich mich mit Leonie vermählen werde!“

„Großer Gott!“, fluchte er leise. Aber er war kein Narr. Nach einer Weile lächelte er bitter und zuckte lediglich mit den Schultern. „Wir werden schon eine Abmachung finden“, sagte er ruhig und machte eine großmütige Geste mit der Hand. „Leonie hat eine Schwäche für dich und was immer

dieses Mädchen sich in den Kopf setzt, erreicht es auch.“
Zwei Tage später bestatteten wir Oheim Franz prunkvoll mit Dorns großzügiger finanzieller Zuwendung. Die ganze Stadt versammelte sich, um ihm die letzte Ehre zu erweisen. Während der ganzen Zeremonie hielt ich Leonies Hand und dachte immer wieder: *Wo ein Wille ist, ist auch ein Weg.*

Auf Tarisio und seine Messias haben wir in Mainz vergebens gewartet. Lange nach seinem Tod habe ich erfahren, dass er sich wohl doch nicht von dieser Stradivari hat trennen können.

Was ich nie erfahren habe, ist, wer letztlich die Stradivari als Hochzeitsgeschenk für Luise von Lichtenberg besorgt hat – dazu war ich viel zu sehr mit den Vorbereitungen zu meiner eigenen Hochzeit beschäftigt ...

Wie es wirklich war:

Ludwig Christian Christoph Freiherr von Lichtenberg (1784–1845) und seine Tochter Luise (1813–nach 1878) sind historische Figuren. Die junge Dame hat tatsächlich 1837 Clemens Freiherr von Lilien (1806–1871), königlich-preußischer Major, geheiratet.

Ignazio Alessandro Cozio, Graf von Salabue, (1755–1840) ist noch heute für seine bemerkenswerte Stradivari-Sammlung bekannt, die er von Antonio Stradivaris Sohn, Paolo, erworben hatte.

Luigi Tarisio (1790–1854) war ein angesehener italienischer Geigenhändler, der viele Meisterwerke von Graf von Salabue gekauft hatte. Die *Messias*-Geige war sein Lieblingsinstrument und das einzige, das er nie verkauft hat. Als Tarisio starb, wurde die Stradivari-Geige Messias in seinem Hotelzimmer neben seiner Leiche gefunden. Die *Messias*-Geige gilt immer noch als eines der bedeutendsten und berühmtesten Stradivari-Instrumente überhaupt.

Christian keuchte. Weniger die körperliche Anstrengung des Aufstiegs auf den Kästrich machte ihm zu schaffen als vielmehr die Angst, die ihm in allen Poren saß. Levin Gideon Friedrich von Dewitz war ein erfahrener Kämpfer und eine imposante Erscheinung. Der preußische Adlige hatte sich in volle Montur geworfen, graue Reithose, Mantel mit rotem Besatz und Schulterklappen, auf dem Kopf der Tschako aus festem Filz mit weißen Cordons und Fangschnüren, goldfarbenen Beschlägen und weißem Federstutz. ‚Der Kolpak!', dachte Christian. Wenn es ihm gelänge, seinem Gegenüber die Mütze vom Kopf zu schlagen! Er fixierte sein Angriffsziel. Es war nicht alles Gold, was glänzte! Die gleißenden Beschläge bestanden aus Tombak, einer stark kupferhaltigen Messinglegierung. Dieser von Dewitz war ein eitler, alter, fettleibiger Kapaun, der sich aufführte wie ein Hahnrei! Der Federbusch sprach für sich. Hatte von Dewitz ihm doch Sarah zugeführt und sich den Kuppeldienst ordentlich bezahlen lassen! Als das Mädchen an ihm, dem zwanzig Jahre Jüngeren, mehr Gefallen fand als an dem grobschlächtigen, alten Haudegen, war dieser tollwütig geworden. Vielleicht gereichte es Christian ja zum Vorteil, dass der Preuße sich unbeobachtet geglaubt hatte. Er nahm ihn, den Sohn eines bürgerlichen Emporkömmlings, nicht ernst. Christian hingegen wusste, was für ein verkommenes Subjekt er vor sich hatte, und das machte ihn überlegen. Fast wäre es dem Alten gelungen, ihn in seinen Sumpf hinabzuziehen! Der feige Meuchelmord hatte ihm die Augen geöffnet, aber Christian war in der Deckung geblieben. Aus schierem Eigennutz! Dass von Dewitz Christians Verlobte nun nicht nur in aller Öffentlichkeit abschätzig gemustert, sondern ihn in ihrer Gegenwart schulterklopfend dafür gelobt hatte, dass er nach der kleinen Judenfotze, der Sarah, die Hand dieser Adamstochter Eva errungen habe, hatte die Herausforderung unvermeidlich gemacht. So viel Égalité hatten die französischen Truppen unter General Custine den ehemaligen Untertanen des Kurfürsten in den wenigen Jahren der Mainzer Republik eingebläut: Der dritte Stand war satisfaktionsfähig! Von Dewitz war in brüllendes Gelächter ausgebrochen, als Robert Kempf als Christians Sekundant ihm die Herausforderung überbrachte. Sein ad hoc einberufener Ehrenrat, bestehend aus den Regimentskollegen von Bülow und von Dohna, konnte ihn schließlich bewegen, sich zu stellen. Er wählte den Pallasch und Christian hatte drei Tage lang unter der Regie eines Fechtlehrers Schwünge, Streiche, Parieren und Stechen geübt. Jetzt tat ihm alles weh und er fragte sich, ob die Lektionen nicht zu viel des Guten gewesen waren.

Von Dohna gab das Signal. Der alte Kämpe riss die Waffe in die Höhe und stürmte los. Im letzten Augenblick sprang Christian panisch beiseite, sich duckend, stolperte, fiel, rollte einmal um die eigene Achse über den Boden, kam schwankend wieder auf die Beine. Die drei Dragoner quittierten es mit röhrendem Lachen.

„Christian!“, rief Robert, Entsetzen in der Stimme.

Christian rief sich zur Ordnung. Es ging darum, dem anderen eine blutende Wunde zuzufügen, ihn bestenfalls kampfunfähig zu machen. Es ging um die Ehre. Nicht um Leben oder Tod!

Tod! Sarahs bleiches Antlitz! Die Pranken des Dragoners an ihrem Hals! Christian war zu weit weg gewesen, das Mondlicht zu schwach, als dass er die tödliche Attacke von einer Liebkosung unterscheiden konnte. Erst als sie zusammensank, der Alte aufsprang und den Weinberg hinunterstürmte, verstand er, dass etwas Schreckliches passiert war. Sie musste ihm von der Schwangerschaft erzählt haben. Von der Frucht seiner Lenden. Christians. Von seinem Verrat. Er hatte ihr Geld gegeben, sie zur Engelmacherin geschickt. Himmel, sie war eine Itzige, eine Dirne! Eine, die des Nachts den beengten Wohnverhältnissen in der Löwenhofstraße entschlüpfte, dem Vater, der allzu bereitwillig vor ihrer Umtriebigkeit die Augen verschloss, aber das Geld umso dankbarer entgegennahm, das sie angeblich mit der Pflege einer älteren Dame verdiente. Das ‚Schändliche Dekret' von 1808, das die Franzosen den Juden trotz rechtlicher Gleichstellung beschert hatten, hätte ihren Vater geschäftlich ruiniert. Aufgrund der Hurerei seiner Tochter hätte man ihm das für jegliche Geschäftemacherei unabdingbare Moralitätspatent verweigert. Warum hatte sie sich auch mit dem Dragoner eingelassen?

Ach, sie hatte es Christian vorgeheult: Levin Gideon Friedrich von Dewitz' Vorname war das Sesam öffne dich zur Pforte ihres Vertrauens und ihrer Jungfräulichkeit gewesen. Die irrige Annahme, der Preuße sei ein Mauschel! Er entschädigte sie in blanker Münze. Aber kaum dass er sie in der Hand hatte, versuchte er Profit aus ihr zu schlagen. Und er, Christian, hatte sich während eines Heimaturlaubs anlässlich seiner Verlobung in einer Spelunke bereden lassen, von der geöffneten Frucht zu kosten – als Vorbereitung auf das eheliche Leben. Mein Gott, er war doch vollkommen unerfahren und wollte nichts falsch machen bei seiner Eva! Dabei – wenn er ehrlich war: Die Verlobte hatte er augenblicklich vergessen, als er die prallen Brüste der süßen Sarah umfasste. Wenn etwas ihre Stelldicheins beeinträchtigte, dann war es der Gedanke an die Pranken des Preußen gewesen, den Nebenbuhler, der diesen köstlichen Busen begrabschte, wann immer ihm danach war. Ja, Christian, der angehende Ehemann, hatte den Ehrenmann vergessen. Nun galt es, ihn wieder herzustellen! Den eigenen Schweinehund zu bekämpfen, indem er den Verführer schlug!

Christian schnellte herum und hob ingrimmig den Pallasch an. Die spitz zulaufende, gut einen Meter lange Klinge bot mehr Möglichkeiten als der gebogene Säbel, mit dem die berittene Infanterie noch bis vor Kurzem ausgerüstet gewesen war. Körperlich und an Erfahrung hatte der schmächtige Kaufmann dem Dragoner nichts entgegenzusetzen. Aber wenn er auswich, könnte er zumindest versuchen, dem Kerl den Tschako von seinem dicken Schädel zu stoßen. Ohne Kopfschutz würde der sich nicht mehr so sicher fühlen! Als von Dewitz mit dem Waffenarm ausholte und seinen nächsten Angriff startete, ließ Christian ihn wieder dicht herankommen, wich einen halben Schritt zur anderen Seite aus und stieß mit der Rechten von unten zu. Der Mann blieb abrupt stehen und warf den Kopf in den Nacken, als wollte er der federgeschmückten Filzkappe hinterhersehen, die in die Höhe flog. Die metallene Zierkette hatte sich gelöst und wirbelte durch die Luft. Reflexhaft griff Christian zu, fing das goldfarbene Kupfer auf und steckte es ein. Später am Abend, als er seine Taschen leerte und es wiederfand, brauchte er eine Weile, um zu verstehen, wie es dorthin gekommen war. Der Gedanke hatte ihn durchzuckt, dass der andere etwas verloren hatte, was er ihm nachher aushändigen wollte. Sie waren mitten im Kampf, er hatte keine Zeit, es ihm zu überreichen. Dann blieb Christians Blick an der Klinge hängen, die noch immer hoch aufgerichtet aus seiner Hand ragte. Blut lief an ihr hinunter. Im gleichen Moment sackte der Dragoner in sich zusammen. Auf der Seite, an der Christians Pallasch ihn erwischt hatte, klaffte ein tiefer Schnitt in seinem Hals, aus dem unaufhörlich Blut sprudelte.

Christian Adalbert Kupferberg, geboren am 18. April 1824 in Kriegsheim in Rheinhessen, Sohn eines Großherzoglichen Districteinnehmers und seit 1831, dem Todesjahr des Vaters, mit seiner Familie in Mainz ansässig, wurde, nicht lange nachdem er im Handelshaus Reiss in Mannheim eine Ausbildung zum Exportkaufmann angetreten hatte, im Jahr 1845 einundzwanzigjährig durch das Kreisgericht Mainz zu einem Jahr Haft in der Militärfestungsstrafanstalt Babenhausen verurteilt. Trotz der Revisionspolitik des Regenten galt nach wie vor der von den revolutionären Truppen Napoléons eingeführte Code Civil, der die Gleichheit aller Menschen postulierte und die Beweislast vom Angeklagten auf den Ankläger verschob. Ein Bürger hatte einen Adligen zu Tode gebracht. Heimtücke war nicht nachweisbar, der Komment beachtet worden. Die Sekundanten Kempf und von Bülow sowie von Dohna als Unparteiischer und Regimentsarzt bezeugten den ordnungsgemäßen Ablauf. Der Gefallene hatte gewusst, dass in einem von sechs Duellen jemand ernstlich zu Schaden, in einem von vierzehn zu Tode kam. Es hätte genauso gut den anderen treffen können.

Dieser andere hatte nun viel Zeit, über das Geschehene und über seine Zukunft nachzudenken. Der Tod des Kupplers ging ihm nicht nahe. Der von dessen Opfer umso mehr. Wie bereute er, dass er sich auf den Buhlenhandel mit dem Preußen eingelassen hatte! Und doch. Mein Gott, taten das nicht alle? Der Berufsstand der Hübschlerinnen, die junge Männer in die Kunst der Kopulation einführten, ältere für Liebesmangel entschädigten, war nichts, worüber man sich Gedanken machen musste! Außer, man blickte hinter die Fassaden, ließ sich vom Unglück der Weiber affizieren! Er war doch noch so jung und weichherzig und gutgläubig gewesen! Was, wenn die Metze ihm ein Lügenmärchen aufgetischt und gar kein Kind von ihm unter dem Herzen getragen hatte? Die Wahrheit würde nie ans Licht kommen! Er selbst hatte dafür Sorge getragen und Sarahs Leichnam verschwinden lassen.

Christian schauderte, wenn er daran zurückdachte. Warum war er an jenem Abend wieder in den Weinberg gestiegen? Er hatte Sarah ausgezahlt und weggeschickt, ihr gesagt, sie könnten sich nie wieder sehen, sie müsse das Kind wegmachen lassen. Wollte er sich vergewissern, dass sie nicht wieder zurückkäme zu ihrem Treffpunkt?

Da war sie! Mit von Dewitz. In inniger Umarmung, wie es schien. Als der Dragoner wegrannte und Christian das Mädchen am Boden liegen sah, war er aus der Deckung gekommen und zu ihr geeilt. Er hatte sie geschüttelt, ihren Namen gerufen, sie geschlagen, um sie ins Leben zurückzurufen. Geschluchzt hatte er gar! Die Male an ihrem Hals, die aufgeplatzten Äderchen in den hervorquellenden Augen zeugten von dem Tod durch Erwürgen. Wäre der Dragoner in diesem Moment zugegen gewesen, Christian hätte sich in blindem Zorn auf ihn gestürzt, um ihm mit bloßen Händen Gleiches anzutun! Wut und Entsetzen wichen einer abgrundtiefen Verzweiflung, als er sich seine eigene Lage vor Augen führte. Wenn er den Meuchelmörder anzeigte, so stünde vermutlich Aussage gegen Aussage, wobei in dem Fall das Wort des Adligen mit Sicherheit besser beleumdet war. Dafür würde dieser mit Sicherheit jede Einzelheit ihrer unschicklichen Verbindung ans Tageslicht zerren und so drehen, wie es ihm gerade zurecht kam! Er hatte doch gar keine Wahl gehabt! Christian stöhnte und hämmerte mit den Fäusten gegen die Mauersteine seines Verlieses.

Das Entsetzen über die tote Israelitin war nur der Auftakt zu einem ungleich größeren Grauen gewesen. Als er nämlich mit sich zurate gegangen und im Schutz der Dunkelheit aus dem Schuppen seines Hauses eine Hacke und einen Spaten beschafft hatte und zurückgekehrt war, um die Leiche der Geliebten an Ort und Stelle zu bestatten. Es war der gleiche Ort, an dem sie sich mehrfach zum Liebesspiel unter freiem Himmel getroffen hatten, mitten im Weinberg am Kästrich, ein Stück unterhalb des alten Klosters, das zu der Zeit von den Weißfrauen bewohnt wurde, einem Magdalenerinnenorden. ‚Wie passend!', dachte Christian, den Blick auf das Gemäuer am Berg über ihm gerichtet. ‚Ihr lieben Frauen, die ihr euch der bußfertigen Straßendirnen erbarmt, nehmt bitte auch diese arme Seele gnädig auf!' Dann begann er zu graben. Es währte nicht lange, da stieß er auf Ziegelsteine. Die Lage am Hang ließ ihn vermuten, dass es sich um ein Kellergewölbe des Klosters handeln musste, obwohl es ihn wunderte, dass der Klerus über derart weitläufige Weinkeller verfügte. Christian versuchte es einen halben Meter tiefer, ein Stück an der Seite, zur anderen. War der Boden nur so trocken oder war da tatsächlich überall Stein? Er griff zur Spitzhacke. Kurz darauf gab es einen Durchbruch. Etwas polterte, Steine krachten und ein dunkles Loch tat sich vor ihm auf. Modriger Geruch mit einer äußerst unangenehmen Beinote stieg ihm in die Nase. Christian griff in die Jackentasche, wo er stets einige Streichhölzer mit sich führte. Das erste Hölzchen flammte auf und erlosch gleich wieder, weil seine Hand zurückgezuckt war. Hatte er eine Erscheinung gehabt? Das Herz pochte ihm heftig. Dennoch versuchte er es aufs Neue, zündete ein Hölzchen dicht vor dem Loch, beschirmte es sorgfältig mit der anderen Hand und schob es vorsichtig ins Dunkel der Höhle. Wahrhaftig! Es schien, als grinsten ihn tausend Totenschädel an! Langsam, ganz langsam bewegte Christian das Lichtlein hin und her und konnte kein Ende absehen. Knochen, Schädel, fast verrottete Fetzen von Kleidung, Hunderte Tote, wenn nicht mehr, mussten in dieser Gruft unabsehbaren Ausmaßes bestattet sein! Da! Eine Bewegung! Etwas schwirrte aus dem Loch, streifte seine Hand und löschte das Licht. Fast hätte er hysterisch aufgelacht. Eine Fledermaus! Noch einmal zündete Christian ein Hölzchen, versuchte, das Gewölbe auszuleuchten, und wieder grinsten ihm Schädel ohne Zahl entgegen. Endlich, als das Flämmchen seine Finger ansengte, ließ er es fallen, kniete neben der toten Sarah und vor dem Loch der tausend Gebeine nieder und sprach ein Vaterunser. Dann verbreiterte er die Öffnung gerade so weit, dass der Körper des Mädchens hindurchpassen würde. Sie war in der Zwischenzeit kalt und steif geworden, sodass es ihm nicht schwerfiel, ihren Leib mit dem Kopf voran in die Gruft zu schieben. Es gab ein dumpfes Geräusch, als die Tote auf die Toten fiel. Christian bekreuzigte sich und begann sogleich damit, die Steine wieder derart in die Öffnung einzusetzen, dass sie ein festes Gefüge bildeten, auf das er schließlich kleinere Steine, Erde und anderen Unrat schichtete, zuallerletzt bedeckte er die Stelle mit Moosen und Gras und verwischte die Spuren seiner nächtlichen Grabung weitflächig, bis er im frühen Morgengrauen den Eindruck hatte, dass von der Grabung nichts mehr zu erkennen war und nur jemand mit sehr scharfen Augen, der hier gezielt eine Unregelmäßigkeit suchen würde, vielleicht noch etwas argwöhnen konnte.

Das Grauen in seinem Herzen blieb. Als er Spaten und Hacke im Schuppen verräumte, fing es eben an zu regnen.

Erst ein paar spärliche Tropfen, dann nieselte es Fäden und schließlich lief das Wasser unaufhörlich, als wollte der Himmel sich ausweinen über die Schlechtigkeit der Menschen und seine, Christians, im Besonderen. Er verbrachte den Tag auf dem Zimmer, Unpässlichkeit vortäuschend, und weinte mit. Es dauerte Tage, ehe er seiner Verlobten wieder unter die Augen treten konnte, und erst Wochen später, bei seinem nächsten Heimatbesuch, brachte er es über sich, mit ihr am Rheinufer zu flanieren, als wenn nichts gewesen wäre. Just da war ihnen der vermaledeite von Dewitz über den Weg gelaufen und hatte ihn vor seiner Braut beleidigt!

Nach der Haftzeit beendete Christian die Ausbildung so bald als möglich, heiratete und nutzte die neue Gewerbefreiheit, auch diese eine Neuerung, die das noch jungfräuliche Rheinhessen den Franzosen zu verdanken hatte. Der jahrhundertealte Zunftzwang war aufgehoben, freies Wirtschaften möglich, wenn auch von einigen Verwerfungen begleitet, die noch lange anhalten würden, zumal immer neue Kriegswirren das gerade Erreichte wieder zerstörten. Die Ärmsten der Armen suchten ihr Glück in der Fremde, im gelobten Land jenseits des großen Meeres. Christian versuchte seines in der Heimat. War es das Memento mori, das ihn am Kästrich mit voller Wucht getroffen hatte, das ihn zu einem außergewöhnlich ernsten, zielstrebigen und pflichtbewussten Menschen formte und wie magisch an diesem Ort band? Drei Jahre, nachdem er mit seinem Freund Robert Kempf in Neustadt an der Weinstraße eine ‚Fabrication moussierender Weine' gegründet hatte, trennten sich die Partner wieder. Christian Adalbert Kupferberg siedelte sich noch im gleichen Jahr mit einer eigenen Sektkellerei in Mainz an. Die Festungskommandantur hatte Gewerbegelände in der Stadt freigegeben und Kupferberg erwarb große Grundstücke auf dem Kästrich, die bis dahin mit Reben bepflanzt gewesen waren. 1852 ließ er sich die Marke ‚Kupferberg Gold' schützen und machte sich daran, die Kellerei zu den bis in die Gegenwart tiefst geschichteten Sektkellern der Welt auszubauen. Über sieben Stockwerke umfassen die insgesamt sechzig Kellersegmente, die bis zu fünfzig Meter unter der Oberfläche liegen.

Bis heute hält sich ein Gerücht in der Mainzer Bevölkerung, das in Wirklichkeit gar keines ist: Dass die Familie Kupferberg jede Menge Leichen im Keller hat. Es gibt sie. Allerdings hat Christian Adalbert Kupferberg dafür Sorge getragen, dass die Ruhe der Toten ungestört blieb. Die Wand, hinter der sich die geheimnisvolle Gruft befand, auf die er in jener schrecklichen Nacht per Zufall gestoßen war, hatte er selbst erst nach langem Suchen gefunden. Als er sich vergewissert hatte, ließ er die Mauern verstärken – nach innen und außen. Die Kirchenbücher der ehemaligen Klosterverwaltung gaben schließlich auch Aufschluss über die Herkunft der Gebeine: Es handelte sich um Opfer des ‚Typhus de Mayence'. Mainz war 1813 die äußerste Bastion der Grande Nation gewesen und damit der erste Zufluchtsort für die Angehörigen der geschlagenen französischen Armee auf dem Rückzug. Unter furchtbaren hygienischen Verhältnissen waren auf engstem Raum dreißigtausend Soldaten eingeschlossen, ein Großteil von ihnen bereits sehr geschwächt und an Typhus erkrankt, der sich rasend schnell unter den Männern ausbreitete. Fünfzehntausend Tote waren innerhalb von wenigen Monaten zu beklagen und die Obrigkeit wusste sich schließlich nicht anders zu helfen, als dass man die ausgemergelten Körper in dem tiefsten Kellergewölbe des Klosters stapelte und so Hunderte, wenn nicht Tausende

– kein Mensch gab sich noch die Mühe die Leichen zu zählen – gleichzeitig in einer riesigen Gruft beisetzte, die gleich darauf zugemauert wurde.

Christian Adalbert Kupferberg hat das Geheimnis um die Toten lebenslänglich bewahrt. Zuvörderst, weil ihm nicht daran gelegen war, dass die Geschichte um die arme Jüdin Sarah je aufgedeckt würde. Dazu kam der Aberglaube, dass die Geister der Verstorbenen es übelnähmen, wenn er sie nicht in Ruhe ließe, und dass sich ihr Unmut ungünstig auf die Produktion auswirken könnte. Mit Sicherheit ein guter Schachzug, denn die Marke ‚Kupferberg Gold' ist bis heute als besonders bekömmlich bekannt und beliebt.

Apropos ‚Gold': Die Stelle, hinter der die Gruft sich befand, konnte der Unternehmensgründer dennoch nie vergessen, hat er sie doch eigenhändig markiert, indem er den Beschlag, den er von dem Dragoner im Duell erbeutet hatte, an die Mauer nagelte.

Tief unten im Berg ein kleines bisschen Kupfer, das wie Gold glänzt.

Die Probe war vorüber und die Schauspieler gingen von der Bühne ab. Nanette Zündel wartete so lange, bis die Schritte verhallt und die Stimmen verklungen waren. Sie genoss diese letzten Minuten eines regen Arbeitstages, wenn das Theater für wenige Augenblicke ihr allein zu gehören schien. Ihre Augen tasteten die stuckverzierten Brüstungen der drei Ränge mit der darüber liegenden Galerie ab, wanderten hinunter über den halbrunden Zuschauerraum bis zur Bühne, deren Seiten von Marmorsäulen mit vergoldeten Kapitellen eingerahmt wurden.

Schön war es geworden! Auch wenn es mehr als zwanzig Jahre gedauert hatte. Prachtvoll, ohne protzig zu sein. Napoleon Bonaparte persönlich hatte die Stadt zur Bonne ville de l'Empire français erklärt und den Bau 1804 in Auftrag gegeben. Das alte Komödienhaus war 1793 im I. Koalitionskrieg zerstört worden, als preußische und österreichische Truppen der jungen Mainzer Republik ein jähes Ende bereiteten. Seitdem diente der Alte Marstall als Spielstätte. Kein adäquater Ersatz und eines Kaisers unwürdig! Mayence brauchte ein repräsentatives Haus. Er betraute seinen Architekt Eustache St. Far nicht nur mit dem Neubau, sondern auch gleich mit der Gestaltung des Platzes, der Teil der napoleonischen Prachtstraße werden sollte. 1809 war Grundsteinlegung. Der „Place Guttenberg" wurde fertig, das Theater nicht. Der Lauf der Geschichte, die Kriegswirren verhinderten es.

Erst Oberbaurat Georg Moller, Stadtplaner und Architekt aus Darmstadt, vollendete das Vorhaben. Die Mainzer kannten und schätzten ihn. Der Dom verdankte ihm die neue, etwas gewöhnungsbedürftige Ostkuppel und die Stadt das Kaufhaus an der Schöfferstraße. Der Entwurf des Schauspielhauses war neu und revolutionär. Die halbkreisförmige Fassade bekannte sich zur Moderne, brach mit der klassizistischen Tradition. Der eigenwillige Mollerbau erregte Aufsehen über die Grenzen des Großherzogtums hinaus und erhielt viel Anerkennung. Rasch avancierte das Theater zum künstlerischen Herzen der Stadt.

Dank seiner modernen Technik, der hochwertigen Ausstattung und der Trennung von Bühnen- und Zuschauerhaus wurde es in einem Atemzug mit dem Münchner Nationaltheater, Berlins Opernhaus Unter den Linden und dessen Schauspielhaus am Gendarmenmarkt oder dem Hamburger Stadttheater genannt. Es fasste 1500 Zuschauer und eignete sich auch für Maskenbälle. Ein Muss für die fastnachtsbegeisterten und feierfreudigen Mainzer.

Moller gelang außerdem das Kunststück, das vorgegebene Budget nicht zu überschreiten. Eine beachtenswerte Leistung, die der Stadtrat würdigte, indem er ihm die Ehrenbürgerschaft verlieh – völlig zu Recht, wie Nanette fand.

Sie erinnerte sich an die feierliche Eröffnungsgala, als sei sie gestern gewesen und nicht bereits vor fünf Jahren. Diesen 21. September 1833, an dem die „Großherzoglichen Nationalbühne“ in Stadttheater Mainz umbenannt wurde, würde sie nie vergessen. Ludwig II., Großherzog von Hessen und zu Rhein, hatte sich die Ehre gegeben, ebenso die Stadtväter, die Mainzer Hautevolee und solche, die sich für prominent hielten. Der Applaus für Moller klang noch in Nanettes Ohren genau wie Webers Jubelouvertüre und Mozarts Oper Titus, die an diesem Abend gespielt worden waren.

Die Bürger goutierten den feudal ausgestatteten Innenraum, die klare Akustik und die gelungene Illumination. Vor allem der Conversationsgang, in dem es sich so herrlich mit freiem Blick auf Dom und Gutenbergplatz flanieren ließ, sorgte für Begeisterung.

Seitdem arbeitete Nanette[1] hier als Illuminatrice, setzte Kulissen und Schauspieler ins rechte Licht. Auftakt für ein neues, aufregendes Kapitel ihres jungen Lebens. Sie war stolz, Teil dieses Betriebes zu sein, sich inmitten des Geschehens zu befinden. Nicht eine einzige Stunde der letzten Jahre wollte sie missen, denn für sie gab es keinen schöneren Beruf. Sie lernte schnell und machte sich innerhalb kurzer Zeit unentbehrlich. Zudem besaß sie ein natürliches Gespür für die richtige Ausleuchtung. Warmes Licht schmeichelte den Schauspielern, kaltes betonte Konturen, schummriges erzeugte Spannung, eine düstere Atmosphäre oder gar Angst.

Kleine und große Dramen vor, neben und hinter der Bühne, die sie hautnah miterlebte, würzten ihren Alltag. Hin und wieder spendete sie Trost, manchmal erteilte sie auch einen Rat, meist hielt sie sich bedeckt. Die Launen der Schauspieler ertrug sie mit gleichmütiger Nonchalance. Schlug aber doch einmal einer der Künstler über die Stränge und verärgerte sie, wies sie ihn dezent in die Schranken. Eine ungünstige Beleuchtung während einer Aufführung und die meisten waren kuriert.

Jeder Spielzeit fieberte sie entgegen, wartete gespannt auf neue Inszenierungen und die Zusammensetzung des Ensembles. Hin und wieder wechselten auch die Direktoren,

[1] **Nanette Zündel**, später verheiratete Weber, arbeitete fünfzig Jahre als „Illuminatrice" am Mainzer Theater, aus: Blick auf Mainzer Frauengeschichte. Mainzer Frauen Kalender 1991 bis 2012, Landeshauptstadt Mainz.

nicht immer freiwillig. Leiter der Mainzer Bühne zu sein, war ein unsicherer Posten und nur wenige hatten wirklichen Erfolg vorzuweisen. Manche gingen im Streit, anderen mangelte es schlicht an Fortune oder der kostspielige Betrieb fraß ihre Finanzen auf und trieb sie in den Ruin. Vonseiten der Stadt wurde zwar viel über pekuniäre Unterstützung geredet, doch Geld floss eher spärlich.

Die Geräusche waren inzwischen verstummt. Zeit nach Hause zu gehen. Nanette löschte die Bühnenbeleuchtung, prüfte noch mal, ob die Lampen auch wirklich aus waren, setzte dann ihre Schute auf und knotete die Bänder unter ihrem Kinn. Die Krinoline wippte unter ihrem kuppelförmigen Rock hin und her, als sie mit energischen Schritten Richtung Bühnenausgang strebte. Außerhalb der Spielzeit während der anstrengenden Probenphase war sie oft die Letzte, die das Haus verließ. Nur Herr Heinrich blieb länger, wartete in seiner Pförtnerloge darauf, abzuschließen und die letzten Lichter zu löschen.

Umso erstaunter war Nanette, als sie zwei Männer aufgeregt diskutieren hörte. Der Gang beschrieb eine Kurve, sodass sie die beiden nicht sehen konnte. Etwas an deren Tonfall veranlasste sie aber, ihre Schritte zu zügeln. Die eine Stimme gehörte Julius Kracht, einem ambitionierten Jungschauspieler, der sich in Mainz erste Meriten verdiente. Die andere kam ihr ebenfalls bekannt vor, aber Nanette konnte sie nicht auf Anhieb zuordnen.

Beide redeten sich immer mehr in Rage. Nanette blieb stehen. Wenn sie zum Ausgang wollte, musste sie an ihnen vorbei. Keine angenehme Vorstellung, mitten in diese Diskussion zu platzen.

„Der Großherzog muss sterben!“, zischte Julius Kracht.

Nanette erschrak, legte die Hand auf ihren Mund, damit

ihr kein ungewollter Laut entfuhr, und drückte sich gegen die Wand.

„Ich sehe das nicht so."

„Doch", ereiferte sich Kracht. „Nur so kann die Freiheit siegen. Alles andere wäre inkonsequent! Er ist die Obrigkeit, steht für Unterdrückung, Beschneidung der Bürgerrechte, Zensur! Ich sage nur: Weg mit ihm!"

„Mir ist das zu radikal. Erinnert mich zu sehr an die Französische Revolution!", versuchte der andere den Schauspieler zu beschwichtigen.

„Wir befinden uns am Anfang einer neuen Zeit. Das hat mir das Hambacher Fest klargemacht. Alte Herrschaftsstrukturen gehören weggefegt genau wie diese Kleinstaaterei! Einheit für Deutschland, Unabhängigkeit und Gleichheit den Bürgern! Die Zeichen stehen auf Aufbruch. Nieder mit der alten Ordnung! Wir müssen endlich wachrütteln, die Menschen aus ihrer biederen Behäbigkeit reißen. Welcher Schauplatz eignete sich besser als Mainz, das schon einmal – wenn auch nur kurz – Republik war?"

„Findest du diesen Vergleich angemessen? In meinen Augen war die Mainzer Republik kein besonders erbauliches Intermezzo. Jakobinische Willkür, Enteignungen, Gefangennahmen und Vertreibung. Und der geplante Anschluss an Frankreich sollte gegen den Willen der Bürger erfolgen."

„Ach, und der Anschluss an Hessen, besiegelt auf dem Wiener Kongress, geschah freiwillig?", stellte Kracht fest. „Ganz unrecht hast du ja nicht. Doch das ist mehr als vierzig Jahre her. Wer nichts Neues wagt, verkrustet im Alten. Nach Jahrhunderten adliger Vorherrschaft muss Demokratie eben erst erlernt werden. Da unterlaufen Fehler. Die Sehnsucht nach einem politischen Wandel ist geblieben, stetig gewachsen. Die Zeit ist reif!"

„Wirklich? Ich bin mir da nicht sicher.“

Kracht gab sich selbstbewusst. „Ich schon und ich will an unserer ursprünglichen Absicht festhalten. Die Zeit drängt. Oder hast du es dir anders überlegt? Noch kannst du aufhören. Ich finde schon einen Ersatz.“

„Nein, es bleibt dabei. Auf mich kannst du zählen.“

Nanette erstarrte. Wenn sie das Gehörte richtig deutete, sollte seine Großherzogliche Hoheit ermordet werden und wie es schien, in Mainz. Welcher Irrsinn! Die Person des Staatsoberhauptes war laut Verfassung „heilig und unverletzlich“. Wer immer Hand an sie legte, wurde mit dem Tode bestraft.

Sie interessierte sich nicht sonderlich für Politik, wusste aber, dass Ludwig II. die Reformen, die sein Vater eingeführt hatte, vorantrieb. Manchen dauerte die Umsetzung allerdings zu lange und die Fraktion der Ungeduldigen nahm zu. Nicht nur in Hessen-Darmstadt, auch in den anderen Herzogtümern, Königreichen und Ländern keimte der Wunsch nach Neuerungen und mehr Selbstbestimmung. Kracht und seinem Begleiter schien es ebenso zu gehen. Trotzdem: Allein die Planung ihres Anschlages könnte die beiden aufs Schafott bringen.

In zwei Wochen eröffnete Goethes „Faust“ die neue Spielzeit. Neben einflussreichen Politikern hatte sich auch sehr zur Freude des Direktors der Großherzog höchstpersönlich angekündigt. Seine hochherrschaftliche Anwesenheit adelte den Auftakt der Saison. In den vergangenen Jahren mied Ludwig II. zwar zunehmend die Öffentlichkeit, doch an „seinem“ Stadttheater fühlte er sich sicher, verzichtete sogar auf eine Eskorte in seiner Loge. Unbewacht würde er ein leichtes Ziel bieten. Sollte er ausgerechnet hier ermordet werden?

Eine solche Tat traute Nanette Julius Kracht eigentlich nicht zu. Sie musste sich verhört haben. Er war ein Feingeist, zartgliedrig, eloquent, charmant und stets hilfsbereit. Selten kam ein aufgebrachtes Wort über seine Lippen, Streit ging er meist aus dem Weg. Und nun offenbarte er eine andere, eine dunkle Seite, die Nanette ganz und gar nicht behagte und die sie ihm nicht zugetraut hätte.

Sie lauschte weiter, hoffte, dass sich ihre Befürchtung nicht bewahrheitete. Doch das Gespräch ließ keinen anderen Schluss zu! Die beiden meinten es ernst, bedachten in ihrem politischen Eifer aber nicht die Folgen. Mainz, vielleicht sogar das gesamte Rheinhessen, müsste politische und militärische Sanktionen fürchten. Ganz zu schweigen, welches Schicksal dem Theater drohen könnte. Womöglich würde das Haus geschlossen und sie verlor ihre Anstellung. Ein schrecklicher Gedanke.

Nachdem sie den ersten Schrecken überwunden hatte, rief sie sich zur Räson. Die Behörden zu informieren, kam für sie momentan noch nicht infrage. Revolutionäre, liberale Freigeister, waren der Staatsgewalt ein Dorn im Auge, Kerker oder Verbannung die üblichen Strafmaßnahmen. Womöglich irrte sie sich doch und würde die beiden in falschen Verdacht bringen, von dem sie sich nur schwer wieder reinwaschen konnten.

Dennoch durfte sie den Dingen nicht einfach ihren Lauf lassen, musste handeln. Der erste Schrecken wich einer gewissen Erregung. Ihr würde schon etwas einfallen. Das Theater kannte sie in- und auswendig. Mit den Künstlern hatte sie beinah täglich Umgang, kam nahe an sie heran. Es würde nicht auffallen, wenn sie insgeheim ein paar Nachforschungen anstellte, sich in den Garderoben und im Fundus umsah oder hinter der Bühne auftauchte.

Seit sie E.T.A Hoffmanns „Fräulein von Scuderi“ gelesen hatte, verspürte sie den romantischen Wunsch, auch einmal bei der Aufklärung eines Verbrechens mitzuwirken. Diebstahl, anonyme Briefe oder Erpressung wären ganz nach ihrem Geschmack. Ein brutaler Mord nicht. Sie verabscheute körperliche Gewalt. Doch leider konnte sie es sich nicht aussuchen. Es galt das Leben des Großherzogs zu retten und Schaden vom Theater abzuwenden! Mit allen Mitteln!

Die Stimmen entfernten sich. Nanette folgte ihnen, musste wissen, wer der zweite Mann war. Gut, dass sie heute die absatzlosen Escarpins trug, die beim Laufen kaum ein Geräusch machten. Am Ausgang wünschten die beiden dem Pförtner gerade „Gute Nacht“. Dann fiel die Tür hinter ihnen zu. Nanette verdoppelte ihr Tempo, hastete an der Loge vorbei, stürzte ins Freie. Herr Heinrich wunderte sich, dass das Fräulein Zündel statt dem gewohnten, kurzen Plausch nur einen hastigen Gruß für ihn übrig hatte. So aufgewühlt wie heute Abend hatte er sie noch nie erlebt.

Sie entdeckte Julius Kracht neben der hünenhaften Gestalt von Adam Dumont, einem jungen Bildhauer und Kulissenbauer. Die beiden passierten gerade das Gutenbergdenkmal. Kracht wirkte neben Dumont wie ein halbwüchsiger Jüngling. Der Bildhauer hatte einen französischen Vater, der im Gefolge Napoleons nach Mainz gekommen war. Er verliebte sich in eine Mainzer Bürgerstochter und heiratete sie.

Bis vor einem Jahr arbeitete Dumont noch für die Familie Orth, die das Wiesbadener Theater ausstattete und auch den Dekorationsfundus des Mainzer Hauses erneuert hatte. Was damals unter den Mainzer Malern zu einem kleineren Aufruhr „gegen die Ausländer“ führte, die ihnen die Aufträge wegschnappten, wie sich Nanette erinnerte. Jetzt besaß er eine eigene Werkstatt, die florierte. Er baute nicht nur Kulissen für die hiesige Bühne, sondern auch für andere Theater. Besonders gut kannte sie Dumont nicht. Er war schweigsam und wahrte stets die Ruhe, egal, wie hektisch es um ihn herum zuging. Bisher hatte er auch keinerlei radikale Ansichten erkennen lassen. Vor Kurzem feierte er Verlobung, im Mai sollte Hochzeit sein. War er wirklich bereit, seine bürgerliche Existenz, die er sich über Jahre aufgebaut hatte, für seine politische Gesinnung zu riskieren?

Mit gebührendem Abstand folgte sie den Männern bis in die Augustinergasse, wo sie in einer der gemütlichen, kleinen Weinstuben verschwanden. Nanette zögerte. Wenn sie als Frau allein hineinging, zog sie Aufmerksamkeit auf sich, die sie eigentlich nicht wollte. Andererseits war sie neugierig und wichtiger noch: Sie brauchte Gewissheit. Ihr Geld reichte für eine Suppe und einen Schoppen des günstigen Haustrunks. Sie zog die Schute tief ins Gesicht und trat ein.

Der Gastraum war schummrig und ungewohnt leer, nur wenige Augenpaare richteten sich auf sie. Der Wirt verschwand gerade in der Küche. Die beiden saßen in einer Nische, Dumont mit dem Rücken zur Tür. Sein breiter Körper verdeckte den Schauspieler und so bemerkten sie nicht, wie Nanette sich an den Nachbartisch setzte.

„Gut, du hast mich überzeugt. Dann machen wir es wie besprochen“, gab der Kulissenbauer klein bei.

„Ja, Tabula rasa. Keine Kompromisse. Wir schaffen Fakten. Es lebe die Freiheit!“, erwiderte Kracht.

Also doch! Sie hatte sich nicht verhört. Mehr erfuhr sie nicht, denn die beiden sprachen nun über irgendeine unabhängige, französische Bühne, die provokante Stücke aufführte. Der Wirt war noch nicht wieder zurückgekommen, der Zeitpunkt günstig, um zu verschwinden.

In Nanettes Kopf ging es drunter und drüber. Sie musste unbedingt mehr über die Pläne der beiden erfahren. Jetzt bot sich die Gelegenheit, die Garderobe von Kracht zu durchsuchen, ohne gestört zu werden. Vielleicht fand sich dort ein Hinweis. Kurzentschlossen machte sie kehrt und eilte wieder zum Bühneneingang. Herr Heinrich war noch in seiner Portiersloge und schickte sich gerade an, zu gehen.

„Ich habe etwas vergessen", schwindelte Nanette und er ließ sie herein. „Ich beeile mich auch", versicherte sie ihm. Sein Angebot, sie zu begleiten, schlug sie aus, nahm aber die Laterne, die er ihr reichte.

Im Halbdunkel wirkte das Theater beinah unheimlich. Der Lichtschein warf unbekannte Schatten, doch Nanette ließ sich nicht beirren. Kracht teilte sich eine Garderobe mit mehreren Kollegen, hatte aber einen eigenen Tisch samt Spiegel. Schminkutensilien, ein künstlicher Bart, Stofftücher und ein Stoß Papiere lagen ohne erkennbares Muster auf der Platte. Schnell sah sie die Notizen durch. Es handelte sich um Anmerkungen zu seiner neuen Rolle, dem Wagner im Faust. Ganz unten entdeckte sie einen Zettel, auf dem „Foyer oder Loge?" stand. Sollte Ludwig II. dort ermordet werden? Nanette legte wieder alles an seinen Platz. Ihr Blick fiel auf eine Kiste unter dem Tisch, die dem Mimen gehörte. Sie wollte sie öffnen, doch der Deckel war verschlossen. Enttäuscht, weil sie nicht allzu viel herausgefunden hatte, begab sie sich zum Ausgang. Dort plauderte sie noch etwas mit Herrn Heinrich, bevor sie sich auf den Nachhauseweg machte.

Nanette spielte etliche Szenarien durch. Ein Mord im Foyer schien ihr eher unwahrscheinlich. Kracht käme kaum an sein Opfer heran. Da wäre die Loge schon günstiger. Für einen gelenkigen Mann wie ihn stellte es kein Problem dar, aus der Nachbarloge herüberzuklettern. Und der Großherzog würde den Eindringling wegen der Vorhänge, die ihn zur Seite hin abschirmten, erst spät entdecken. Aber auch das erschien ihr unwahrscheinlich. Kracht stand während der Aufführung auf der Bühne und alle Plätze waren bei der Premiere ausgebucht. Vielleicht hatte sich Dumont eine direkt neben der des Großherzogs gemietet?

Realistisch betrachtet konnte sie die beiden von ihrem Vorhaben überhaupt nicht abhalten. Als Frau fehlten ihr die physischen Voraussetzungen, mit Kracht geschweige denn mit Dumont fertig zu werden. Sie brauchte ein Druckmittel, das die beiden zur Einsicht brachte. Nur fiel ihr kein geeignetes ein. Sie konnte auch niemanden ins Vertrauen ziehen, sonst blieb ihr Geheimnis keines mehr. Dank der Mainzer Central-Polizei, die in der Großen Bleiche residierte und die immer zu wissen schien, was gerade in der Stadt und im Reich vorging.[2]

Nanettes Schwager in spe hatte dort zwei Wochen in polizeilichem Gewahrsam verbracht. Nach seiner Entlassung

[2] Clemens Wenzel Lothar von Metternich, geboren in Koblenz, Außenminister Österreichs, ordnete nach dem Wiener Kongress Europa im Sinne der Restauration neu. Das ehemals französische Departement du Mont-Tonnère wurde zerschlagen. Der südliche Teil ging an das Königreich Bayern, der nördliche an das Großherzogtum Hessen-Darmstadt. Nach den Karlsbader Beschlüssen im Jahr 1819 gründete er die Mainzer Zentraluntersuchungskommission (**Zentralkommission zur Untersuchung hochverräterischer Umtriebe**) in der Großen Bleiche 26. Zitiert nach Schütz, Friedrich: *Von Blau-Weiss-Rot zu Schwarz-Rot-Gold. Mainz vom Beginn der Napoleonischen Herrschaft 1798 bis zur Revolution von 1848* (Beiträge zur Geschichte der Stadt Mainz, Band 32), Mainz 1998
1828 stellte sie ihren Betrieb ein. Um weiterhin Daten zu erhalten, schuf Metternich das Mainzer Central-Informationsbureau, das zum selbstständigen Geheimdienst wurde. Die Behörde unterstand direkt dem Fürsten, hatte ihre Spitzel über das ganze Reich verstreut und ging bei ihren Untersuchungen nicht zimperlich vor. Zitiert nach Zerback, Ralf: *Historischer Überwachungsstaat Metternichs IM*, Zeit online, 2009

erkannte sie ihn kaum wieder. Früher war er lebenslustig gewesen, nun zeigte er sich zurückhaltend und nachdenklich. Als er von harten Verhören, erpressten Geständnissen, unrechtmäßigen Inhaftierungen und sogar Folterungen erzählte, versagte ihm die Stimme. Dergleichen wünschte Nanette weder Kracht noch Dumont. Denn tief in ihrem Innern konnte sie noch immer nicht glauben, dass die beiden Umstürzler sein sollten.

Sie war so mit sich beschäftigt, dass sie den Mann nicht bemerkte, der ihr seit einiger Zeit folgte. Erst als sich eine schwere Hand auf ihre Schulter legte, fuhr sie herum und schrie erschrocken auf.

Es war Onkel Kurt, ein alter Freund ihres Vaters und eigentlich nur ihr Nenn-Onkel, doch für Nanette gehörte er fast zur Familie.

„Entschuldige, ich wollte dich nicht erschrecken. Ich habe gerufen, aber du hast mich anscheinend nicht gehört“, meinte er beschwichtigend.

„Ich war in Gedanken.“

„Das habe ich bemerkt. Hast du Probleme?“

„Nein, nein, es ist alles in Ordnung.“

„Das freut mich. Ich begleite dich noch bis nach Hause, wenn es dir nichts ausmacht.“

„Gerne.“

Kurt war Polizist. Als junger Gendarm hatte er unter Napoleon angefangen, nun diente er dem Staat. Er hatte spät geheiratet. Erst mit vierzig vermählte er sich mit einer reichen Witwe, die ausreichend Kapital besaß, das für eine Eheschließung Voraussetzung war. Die erforderliche Summe von 1714 Mark hätte er mit seinem Monatslohn von 30 Mark nie aufbringen können. Inzwischen war er stolzer Vater eines halbwüchsigen Sohnes und überaus glücklicher Ehemann.

Er hatte den Ruf, hart, aber gerecht zu sein. Ob und inwieweit er in geheimdienstliche Tätigkeiten verwickelt war, blieb sein gut gehütetes Geheimnis. Plötzlich hatte Nanette einen Gedankenblitz: Kurt könnte sich als das geeignete Druckmittel gegen Kracht und Dumont erweisen. Sie musste es nur raffiniert anstellen, sodass er keinen Verdacht schöpfte und gegen die beiden zu ermitteln begann.

„Nanette, hörst du mir überhaupt zu?"

„Gewiss, doch."

„Und was habe ich gerade gesagt?"

Sie geriet ins Stottern. „Tut mir leid, ich weiß es nicht. Heute Abend bin ich nicht recht bei der Sache."

„Das merke ich."

„Bitte entschuldige."

„Gibt es eigentlich etwas Neues aus der Welt des Theaters?", fragte er scheinbar beiläufig.

„Nein. Keine Skandälchen, keine Affären, keine Extravaganzen. Im Augenblick konzentrieren sich alle auf die neue Spielzeit."

„Wie weit seid ihr mit den Proben für die Premiere?"

Nanette stutzte. Versuchte Kurt sie auszuhorchen?

„Es läuft alles gut."

„Der Großherzog hat sich angesagt?"

„Ja. Ist das irgendwie von Bedeutung?"

„Nun, es gibt gewisse revolutionäre Kräfte, die ihn gerne aus dem Amt entfernen und eine Republik installieren wollen. Ist dir irgendetwas in dieser Richtung zu Ohren gekommen?", hakte er nach.

Nanette schluckte. Er nahm sie tatsächlich in die Mangel. Ahnte ihr Onkel etwas von dem geplanten Anschlag? Hatte er sogar handfeste Informationen und wollte sich nun vergewissern, ob sie zutrafen?

Sie durfte sich nichts anmerken lassen und ging in die Offensive. „Nein. Ich bin nur die Illuminatrice. Ein kleines Rädchen im Theaterbetrieb."

„Nun, spiele deine Rolle nicht herunter. Du hast beinah überall Zugang, gehörst für die Bühnenarbeiter und das Ensemble quasi zum Inventar. Da könntest du doch en passant etwas aufschnappen."

Sie blieb stehen. „Onkel Kurt, willst du mich als Spitzel anheuern?", versuchte sie zu scherzen.

Er schaute ernst. „Ich würde dich niemals in etwas hineinziehen, das dich in Gefahr bringt. Doch die Atmosphäre im Land heizt sich auf. Die Bürger wollen mehr Rechte, was ich ihnen nicht verdenken kann. Aber ich bin meinem Dienstherrn zur Treue verpflichtet. Meine Aufgabe ist es, Schaden von ihm abzuwehren und die Verfassung zu schützen. Deshalb bin ich auf Informationen angewiesen und muss meine Augen und Ohren überall haben."

Nanette fasste einen spontanen Entschluss, von dem sie hoffte, dass sie ihn nicht bereuen würde. „Wenn es dich so interessiert, dann schau doch mal während einer Probe herein. So kannst du dich gleich überzeugen, dass es keine umstürzlerischen Umtriebe an unserem Theater gibt. Aber es wäre besser, du würdest verschweigen, dass wir uns gut kennen – wegen deiner Stellung und meines Renommees."

Kurt lachte. „Ich verstehe. Nicht, dass jemand dich für meinen verlängerten Arm hält. Ich nehme dein Angebot gerne an. Wie ist es mit übermorgen?"

„Gerne. Ich freue mich", sagte sie und nannte ihm noch die passende Uhrzeit.

Inzwischen hatten sie die elterliche Wohnung erreicht. Sie verabschiedeten sich und Nanette ging nach oben, wo Vater und Mutter bereits beim Abendbrot saßen. Sie beeilte sich mit dem Essen und half ihrer Mutter beim Abräumen und Spülen. Dann setzte sie zwei wortgleiche Briefe auf, einen an Kracht, einen an Dumont – allerdings ohne Absender. Die Schreiben würde sie morgen ganz früh in die Theaterpost geben, damit sie rechtzeitig die Adressaten erreichten.

Bei der Probe am nächsten Mittag bemerkte Nanette, dass Kracht nicht ganz bei der Sache war. Er wirkte nervös und vergaß immer wieder seinen Text. Der Brief hatte demnach sein Ziel erreicht, sein Inhalt ins Schwarze getroffen. Nach Probenschluss, als Kracht allein in seiner Garderobe war, bezog sie in der Nähe Posten. Dumont kam zehn Minuten später. Leise schlich sie zur Tür und presste das Ohr gegen das Holz.

„Was erlaubt sich dieser Schreiberling, uns mit der Staatsmacht zu drohen? Verdammt noch mal, hast du deinen Mund nicht halten können?“, blaffte Kracht.

„Meine Lippen waren und sind versiegelt.“

„Woher weiß dann der Verfasser, was wir vorhaben?“

„Keine Ahnung. Aber die Polizei hat ihre Spione überall, womöglich auch hier am Theater. Hast du irgendwelche Hinweise hier liegen lassen?“

Kracht schwieg einen Moment. Nanette hörte Papier rascheln. „Nur diese kleine Notiz „Foyer oder Loge?“. Das ist absolut nichtssagend. Der Rest ist in der Kiste eingeschlossen.“

„Vielleicht wäre es besser, du würdest alles mit nach Hause nehmen“, schlug Dumont vor.

„Nein, das ist zu riskant. Meine Wirtin ist viel zu neugierig. Schlösser sind für sie kein Hindernis.“

Sollte das Attentat etwa bei der Premierenfeier stattfinden, zu der außer dem Großherzog und den geladenen Gästen auch alle Schauspieler kamen?

„Meinst du, der Pförtner hat gestern etwas von unserem Gespräch auf dem Flur mitbekommen?" rätselte der Kulissenbauer.

„Das glaube ich nicht. Der hört nicht mehr so gut und wir waren zu weit von ihm entfernt."

„Wer also dann?", hakte Dumont nach.

Unruhe erfasste Nanette.

„Das Fräulein Zündel! Sie geht doch immer als Letzte!", hörte sie Kracht sagen.

Nanette bekam weiche Knie. Sie hatte völlig außer Acht gelassen, dass ihre Gewohnheit sie verraten könnte.

„Das wäre möglich. Ich habe aber niemanden bemerkt."

„Ich werde es herausfinden. Nachher frage ich Herrn Heinrich, ob sie nach uns das Haus verlassen hat."

„Tu das. Aber vielleicht hat auch jemand etwas auf unserem Weg zur Weinstube oder im Lokal selbst aufgeschnappt. Ich fürchte, wir waren nicht vorsichtig genug", seufzte Dumont.

„Geschehen ist geschehen. Trotzdem vergewissere ich mich, ob das Fräulein Zündel später gegangen ist. Wenn dem so sein sollte, werden wir wohl mit ihr reden müssen."

„Blasen wir die Sache ab?"

„Nein, wir bewahren kühlen Kopf und warten ab, ob morgen wirklich der Polizist auftaucht."

Nanette schlich sich davon und rannte das letzte Stück zum Ausgang. Es war leichtsinnig gewesen, sich so weit vorzuwagen. Sie musste Herrn Heinrich zu einer kleinen Notlüge überreden. Nur so ließ sich der Verdacht von ihr ablenken. Der Portier hatte sie vom ersten Tag an in sein Herz geschlossen, da sie ihn an seine Enkelin erinnerte. Und so brauchte Nanette ihn nicht lange bitten. „Gell, und falls der

Herr Kracht fragt, sagen Sie ihm, dass ich heute auch früher gegangen bin, weil ich genau wie gestern ein Rendezvous hatte."

Herr Heinrich zwinkerte. „Das tue ich gerne für Sie. Und Sie sind wirklich nicht in Schwierigkeiten?"

„Nein, solange Sie mir den kleinen Gefallen erweisen."

„Das werde ich!"

In dieser Nacht schlief Nanette schlecht. Hoffentlich hielt Herr Heinrich Wort und hoffentlich kam Onkel Kurt wirklich zur Probe. Am nächsten Morgen fühlte sie sich krank und wäre am liebsten zu Hause geblieben.

Am Bühneneingang versicherte ihr Herr Heinrich, dass alles in Ordnung sei und Nanette fiel ein Stein vom Herzen.

Kurt hielt Wort. Zu Beginn des zweiten Aktes stapfte er wie selbstverständlich in Uniform durch den Zuschauerraum und setzte sich demonstrativ in die erste Reihe. Sein forsches Auftreten sorgte im Ensemble für Irritationen. Doch niemand wagte es, den Polizisten anzusprechen oder gar wegzuschicken. Die Probe lief noch schlechter als die gestrige. Kracht, inzwischen weiß wie eine Wand, verhaspelte sich ständig, sodass der Intendant drohte, ihn zu ersetzen, sollte er weiterhin so patzen. Der Schauspieler riss sich zusammen, trotzdem wanderte sein Blick immer wieder in den Zuschauerraum. In der Probenpause wankte er von der Bühne in Richtung seiner Garderobe. Nanette tat er beinahe leid. Mit einer derart heftigen Reaktion hatte sie nicht gerechnet.

Als die Bühne leer war, ging sie zu Kurt in den Zuschauerraum. „Soll ich dich herumführen?"

„Später. Mich interessiert dieser junge Mann, der den Wagner spielt. Er erschien mir recht nervös. Ich habe ihn ganz schön aus der Fassung gebracht, oder?"

„Das stimmt. Normalerweise ist er sehr konzentriert bei der Sache. Seltsam."

„Weißt du, wohin er gegangen ist?"

„In seine Garderobe. Ich bringe dich hin", erbot sie sich.

Auf Kurts Klopfen ertönte ein schwaches „Herein". Kracht saß vor dem Spiegel, kreidebleich, hohlwangig und mit fiebrigem Blick. Die anderen Schauspieler, mit denen er sich die Umkleide teilte, verließen fluchtartig den Raum. Kurt stellte sich hinter Kracht und fixierte ihn länger im Spiegel. Der Schauspieler schien noch mehr zu schrumpfen und konnte das Zittern seiner Hände nicht verbergen.

„Junger Mann, ich würde gerne wissen ...", setzte Kurt an, konnte den Satz aber nicht beenden.

Kracht sprang auf und stieß dabei den Stuhl um. „Ich gestehe!"

„Was gestehen Sie?", fragte Kurt verdutzt.

„Dass ich ein Bühnenstück geschrieben habe, indem es um die Abschaffung der Monarchie geht. Ich habe es an einen französischen Theaterbesitzer verkauft und wollte es ihm an der Premiere aushändigen, damit es in Frankreich unter einem Pseudonym aufgeführt wird. Hier ist das ja wegen der offenen Kritik an den Regierenden ausgeschlossen. Heutzutage reichen schon ein paar leichtfertige dahingesagte Unmutsäußerungen, um einen redlichen Bürger in den Kerker zu bringen", meinte der Schauspieler mit brüchiger Stimme. Er schloss seine Kiste auf, holte ein Bündel Papiere heraus und reichte es Kurt. „Es ist noch nicht ganz fertig."

Der Polizist nahm es überrascht in Empfang, während Kracht bebend neben ihm stand. Nanette hielt sich abseits, sodass sie von der Garderobe aus nicht gesehen werden konnte, aber jedes Wort mithörte. Jetzt klärte sich alles. Kracht und Dumont hatten den Anschlag nur auf dem Papier geplant.

Ihr Onkel reagierte erstaunlich gelassen. Er nahm das Deckblatt und las laut: „Allez!, ein Bühnenstück in drei Akten von Julius Kracht in der Übersetzung von Adam Dumont. An dem Titel würde ich noch etwas feilen. Er klingt leicht abgedroschen!", schlug er vor und gab ihm das Manuskript zurück. „So, jetzt beruhigen Sie sich erst einmal. Ich habe nicht vor, Sie wegen eines Schauspiels zu verhaften, das in einem anderen Land auf die Bühne gebracht wird. Meiner Meinung nach sollten die Gedanken frei sein. Aber das bleibt besser unter uns", meinte er und legte den Finger auf den Mund. „Eigentlich habe ich nur von Ihnen wissen wollen, ob Sie einen Nepomuk Kracht kennen. Er ist ein alter Bekannter von mir. Vorhin bemerkte ich eine gewisse Ähnlichkeit zwischen Ihnen beiden."

Kracht beruhigte sich. „Das ist alles? Ich habe wer weiß was befürchtet und Sie erkundigen sich nur nach meinem Vater?"

„Genau."

„Ja, er ist es."

„Dann kann ich mich also noch immer auf meine Beobachtungsgabe verlassen. Grüßen Sie ihn bitte von mir. Mein Name ist Kurt Schrohe. Ich habe ihn lange nicht gesehen. Falls er einmal nach Mainz kommt, würde ich mich freuen, wenn er sich einmal bei mir meldet. Am besten bei der Mainzer Central-Polizei in der Großen Bleiche. Dort weiß man fast immer, wo ich gerade bin", verabschiedete er sich.

Dann ging er mit Nanette wieder hinter die Bühne und stellte sie zur Rede. „Ich werde das Gefühl nicht los, dass du mich absichtlich heute hierher gelockt hast. Wolltest du, dass ich mir den jungen Mann vornehme, weil du etwas mitbekommen hast, das dich beunruhigte?", fragte er sie.

„Nein, das war ein spontaner Einfall", versicherte Nanette, was noch nicht einmal geschwindelt war.

„Du weichst mir aus. Sollte ich jemals einen Theaterspitzel brauchen, weiß ich, auf wen meine Wahl fällt. Weibliche Raffinesse ist eben nicht zu unterschätzen."

Ob Sie es mir glauben oder nicht, diese seit zweiundneunzig Jahren geheim gehaltenen Briefe habe ich bei meinen Recherchen zu „200 Jahre Rheinhessen" zugespielt bekommen. Von Scotland Yard! Dort arbeiten mehr Rheinhessen, als Sie denken, doch ich darf natürlich keine Namen nennen, denn diese sensationellen Briefe enthüllen, was viele nicht gerne hören. Nämlich, dass die Leidenschaft der berühmtesten britischen Detektivin für ihre Arbeit nirgendwo sonst als in Worms geweckt wurde.

Deshalb habe ich keine Mühen gescheut, diese Zeilen in einer Blitz-Aktion für die Zweihundert-Jahr-Feier zu übersetzen.

St. Mary Mead, 12. August 1924

Liebe Jane,
du sagtest, ich sei zu alt für solch ein Abenteuer. Aber du kannst dir meine unbändige Freude darüber, diesen Kodak Fotoapparat – mit Rollfilm – erstanden zu haben, gar nicht vorstellen. Jetzt, da wir beide so viel von Tante Abigale geerbt haben, werde ich mir meinen Traum erfüllen und eine Expedition starten. Hast du dir schon überlegt, was du mit deinem Anteil anstellst? Du weißt selbst, dass wir Marples keinen Gedanken an das Alter verschwenden, wenn uns die Neugierde gepackt hat. Des Weiteren finde ich, dass ich mit Ende fünfzig frisch genug bin, um mich in die Fremde zu begeben. Für Abenteuer ist man nie zu alt, auch wenn man fünf Jahre älter ist als du. Zugegebenermaßen ist diese Fremde nun so fremd auch wieder nicht, denn unsere Erzieherin „Fräulein Lehmann" war eine echte Deutsche. Kannst du dich noch an die Geschichten erinnern, die sie uns von ihrer Heimatstadt Worms erzählte? Nein, wahrscheinlich nicht.

Da warst du ja noch zu klein. Worms ist die älteste Stadt Deutschlands, wusstest du das? Und ich finde es gerade jetzt, sechs Jahre nach diesem verheerenden Weltkrieg, wichtig, sich für die Völkerverständigung einzusetzen. Deshalb begebe ich mich schon morgen mit dem Fotoapparat auf meine Germanen-Expedition und fange so viele Augenblicke ein, wie ich kann. Ob es dir nun passt oder nicht!

Deine Mary

PS: Bitte schreibe mir nicht zurück, denn wer weiß, ob deine Briefe mich jemals in der Fremde erreichen werden.

Worms, 20. August 1924

Liebe Jane,
die Reise nach Worms gestaltete sich unspektakulär und gab mir vor allem auf dem Schiff die Gelegenheit, Freundschaft mit meinem Fotoapparat zu schließen.

Das kleine Zimmer, das ich bei Fräulein Lehmanns Nichte, Gertrud, bezogen habe, wird mir in der Zeit meines Aufenthaltes ein willkommenes Zuhause sein, wo ich mich nach meinen täglichen Exkursionen ausruhen kann (sobald ich wieder zurück bin, werden wir beide ebenfalls ausgedehnte Spaziergänge unternehmen. Sonst rostest du mir noch ganz ein. Erinnere mich bitte daran!). Noch schöner wäre es, wenn Fräulein Lehmann hier wäre, doch sie ist leider seit zwanzig Jahren tot. Aber Gertrud ist ebenfalls eine gute Seele und gibt sich – auch wenn sie nur wenig Englisch spricht – alle Mühe. Dafür versorge ich sie mit Tante Abigales stabiler Währung. Die Mark ist nur noch Spielgeld. So wie ich verstanden habe, arbeitet Gertrud im Büro der Wormser Lederwerke Heyl und hat sich letztes Jahr von ihrem Mann getrennt, der an Hysterie litt. Natürlich eine Folge des Krieges. So etwas darf es einfach nicht mehr geben!

Gleich am ersten Tag hat Gertrud mir die Wormser Straßen und Plätze gezeigt. Ist es nicht verrückt? Eine Britin in einer deutschen Stadt, die von den Franzosen besetzt ist? Die ganze Stadt – natürlich längst nicht so groß wie London, aber viel größer als St. Mary Mead – ist in emsige Geschäftigkeit getaucht. Vor allem sind die Menschen dabei, ihr Geld, das täglich an Wert verliert, so schnell wie möglich in Waren umzutauschen. Als gelte es, der Zeit ein Schnippchen zu schlagen, wuseln Fußgänger, Fahrradfahrer, die Straßenbahn, Droschken und ab und an ein Automobil oder ein Motorrad umeinander. Hier und da sieht man französische Soldaten. Aber Freund oder Feind, Arm oder Reich, wir sind alle froh, dass dieser schreckliche Krieg lang vorüber ist. Die Erinnerungen beginnen auch hier langsam zu verblassen – wir alle müssen einfach nach vorne blicken. Ich habe auch schon meine ersten Deutschland-Fotos geschossen: Von der „Ernst-Ludwig-Brücke", die sich als Fotomotiv besonders gut macht, mit ihren Streben und Bögen aus Stahl und diesen beiden steinernen Türmen am Anfang und Ende der Brücke – sie erinnern mich beinahe an schottische Burgen. Faszinierend. Und natürlich vom Rhein, der sich vor der Themse nicht zu schämen braucht. Was mir besonders gut gefällt sind die Gruppen junger Leute an den grünen Ufern. Sie sind vergnügt, tanzen und singen in der Natur, als lebten sie im Paradies. Gertrud sagte, sie nennen sich „Wandervögel", also wörtlich übersetzt: Hiking Birds. Ist das nicht ein ulkiger Name? Aber da gibt es noch etwas, was mich beeindruckt: Die Menschen, die von den harten Kriegsjahren wirklich gezeichnet wurden. Die Waisen, Witwen und Invaliden, die Armen und Hungernden, die es auch in Worms gibt. Wie gerne würde ich sie befragen, doch ich kann kein Deutsch und Gertrud wollte weiter. Ich bin gespannt, welche Geschichten mir hier – trotz meiner schlechten Sprachkenntnisse – begegnen werden.

Deine Mary

Worms, 21. August 1924

Liebe Jane,

ich beginne mich langsam einzuleben und mich an den Klang der Sprache zu gewöhnen, die ich außer den wenigen Worten, die mir als Kind von Fräulein Lehmann beigebracht worden sind, nicht verstehe. Doch die Menschen sind nett und wir können uns immer auf irgendeine Weise verständigen, vor allem, wenn ich meine britischen Pfundnoten auspacke.

Ich war heute alleine unterwegs und habe den Wormser Wasserturm fotografiert. Meine Landsleute und du, meine Liebe, sollen sehen, wie schön es in Deutschland ist.

Doch heute geschah auch etwas Eigenartiges. Als ich am Nachmittag in dem idyllischen Park hinter dem Dom saß, um ein wenig im Schatten der Bäume zu verschnaufen, kam ein roter Langhaardackel auf mich zugerannt. Ein typisch deutscher Hund. Der typischste überhaupt, nicht wahr? Der kleine Kerl trug ein flaches, rechteckiges Päckchen in seinem Maul und rannte mit hocherhobener Rute an mir vorbei. Plötzlich drehte er sich herum, kam zu mir, legt das Päckchen ab und begann mich anzubellen. Und zwar so, als wollte er mir etwas erzählen. Doch als ich ihn streicheln wollte, schnappte er sein Päckchen wieder und rannte durch ein schmiedeeisernes Tor aus dem Park Richtung Dom hinaus. Natürlich folgte ich diesem vierbeinigen Germanen mit gezücktem Fotoapparat.

Als ich am Dom ankam, hörte ich sein Bellen. Genau über mir. Über mir? Ich blickte empor. Der kleine Kerl lief viele

Meter in der Höhe auf einem Gerüst umher, auf dem Arbeiter mit der Renovierung des Domes beschäftigt waren. Ich nehme an, dass er einem der Männer gehört und ihm einen Gegenstand bringt, den er dringend benötigt. Ein Foto konnte ich von dem kleinen Kerl nicht schießen, da er ständig in Bewegung war.

Während ich diese Zeilen schreibe, liebe Jane, spüre ich die Neugier in mir aufkeimen, was wohl in diesem Päckchen gewesen sein mochte. Kannst du dir das vorstellen?

Deine Mary

Worms, 23. August 1924

Liebe Jane,
als ich in der letzten Nacht – nach einem anstrengenden Tag, an dem ich trotz meines Alters mit Gertrud nahezu alle Wormser Kirchen besichtigt habe – zu Bett gehen wollte, hörte ich das Bellen des Dackels von der Straße. Du musst wissen, Gertruds Wohnung ist in unmittelbarer Nähe des Domes.

Du kennst mich. Eigentlich pflege ich nicht, mitten in der Nacht irgendwelchen Hunden auf der Straße hinterherzulaufen. Dennoch fand ich mich auf der Straße wieder und kam mir dabei herrlich verrucht vor. Ich konnte mein Benehmen nicht einmal mit dem Wunsch zu fotografieren entschuldigen, da mein Apparat in der Dunkelheit überhaupt nicht funktioniert. Da hörte ich wieder das Bellen. Es klang für mich wie ein Lockruf. Ich schlich dem Bellen hinterher durch den nur in Mondlicht getauchten Park. Außer einem Pärchen, das sich auf der Bank innig küsste (du lieber Himmel, Jane, wenn wir früher nur so frei gewesen wären!), war weder ein Mensch noch ein Hund zu sehen. Ich durchquerte die nächtliche Grünanlage und blieb am schmiedeeisernen Tor stehen.

Zwischen Schauer und Bewunderung hin und her gerissen, sah ich vor mir den riesigen, düsteren Dom. Die Stadt lag gespenstisch ruhig da. Keine Straßenbahn, keine Menschen, nur das Klappern eines vorbeisausenden Fahrrads. Plötzlich näherte sich dem Dom ein Automobil. Ich presste mich dicht an eine Mauer, um ja nicht in den Lichtkegel des Fahrzeugs zu geraten. Es hielt auf dem Platz hinter dem Dom an, die Tür sprang auf und ein Mann stieg aus. Ein Mann in einem eleganten, langen Mantel. Seine Schuhe glänzten sogar in dem spärlichen Licht. Seinen Hut hatte er tief ins Gesicht gezogen. Und da kam auch schon der Dackel aus dem Schatten des Domes auf ihn zu gerannt, dicht gefolgt von einem Mann von kräftiger Statur. Wahrscheinlich ein Bauarbeiter. Seinen Hut trug dieser lässig nach hinten geschoben. Dennoch, sein Gesicht konnte ich von meiner Deckung aus nicht erkennen. Ich hoffte inständig, dass der Hund nicht plötzlich auf die Idee käme, mich in meinem Versteck zu besuchen. Ich spitzte die Ohren, doch leider verstand ich kein Wort von der Unterhaltung der beiden deutschen Männer. Nach dem Tonfall zu schließen, schien es aber geschäftlich zu sein. Wenn ich das richtig erkennen konnte, drückte der elegante Mann dem Bauarbeiter ein kleines Päckchen in die Hand. Der Dackel bellte. Sogleich gab der Bauarbeiter seinem Gegenüber einen prall gefüllten Beutel. Wahrscheinlich Geld. (Die Inflation ist hier so hoch, dass du sogar für ein Glas Marmelade eine Milliarde in Scheinen benötigst. Sehr umständlich das alles.) Der Elegante schnappte sich den Geldbeutel, drehte sich um, sprang in seinen Wagen und brauste davon.

Abenteuerlustige Grüße,
Mary

Worms, 24. August 1924

Liebe Jane,
Heute habe ich mich mit meinem Apparat auf die Lauer gelegt. Aber nicht nur, um den kleinen Dackel zu fotografieren. Nein! Ich hege die Hoffnung, herauszufinden, was es mit diesen Päckchen auf sich hat, für die im nächtlichen Schatten des Domes Geld bezahlt wird und die bei Tageslicht von einem Hund auf das Baugerüst getragen werden. Die uns eigene Marple'sche Neugier hat mich gepackt! Die, die wir so gerne unterdrücken, weil die Nachbarn es nicht gerne haben, wenn man seine Nase in ihre Angelegenheiten steckt. Doch hier, meine Liebe, bin ich weit weg von daheim. Da kam mein Freund auch schon angerannt. Ich knipste. Ich befürchte aber, auf dem Bild wird er nicht zu sehen sein. So schnell ist er. Er hatte aber wieder ein Päckchen im Maul. Das Format des Päckchens erinnert mich an eine Tafel Schokolade.

Neugierige Grüße,
Mary

Worms, 25. August 1924

Liebe Jane,
hast du die Socken für den Winter schon fertig? Ich wette, ja! Doch glaube mir, es gibt aufregenderes, als in St. Mary Mead zu stricken.

Mittlerweile habe ich durch Gertrud herausgefunden, wem dieser Dackel gehört. Er sei stadtbekannt, da er seinem Herrchen, dem Dombaumeister Philipp Brand, auf Schritt und Tritt folge, sogar auf das Gerüst des Domes. Der Weg zu dieser Information war mangels Sprachkenntnissen nicht sehr einfach, aber wir haben uns mit Gesten, Pantomime und kleinen Strich-Zeichnungen ausgeholfen.

Nach dem Päckchen habe ich sie nicht befragt, denn das möchte ich selbst herauskriegen! Sonst will ich keine Marple sein! Doch sei beruhigt, zwischendurch erkunde ich die Stadt und mache Bilder.

Extrem neugierige Grüße,
Mary

Worms, 26. August 1924

Liebe Jane,
mit dem Ziel, die Spur des Dackels aufzunehmen, setzte ich mich heute mit meinen Stricksachen in den Park. Natürlich nicht, um zu stricken. Nach nicht einmal einer Stunde kam der Dackel wieder an mir vorbeigerannt, jedoch ohne ein Päckchen und in die andere Richtung. Sogleich nahm ich die Verfolgung auf. Wobei ich mir gleich hätte denken können, dass ich seine Spur verliere. Nicht aus den Gründen, die du dir gerne ausmalst, sondern einfach nur, weil ich zwei Beine habe und er vier.

Also mache ich mich gleich daran, für ihn eine Leine zu stricken. Bin gespannt, ob er sich das gefallen lässt.

Liebe Grüße,
Mary

Worms, 27. August 1924

Liebe Jane,
mit der selbst gestrickten Leine und meinem Apparat in der Tasche wartete ich heute wieder im Park auf meinen Freund.

Zu meinem Erstaunen freute sich der kleine Kerl, an die Leine genommen zu werden, und zog mich munter hinter sich her kreuz und quer durch die Stadt. So einen Stadtführer hat man nicht alle Tage.

Vor einem großen Scheunentor blieb er zum Glück endlich stehen und schaute zu mir empor. Ich verstand. Doch bevor ich anklopfen konnte, wollte er sich durch die zwei Handbreit hohe Lücke zwischen Tor und Boden hindurchzwängen. Da ich ihm unmöglich durch diesen Spalt würde folgen können und auch keinen Türklopfer fand, band ich ihm mein Selbstgestricktes vom Hals, um seinem Drängen nachzugeben. Bevor ich meinen Apparat auch nur auspacken konnte, um interessante Details einzufangen, krabbelte er auch schon wieder heraus und flitzte mit einem Päckchen im Maul davon. Sogleich wurde das Tor aufgerissen, ein junger, hoch aufgeschossener, blonder Mann rannte hinaus auf die Straße und eilte dem kleinen Kerl hinterher. Schnell steckte ich Fotoapparat und Leine in meine Tasche, um nicht in Schwierigkeiten zu geraten. Um den pfeilschnellen Dackel brauchte ich mir keine Sorgen zu machen. Nur um mich, wie sollte ich den Weg zurück zum Dom finden?

In Abenteuer verstrickte Grüße,
Deine Mary

Worms, 30. August 1924

Liebe Jane,
ich habe dir schon seit drei Tagen nichts geschrieben. Nun bin ich froh, dass ich überhaupt noch schreiben kann, so erschöpft bin ich. Nicht etwa, weil ich so lange orientierungslos durch die Stadt gelaufen wäre, nachdem mich mein vierbeiniger Stadtführer verlassen hatte. Zum Dom hatte ich mich einfach durchgefragt. Doch meine Deutschkenntnisse würden nicht ausreichen, den Dombaumeister nach dem Mysterium um diese Päckchen zu befragen. So beschloss ich, zu handeln! Das ist sowieso spannender. Vor allem, weil ich auch seit Längerem mit dem Gedanken gespielt habe, mir eine Daimon Taschenlampe zuzulegen. Jetzt habe ich einen

Grund dazu. Ich liebe diese modernen technischen Geräte!

Nachdem die Uhr Mitternacht geschlagen hatte, schlich ich mich mit meiner neuen Errungenschaft hinaus zum Dom. Für die harte Währung in meiner Tasche könnte ich wahrscheinlich Heerscharen von Detektiven für diese Aufgabe einstellen, doch wo bliebe dann der Spaß, sich hemmungslos seiner Neugier hinzugeben?

Zu meinem Glück – wie ich in diesem Augenblick noch dachte – lehnte eine Leiter am Gerüst. So konnte ich, ohne mich in unkalkulierbare Risiken zu stürzen, auf das Gerüst gelangen.

Mein Herz begann laut zu pochen, als ich in einer Kiste mit Meißeln, Nägeln und diversen anderen Gerätschaften, mit denen ich mich nicht auskenne, das fand, wonach ich suchte: das hellbraune Einwickelpapier der verdächtigen Päckchen. Ich faltete es auseinander und … in diesem Augenblick hörte ich Motorengeräusch, das sich dem Dom näherte. Schnell steckte ich das Papier in meine Tasche und machte mein Licht aus. Von dort oben hatte ich einen guten Überblick über den Platz hinter dem Dom, wo gerade ein Automobil vorfuhr. Dasselbe Automobil, derselbe Mann wie vor wenigen Nächten. Er stieg aus seinem Gefährt und sah sich um. Kurz darauf betrat der Dombaumeister mit meinem kleinen Freund den Platz.

Keine halbe Minute später gerieten die Männer in einen heftigen Streit. Wieder konnte ich nicht genau verstehen, was gesprochen wurde. Aber offensichtlich ging es um Geld. Die Worte „Mark“ und „Billion“ schallten zu mir hinauf. Scheinbar schuldete der Baumeister dem eleganten Mann Geld. Während des ganzen Streits saß der Dackel still zwischen den beiden Männern und verfolgte den Wortwechsel wie den Ballwechsel eines Tennismatchs. Du müsstest ihn sehen, er ist zu drollig. Falls er mal stillhält, werde ich ihn für dich fotografieren.

Erleichtert atmete ich auf, als sich die Streithähne endlich voneinander lösten und das Automobil davonbrauste. Doch da geschah das Furchtbare. Der Baumeister ging schimpfend auf das Gerüst zu, packte die Leiter und schleuderte sie wütend in die Ecke. Danach stapfte er, gefolgt von seinem Dackel, Richtung Park davon.

Verzweifelt blieb ich zurück. Du wärst vor Angst gestorben, wenn du mich hättest sehen können.

Nach einer Stunde vergeblichen Probierens, mein luftiges Versteck zu verlassen, beschloss ich, mir ein Plätzchen für die restliche Nacht zu suchen. Du weißt, dass ich nicht ganz schwindelfrei bin. Doch kaum hatte ich es mir einigermaßen bequem gemacht, da hörte ich, wie jemand die Leiter wieder an das Gerüst stellte. „Vorsicht Mary, Vorsicht! Das tut er sicher nicht, um dich zu retten", sagte ich mir. Ich verharrte in meiner Stellung. So laut, wie er auf dem Gerüst herumturnte, fühlte er sich allein und schien überdies auch ein geübter Kletterer zu sein. Irgendwo über mir blieb er stehen und begann gegen einen Stein zu klopfen. Wer hämmert bitte schön nachts an einem Dom herum? Doch diese Frage musste unbeantwortet bleiben, denn ich wollte nur eins: in mein Bett! Leise schlich ich mich zur Leiter, während der Mann dort oben weiterarbeitete.

In meinem Zimmer angekommen, musste ich aber als Erstes meinen Fund untersuchen: In dem Packpapier befand sich tatsächlich die Verpackung einer Tafel Schokolade. Was hatte das zu bedeuten?

Da ich vor lauter Grübeln die ganze Nacht keinen Schlaf fand, war ich am nächsten Tag so müde, dass an eine Exkursion nicht zu denken war. Also beschloss ich, mich am frühen Nachmittag mit meinen Stricksachen in die Nähe des Domes zu begeben, um mir so ganz nebenbei einen Überblick über die Bautruppe zu verschaffen.

Was ich da beim Vorbeigehen, beim Teetrinken in einem nah gelegenen Café und beim Stricken auf einer Bank beobachtete, ließ ein Puzzleteil nach dem anderen in meine Hände fallen. Oh, heimliches Beobachten ist so auf- und anregend, du solltest so etwas auch mal ausprobieren! Man kann dabei sogar stricken.

Wie du dir denken kannst, arbeitet der Dombaumeister nicht alleine, sonst würde er niemals fertig. Nach dem Alter seiner Arbeiter zu schließen, waren diese sicher alle mal im Krieg gewesen. Einem der Männer ist dieses Schicksal deutlich anzusehen. Ihm fehlt ein Bein, außerdem trägt er im Gesicht tiefe Narben. Ich staunte darüber, wie geschickt er dennoch die Leiter hinaufkletterte und sich sogleich mit einem Meißel an die Arbeit machte.

Gegen fünf Uhr flitzte der Dackel wieder davon. Natürlich war mir klar, was er vorhatte. Hoffentlich würde er von dem blonden, großen Mann nicht geschnappt. Aber nein, zwanzig Minuten später tauchte der Kleine mit seinem Päckchen wieder auf und rannte um den Dom. Ich schlich ihm hinterher und lugte um die Ecke. Und da sah ich den invaliden Bauarbeiter neben dem Dackel sitzen. Er öffnete hastig die Packung und steckte sich ein großes Stück Schokolade in den Mund. Danach atmete er erleichtert auf, tätschelte den Dackel, zog etwas aus seiner Tasche und fütterte ihn damit. Schließlich ging er wieder seiner Arbeit nach.

In meinem Zimmer habe ich sehr lange nachgedacht. Um normale Schokolade konnte es sich hierbei wohl kaum handeln. Erstens befinden wir uns nicht mehr im Krieg, wo Schokolade, auch das braune Gold genannt, nur schwer zu beschaffen war. Wer heute Schokolade will, kauft sich diese im Geschäft – auch bei einer galoppierenden Inflation – und nicht bei Nacht und Nebel von einem geheimnisvollen Mann mit Automobil. Zweitens braucht man zur Schokoladenbeschaffung keinen klauenden Dackel. Oder etwa doch? Wir beide würden für Süßes auch einiges auf uns nehmen.

Nach langem Hin und Her war mir klar: Wenn ich wissen wollte, was es mit dieser Schokolade auf sich hatte, musste ich selbst davon kosten.

Du brauchst dir keine Sorgen zu machen, ich habe hier alles im Griff. Aber was machen eigentlich deine Bandscheiben? Ich hoffe, dass sie dich nicht allzu sehr quälen.

Sorgenvolle Grüße,
Mary

Worms, 3. September 1924

Liebe Jane,
mit einem Stück „Fleischwurst", so nennen die Deutschen diese köstliche Wurstsorte – ich muss unbedingt etwas davon mit auf meine Rückreise nach England nehmen – habe ich bekommen, was ich wollte. Er brachte auch mir ein Päckchen Schokolade. Zuerst zögerte ich. Sollte ich wirklich? Doch da war wieder diese Neugierde und schwupp, schon steckte ein großes Stück Schokolade in meinem Mund und ich staunte. Als Erstes wurde es in meinem Mund etwas taub, dann verschwanden allmählich meine Knieschmerzen, die mich ab und an heimsuchen. Mir wurde schwindelig und plötzlich verspürte ich den Drang, sofort ganz Worms unter meine Sohlen zu nehmen. Ich möchte hier nicht weiter erläutern, welche Gefühle diese Schokolade noch in mir auslöste, wer weiß, wer diese Briefe außer dir mal in die Hände bekommt. Die restliche Schokolade werde ich mit nach Hause brin-

gen, um sie analysieren zu lassen. Wo, weiß ich noch nicht. Vielleicht hast du ja eine Idee? Ich ahne jedoch, was diese euphorische Wirkung in mir hervorgerufen haben könnte. Kokain. Jeder, der etwas auf sich hält in dieser schnelllebigen Zeit, nimmt Kokain. Nicht nur in England, sondern auch im beschaulichen Worms, und zwar so viel, dass sich ein Drogendealer ein Automobil leisten kann. Ja, meine Liebe, des Rätsels Lösung heißt: Kokain!

Beschwingte Grüße,
Mary

Worms, 5. September 1924

Liebe Jane,
was das Beobachten und das nächtliche Herumschleichen angeht, muss ich Folgendes bemerken: Es macht Spaß! Vor allem, wenn man dabei herausgefunden hat, was man wissen wollte. Doch Wissen allein ist nutzlos, wenn man es nicht einsetzt. Da ich schon morgen abreisen werde, habe ich all meinen Mut zusammengenommen, um mit dem Dombaumeister zu sprechen. Denn meine Liebe, ich glaube, er weiß nicht, in welcher Gefahr unser kleiner Freund und Kokain-Dieb steckt. Zum Glück kann der Dombaumeister mehr Englisch als ich Deutsch. Er war sehr erstaunt über die täglichen Ausflüge seines Dackels. Nein, du brauchst dir keine Sorgen zu machen, ich sprach nur über „Päckchen“, nicht über deren Inhalt! Schließlich will ich nicht in Drogengeschäfte verwickelt werden. Ich legte ihm lediglich ans Herz, auf seinen Dackel aufzupassen wegen des Straßenbahnverkehrs.

Detektivische Grüße,
Mary

Worms, 6. September 1924

Liebe Jane,
dies ist mein letzter Tag in Worms. Ich begab mich zum Dom, um mich von meinem kleinen Freund zu verabschieden und diesen vierbeinigen Germanen endlich auf meinen Rollfilm zu bannen. Zu meiner Freude fand ich ihn neben dem Dombaumeister auf dem Gerüst stehen. Sofort zückte ich die Kamera, hielt sie auf die beiden und drückte ab. In diesem Moment geschahen viele Dinge gleichzeitig. Ich würde dir die Geschehnisse gerne auf dem Bild zeigen, doch leider besitze ich keinen Fotoapparat mehr. Das schmerzt mich in der Seele, doch dafür kenne ich nun die ganze Geschichte und habe wahrscheinlich Kunstgeschichte geschrieben.

Ich will dir alles, so gut es geht, beschreiben. Wenn du das Foto sehen könntest, würdest du darauf neben dem Baumeister, seinem Dackel und einigen Bauarbeitern auch einen hoch aufgeschossenen, blonden Mann erkennen. Na, kommt er dir bekannt vor? Genau, er ist der Mann, der unserem vierbeinigen Kokain-Dieb nachsetzte. Er stand oberhalb der beiden Hauptfiguren meines Fotos auf dem Gerüst und hielt in beiden Händen einen großen Stein. Und du würdest einen Dombaumeister sehen, der zur Seite springt, weil er von einem Dackel ins Bein gebissen wird. Was du nicht mehr sehen könntest, wäre, wie der Stein von dem blonden Mann geworfen wird, jedoch sein Ziel wegen des wütenden Dackels verfehlt und auf dem Boden aufschlägt.

Danach ging alles sehr schnell. Der Blonde eilte wie der Blitz vom Gerüst herunter, raste auf mich zu, riss mir die Kamera aus der Hand und verschwand in der nächsten Gasse. Stell dir vor, all die Bilder und meine schöne Kamera, die ich mir nach so vielen Jahren endlich hatte leisten können. Ich war völlig außer mir und verlangte nach der Polizei. Der

Dombaumeister redete beruhigend auf mich ein und bat mich inständig, die Ordnungshüter nicht zu rufen. In meiner Aufregung verstand ich nicht gleich, warum ich schweigen sollte, und pochte auf mein Recht.

So begann der Dombaumeister, mir die Zusammenhänge zu erklären: Eines Tages sah er einen Kriegsinvaliden auf der Straße betteln und erkannte in ihm den alten Schulkameraden, mit dem er einst als Kind durch dick und dünn gegangen war. Sofort ergriff er die Initiative und stellte ihn auf seiner Baustelle ein. Doch schon bald musste er feststellen, dass der Freund ein Drogenproblem hatte. Um ihn aber weiter in Lohn und Brot zu halten, ließ er sich mit dem Dealer ein und kaufte ihm einmal pro Woche – immer um die gleiche Zeit nachts – eine Tafel Schokolade ab. Dass diese eine Tafel dem kriegsversehrten Freund zu wenig gewesen war und er sich mithilfe des Dackels noch mehr Stoff beschafft hatte, habe der Dombaumeister nicht gewusst. So habe er sich beim letzten nächtlichen Treffen geweigert, der Forderung des Drogendealers nachzukommen, der für die verschwundenen Schokoladentafeln Unsummen verlangte und behauptete, sein Dackel hätte den Stoff aus seinem Lager gestohlen. Was er dem Dealer natürlich nicht geglaubt habe. Daraufhin sei es zu einem Streit gekommen und der Drogendealer habe gedroht, ihm einen seiner Jungs auf den Hals zu hetzen. Erst als ich ihm gestern von den Ausflügen seines Dackels berichtet hatte, hätte er begriffen, dass die Geschichte wahr sei und er einen Weg finden müsse, diese Schulden zu bezahlen. Und ich erzählte ihm von der Nacht, in der ein Mann an der Domfassade gehämmert habe. Der Mordanschlag sollte wohl wie ein Unfall aussehen, bei dem der Dombaumeister zufällig von einem Stein getroffen wird, der sich von der Fassade gelöst hatte. Er bat mich nochmals um Verständnis, nicht zur Polizei zu gehen, sonst würde ihm auch noch Ungemach vonseiten des Gesetzes drohen, wenn herauskäme, dass er Drogen kaufe. Meinen Fotoapparat würde ich ohnehin nie wieder sehen.

Natürlich bin ich nicht dafür, Verbrecher zu schützen. Sofort hatte ich einen Plan. Ich drückte dem Dombaumeister zunächst einige Pfundnoten in die Hand, mit denen er sich von dem Drogendealer freikaufen konnte. Da ich heute eh abreisen würde, so erzählte ich ihm, würde ich gar nicht zur Polizei gehen können, auch wenn ich wollte. Er bedankte sich vielmals bei mir und lud mich ein, bei meinem nächsten Wormsbesuch sein Gast zu sein.

Bevor ich mich von dem Dombaumeister verabschiedete, streichelte ich den kleinen Dackel und sagte: „Und du mein Freund, bleib schön artig bei deinem Herrn! Auch wenn du ihn in große Schwierigkeiten gebracht hast, hast du ihm das Leben gerettet. Er setzt dir bestimmt an der Domfassade ein Denkmal." Da musste der Dombaumeister lachen und meinte, das sei die beste Idee, die ihm in letzter Zeit zu Ohren gekommen sei.

Doch meine Liebe, ich weiß nicht, ob es für mich nicht zu gefährlich sein wird, nochmals nach Worms zu reisen. Denn als nächsten Schritt meines Plans werde ich von England aus der Wormser Polizei einen Brief zuschicken. Ich will sie auf die Scheune aufmerksam machen, in der all diese Schokolade lagert. Diesen Mördern muss die Grundlage entzogen werden! Du könntest dich mal erkundigen, wer in St. Mary Mead Deutsch kann.

Meine Liebe, du siehst, es gibt weitaus Aufregenderes als Stricken. Gerade wir älteren Frauen sollten uns für unsere Mitmenschen einsetzen, mit der Kraft unserer ganzen Neugier. Wir sollten es so halten wie der Wormser Dackel: Lieber dem Tod ein Schnippchen schlagen, statt auf ihn zu warten.

Alles Weitere, wenn ich wieder zu Hause bin!

Deine Mary

Was aus Mary wurde, ist nirgends verbrieft, aber dass ihre Schwester Jane ihre Ratschläge Jahre später aufgriff, weiß jeder. Und dass Mary Kunstgeschichte schrieb, zeigt sich jedem, der sich nach Worms begibt und am Südportal des Doms emporblickt. Dort ist niemand anderes als der berühmte Dackel am Wormser Dom zu bewundern.

Bingen, 5. November 1923

„Zieh die Vorhänge endlich zu!"

Herrmann-Karl Bender stand in dem abgedunkelten Raum und sah durch das große Fenster in die Nacht. Einzelne Lichter in den weiter unten gelegenen Häusern verrieten ihm, dass er nicht der Einzige war, der noch nicht schlief.

Seine Frau Erna zögerte. Sie nestelte an der Schleife herum, die ihren Rock über der Hüfte zusammenhielt.

Die Straße, die vom niedriger gelegenen Stadtkern zu Benders Haus führte, konnte er von seinem Platz aus gut überblicken. Noch weit entfernt erkannte er die dünnen Lichter der hin und her schwingenden Laternen. In zehn Minuten, spätestens einer Viertelstunde, würden sie hier oben vor seinem Haus ankommen.

„Mach endlich!", herrschte er seine Frau an.

„Wo willst du hin?", fragte sie, statt seiner Aufforderung nachzukommen, und zeigte mit einer knappen Bewegung ihrer Hand auf den kleinen Koffer, der neben Bender stand. Der Zipfel eines Hemdes schaute heraus.

„Ich muss weg. Heute kommen sie mich holen", blaffte er, ohne seine Frau anzuschauen. Starr blickte er noch immer nach draußen. Sein Jackett hatte er aufgeknöpft, seine Daumen steckten in den Taschen der Weste.

„Wer soll dich denn holen?", höhnte sie. „So wichtig bist du nicht. Hast doch bis jetzt immer deinen Vorteil gehabt."

Langsam drehte er seinen Kopf in ihre Richtung. Sein massiger Körper bewegte sich dabei nicht.

Kurz zuckte sie, drückte ihren Rücken durch, hielt seinem Blick stand. Wich nicht zurück wie sonst.

„Gehst du zu ihr?", zischte sie. Das leichte Zittern in ihrer Stimme konnte sie nun doch nicht verbergen.

Er verzog seinen Mund. „Du hast keine Ahnung! Keine Ahnung! Du immer mit deinen Weibern. Es geht hier um viel mehr! Um Deutschland! Geht das in dein kleines Hirn?! Keine Zeit für Weiber!" Er blickte kurz aus dem Fenster, bevor er weitersprach. „Alle Reichsdeutschen müssen aus der Stadt. Alle, die nicht die Loyalitätserklärung für diese Separatisten unterschreiben, werden ins Reichsgebiet ausgewiesen. Rheinische Republik!", stieß er verächtlich hinterher. Beinahe hätte er auf den dicken Teppich unter ihm gespuckt.

„Karin?! Nicht wahr, Karin heißt sie?"

Er reagierte nicht, starrte wieder aus dem Fenster. Inzwischen konnte er die Konturen der Männer sehen. Gleichmäßig schwenkten die Laternen vor ihnen. Er bückte sich, griff blind nach dem Tragegriff seines Koffers.

„Wo ist meine goldene Kette? Und die Brosche mit dem grünen Stein?"

Erna war einen Schritt auf ihn zu getreten.

„Pass auf deine Sachen auf!" Er konnte nicht verbergen, dass ihm der verschwundene Schmuck seiner Frau völlig gleichgültig war.

„Hast du sie diesem Flittchen geschenkt?"

Bender antwortete nicht. Die Lichter kamen immer näher. Er musste weg. Wer weiß, wohin ihn dieses Separatistenpack bringen würde. Nach Darmstadt vielleicht. Er wollte nach Mainz.

„Diese Karin … die lebt in Mainz, nicht wahr?" Als ob Erna seine Gedanken gelesen hätte.

Er ignorierte die Frage.

„Der Schmuck! Wo ist mein Schmuck?" Erna wurde laut.

„Was fällt dir ein!" Bender hatte ebenfalls seine Stimme

erhoben, gegen seine Absicht. Er wollte nicht schreien. Aber was sollte er in dieser Situation tun? Hinter ihm eine keifende eifersüchtige Frau, die ihm schon lange keine mehr war, und vor ihm eine Horde politischer Wirrköpfe und Verbrecher, die das Rheinland zu einer eigenen Republik von Frankreichs Gnaden machen wollten. Dem Frankreich, das dem Reich einen Diktatfrieden aufgezwungen hatte, es aussaugte und vernichten wollte.

Wenn er nicht sofort das Haus verließ, würde er ihnen nicht entkommen und sie würden ihn ausweisen.

Er bemerkte nicht, wie Erna hinter ihn trat und den Koffer nahm.

„Du gehst nicht!", kreischte sie.

Er drehte sich um, sah den Koffer in der Hand seiner Frau und schlug ansatzlos mit der flachen Hand zu.

Erna taumelte zurück.

„Gib mir den Koffer!", bellte er sie an.

Sie drückte ihre Finger noch fester um den Griff, stolperte über den Schürhaken, der auf dem Boden unweit des Kamins lag, strauchelte, verlor das Gleichgewicht und schlug mit dem Hinterkopf auf der Kaminkante auf.

Bender beobachtete den Sturz regungslos. Er wartete, blickte noch einmal kurz aus dem Fenster. Vielleicht noch einhundertfünfzig Meter waren die Lichter jetzt entfernt.

Mit vier, fünf Schritten war er bei seiner Frau, kniete sich neben sie, hielt seine Hand vor ihre Nase. Ein kaum spürbarer Atemzug streifte seine Haut. Ihre Augen starrten ihn matt an. Er wandte sich ab und wollte den Koffer greifen. Aber seine Frau hielt den Griff noch immer fest umklammert.

„Erna! Den Koffer!", fauchte er ihr wütend entgegen und begann an dem Koffer zu zerren, doch Erna gab ihn nicht frei.

Bender fasste ihr Handgelenk mit seiner Linken und löste mit der anderen jeden ihrer Finger einzeln vom Griff, bis er endlich den Koffer in der Hand hielt. Schnell erhob er sich und hastete zur Eingangstür. Fast hatte er sie erreicht, da bremste ihn das Wummern vielfacher Faustschläge gegen das massive Holz.

Sofort machte er kehrt und lief zum Hinterausgang. Von dort waren es keine fünfzig Meter bis in den Wald. Dort konnte er sich verstecken, bis der Separatistentrupp abgezogen war.

Für einen kurzen Moment blieb er vor der rückwärtigen Tür stehen, lauschte, dann drehte er langsam den Schlüssel um, drückte vorsichtig die Klinke herunter, zog die Tür erst ein kleines Stück, dann weiter auf, lauschte nochmals. Alles ruhig.

Er atmete tief ein, dann wagte er sich nach draußen. Kaum hatte er die Tür hinter sich zugezogen, wurde er an beiden Armen gepackt und zu Boden geworfen. Ein Knie wurde ihm ins Kreuz gerammt. Er war bewegungsunfähig.

„Herrmann-Karl Bender", sagte eine dunkle Stimme, die er sofort erkannte. Kleinknecht. Adam Kleinknecht. Wie der Name passte für dieses Würstchen, das sich an die Spitze des Separatistenpacks gestellt hatte.

„Sie haben sich den Anordnungen der Rheinischen Republik widersetzt. Ich habe hier die Ausweisungsverfügung."

Eine Hand hielt ihm ein Blatt Papier vor die Nase, das er in seiner Lage nicht lesen konnte. Er versuchte darauf zu spucken.

Kleinknecht wartete, bevor er weitersprach, bis Bender von zwei Männern ruppig hochgezogen worden war.

„Sie werden sofort aus der Rheinischen Republik verwiesen!"

Kleinknecht war ein ganzes Stück kleiner als Bender, musste seinen Kopf weit in den Nacken legen, um seinem Gefangenen auf diese kurze Distanz in die Augen sehen zu können.

Bender blickte ihn nur kurz an. Von oben herab. In das hagere Gesicht mit der zerschlagenen Nase und der Narbe oberhalb des linken Auges.

Mainz, 30. Juni 1930

Schon seit den frühen Morgenstunden hatte die Sonne heiß und unerbittlich auf die alte Stadt am Rhein nieder gebrannt, die an diesem Tag vom Joch einer zwölfjährigen Besatzung befreit wurde, zumindest nach der Meinung der meisten ihrer Einwohner, einer Sichtweise, der sich auch weite Teile des Reiches anschlossen. Dass sie sich diesen Zustand vielleicht selbst zuzuschreiben hatten, dass sie, in vorherigen Kriegen, nicht anders gehandelt hatten, das wurde in diesen Kreisen nicht bedacht. Vor allem nicht an einem solchen Tag, wenn die für das jahrelange Leid Verantwortlichen das Rheinland verließen. Der Sonne war dies vermutlich gleichgültig.

In der auch in den Abendstunden noch stark aufgeheizten Stadt saß ein etwa dreißigjähriger Mann, nach der Mode der Zeit mit einem braunen Anzug und einem beigen Hemd bekleidet, in einem Café nahe dem alten und mächtigen Dom, wo er sich bei einem Bier von seinen weitläufigen Märschen erholte.

Am Vormittag hatte er vor dem Deutschhaus gestanden, wo im Beisein des Präsidenten der Rheinlandkommission, Paul Tirard, und des Oberkommandierenden der französischen Besatzungsarmee, General Guillaumant, die Trikolore eingeholt und anschließend die deutsche Flagge hochgezogen wurde, war anschließend zum Bahnhof gegangen, wo eben dieser General auf dem Vorplatz das Abrücken der letzten Truppen beaufsichtigt hatte, und kam schließlich, nachdem dieses Schauspiel beendet war, über die von Menschenmassen verstopfte Rheinstraße zur Rheinbrücke, wo es ebenfalls kaum mehr ein Durchkommen gab, weil die Menschen auf das Einrücken der Schutzpolizei aus Darmstadt warteten, die in ihre neuen städtischen Quartiere zog. Er hatte gefürchtet, dass die unablässig drängende und wogende Menge ihn erdrücken würde, und war erleichtert, als er wieder in dem nicht so vollgestopften Innenstadtbereich angekommen war. Auf dem Schillerplatz betrachtete er „Die Erwachende", das Befreiungsdenkmal von Benno Elkan, eine große leuchtend weiße Frauenfigur mit nacktem Oberkörper, die einen Arm über ihren Kopf geworfen hielt. In drei Wochen sollte sie im Beisein von Reichspräsident Paul von Hindenburg feierlich enthüllt und eingeweiht werden.

Der Mann, der darauf wartete, dass der Kellner endlich zu ihm kam, um ihm sein Bier abzurechnen, fiel in der Masse der Menschen, die an diesem Tag die Straßen bevölkerten, allein durch seine ungewöhnliche Kopfbedeckung auf: einen breitkrempigen Hut, wie ihn im Kino die überaus beliebte Figur des Cowboys Tom Mix trug.

Nicht Exzentrik war der Grund dafür, dass der junge Mann, Henry W. Small, einen solch auffälligen Hut trug, sondern, wie sein Name andeutete, seine Herkunft. Er kam aus den Vereinigten Staaten von Amerika. Das W stand für William, die amerikanisierte Form von Wilhelm, den Namen, den schon sein Urgroßvater getragen hatte, und den jeder Erstgeborene der Familie wie einen Ehrentitel verliehen bekam. Dieser Urgroßvater, Johannes Wilhelm Klein, war vor ziemlich genau achtzig Jahren aus einer rheinhessischen Altrheingemeinde nicht weit von Mainz nach Amerika ausgewandert. Nicht ganz freiwillig, denn er lebte von der Armenunterstützung, die ihm die Gemeinde zukommen ließ. Als die Zahl derer, die diese Art der Unterstützung benötigten, mehr und mehr anschwoll und die Gemeindekassen über die Maßen belastete, begann man die unbemittelten Familien nach Amerika zu schicken. Für ihre Schulden kam die Gemeinde auf. Von den drei Kindern, die mit Johannes Wilhelm über den großen Teich gingen, war eines Henrys Großvater Jakob Wilhelm, der als junger Mann seinen Namen anglisierte, sich Jack William Small nannte und es zu bescheidenem Wohlstand als Bierbrauer brachte. Sein Vater schließlich schaffte es bis in den Kirchenvorstand und in den Gemeinderat und Henry selbst hatte eine Position als Journalist bei der örtlichen Zeitung gefunden und war bis in die Stellung des stellvertretenden Chefredakteurs aufgestiegen.

Alles wäre gut gewesen, wenn nicht die puritanische Moral seiner Landsleute Anstoß an seinen Vorlieben genommen und deshalb seine Absetzung durchgesetzt hätte. Was nicht einer gewissen Ironie entbehrte, hatten doch viele Auswanderer die mühsame und gefährliche Überfahrt aus Europa nach Amerika auf sich genommen, um den Bevormundungen aller Art in der alten Heimat zu entgehen.

Henry beschloss, nachdem er seine Kündigung erhalten hatte, die ihm nun zur Verfügung stehende Zeit für einen lang gehegten Wunsch zu nutzen: Er wollte den Ort aufsuchen, aus dem seine Vorfahren stammten. Zudem wollte er die Reise auch zu einem Besuch Berlins nutzen, der Weltstadt des Lasters, wie ihm ein Bekannter mit lüsternem Grinsen erklärte, als er ihm von seinen Plänen erzählt hatte. Als sein Chefredakteur, der seine Entlassung zwar nicht hatte verhindern können, der ihm aber dennoch wohlgesonnen blieb, von Henrys Plänen erfuhr, bot er ihm an, aus Mainz von den Feierlichkeiten zum Abzug der französischen Besatzungstruppen aus dem Rheinland zu berichten. Diese Möglichkeit, seine Reisekasse aufzubessern, nahm Henry gerne an.

Inzwischen hatte er es aufgegeben sich Notizen zu machen, spürte das Rauschen der Biere, die er im Laufe des Tages zu sich genommen hatte. Er hatte dem Kellner schon zweimal ein Zeichen gegeben, dass er zahlen wollte, aber der Mann reagierte nicht oder übersah ihn in dem allgegenwärtigen Gedränge. Ein Mann mit massiger Statur stieß mit seinem Oberschenkel gegen den Tisch. Das leere Bierglas wankte bedenklich.

„Der Herr?"

Henry wandte sich zur Seite, wo der Kellner mit seinem Geldbeutel stand.

„Fünfzig Pfennige", forderte er.

Henry nahm aus der Innentasche des Sakkos seine Börse, zählte die Münzen ab und reichte sie dem Mann, der sie mit einem Nicken nahm und gleich zum nächsten Tisch weiterging.

Henry sah zur Turmuhr am Dom hinauf. Es war fast zehn Uhr. Noch zwei Stunden, bis die Festlichkeiten um Mitternacht ihren Höhepunkt erreichten.

Er stand auf und rempelte dabei eine Frau in einem weißen Kleid an.

„Können Sie nicht aufpassen?", herrschte sie ihn an.

„Verzeihen Sie!", entschuldigte sich Henry. Sein Vater und sein Großvater hatten großen Wert darauf gelegt, dass in der Familie deutsch gesprochen wurde, daher beherrschte er die Sprache seiner Vorfahren fast akzentfrei.

Henry schlenderte am Theater vorbei, wo die Vorstellung von Beethovens Oper „Fidelio", die an diesem Abend gegeben wurde, offenbar beendet war, denn eine Vielzahl Menschen strömte aus dem großen Portal die wenigen Stufen auf den vorgelagerten Platz hinunter.

Einige Meter weiter kam ihm ein Trupp grölender, Fahnen schwingender Männer entgegen. Sie sangen eine Strophe von Schregels „Rheintreue“ und gaben dem Lied durch ihre überdrehten, vom Alkohol geölten Stimmen eine scharfe Note.

Sie lullen mit schmeichelnden Worten dich ein / Und wollen dir Reichtum verheißen / Sie wollen dich, treuer Vater Rhein / Der armen Mutter entreißen / D´rum soll uns umkrallen wie Eisen ein Band / Kein Teufel soll es zerspalten / Ein Volk, ein Gott, ein Vaterland / Den Treueschwur wollen wir halten.

Als sich die Blicke einiger der singenden Männer Henry mit dem auffälligen Hut zuwandten, bog der schnell in eine schmale Gasse ab. Der Gesang verklang langsam in der Ferne. Henry verlangsamte seine Schritte. Die Hitze des Tages, die trotz der vorgerückten Stunde vom Asphalt der Straße und den Mauern der Häuser noch immer gespeichert und abgestrahlt wurde, ließ seine Beine müde und schwer werden. Der Schweiß rann ihm über die Stirn. Mit einem Taschentuch fuhr er sich durchs Gesicht, bevor er seinen Weg fortsetzte. Er beschloss, nun gleich zum Rhein zu gehen, es wie die anderen zu machen und sich einen guten Platz für das Feuerwerk zu suchen.

Je mehr er sich dem Flussufer näherte, desto dichter drängten die Menschen um ihn herum und desto stärker schwoll der Lärm ihrer Stimmen an. Es leuchtete und glitzerte aus Tausenden von Lämpchen und Fackeln. In der Nähe des Fischtors ging vor ihm eine Gruppe von drei sechzehn- oder siebzehnjährigen Jungen. Ihre muskulösen Oberkörper verrieten ihre Herkunft aus der Arbeiterschaft. Sie bewegten sich geschmeidig, lauernd, stießen einander an, lachten, rauchten, blickten ihnen entgegenkommende Männer verächtlich und provozierend an und riefen jungen Frauen freche Sprüche hinterher. An diesem Tag schien sich niemand daran zu stören, kein Mensch wies sie zurecht, die allgemeine Ausgelassenheit tolerierte solche sonst schon längst geahndeten Verhaltensweisen.

Henry folgte ihnen wie von einem Magneten angezogen. Fasziniert betrachtete er ihre Körper, das Spiel der Muskeln unter den dünnen Hemden. Er stieß mit einem älteren Herrn zusammen, der fluchte und ihn beschimpfte, aber das nahm Henry nicht wahr. Fast wäre er auf die drei Jungs aufgelaufen, als sie neben einem Ladenfenster, in dem Kolonialwaren angeboten wurden, stehen blieben und einen etwa fünfzigjährigen Mann umringten.

Henry blickte unter sich und hastete schnell weiter, meinte, ihre Blicke in seinem Rücken zu spüren. Kaum war er an ihnen vorüber, hörte er einen Pfiff. Obwohl es um ihn herum von Menschen nur so wimmelte, konnte es nicht anders sein, als dass dieser ihm galt.

Henry ging langsam weiter. So groß die Versuchung auch war, er wagte nicht, sich umzudrehen. Erst nach einigen Metern und im Schutz einer Gruppe von sechs älteren Herrschaften in feierlichem Putz hielt er inne, besah sich seine Schuhe, bückte sich nieder, begann seinen rechten Schuh zu binden und nutzte dabei die Deckung, um zu den drei jungen Kerlen zu schauen.

Die redeten abwechselnd auf den Mann ein, den sie noch immer zwischen sich eingeschlossen hielten, berührten ihn mal an der Schulter, mal stießen sie ihn ein wenig, lachten dabei laut und aufreizend, um ihn dann plötzlich stehen zu lassen und sich in Henrys Richtung zu bewegen.

Der spürte eine unbestimmte Panik in sich aufsteigen und anstatt sich den anderen Schuh im Schutz der Herrschaften zu binden, erhob er sich schnell und ging davon. Im Lärm der Menschen um ihn herum konnte Henry die drei nicht hören, aber er spürte sehr deutlich, dass sie hinter ihm waren, ihre Geschwindigkeit der seinen anpassten und ihn nicht aus den Augen ließen.

Bald hatte Henry die Uferpromenade erreicht, wo die Menschen noch dichter standen, tranken, redeten und vaterländische Lieder zum Besten gaben.

„Ist der Herr ein Polizist?“

Henry hatte sich so darauf konzentriert, unbeteiligt zu wirken, dass er nicht bemerkte, wie einer der drei Jungs, der größte von ihnen, ihn überholt hatte und nach wenigen Metern stehen geblieben war und ihm nun den Weg versperrte. Er betrachtete Henry langsam von den Füßen bis zum Kopf, wo sein Blick an dessen auffallendem Hut hängen blieb.

Henry sah ihn fragend an.

„Er versteht nicht“, erklärte der Große mit ausladender Geste den beiden anderen, die sich so um ihr Opfer postiert hatten, dass es nicht entwischen konnte. „Dabei sieht er so gebildet aus!“ Er blickte noch einmal zu Henrys Hut und lachte.

„Ein Sheriff“, meinte einer der beiden anderen Jungs, der seinen Kopf so weit vorbeugte, dass Henry seinen Atem riechen konnte. Ihm fehlten zwei Schneidezähne. Mit Zeigefinger und Daumen bildete er eine Pistole und fuchtelte damit vor Henrys Gesicht herum.

Der Große gebot ihm mit einer knappen Bewegung, das sein zu lassen.

„Sie haben uns beobachtet und gedacht, dass wir das nicht bemerken“, erklärte der dritte, während er mit der flachen

Hand über den Stoff von Henrys grauem Jackett fuhr. „Wie weich das ist“, lachte er. „Wie ein Frauenkleid.“ Er umfasste mit seiner Hand plötzlich und nur für einen kurzen Moment Henrys Oberarm, als wolle er dessen Bizeps messen.

Henry schüttelte ihn ab.

„So empfindlich, der feine Herr!?“, kommentierte der zweite und wurde von dem Großen zur Seite geschoben, der sich nun direkt vor Henry stellte. Sie waren etwa gleich groß, sahen sich in die Augen.

„Der Herr sucht ein Vergnügen?“, fragte er anzüglich.

Henry hielt dem Blick stand. Er fühlte sich unwohl, aber er glaubte nicht, dass ihm hier in der Masse der Menschen große Gefahr drohte. Außerdem war er ein leidlich guter Boxer und im College Jahrgangsmeister gewesen. Er würde es mit diesen Jungs schon aufnehmen können.

Plötzlich bekam der Große einen Stoß versetzt, er fiel gegen Henry, der zurückwich. Der mit der Zahnlücke schrie auf, es entstand ein kurzer Tumult, ein paar Leute wandten der kleinen Gruppe ihre Blicke zu, dann waren die drei auch schon verschwunden.

Henrys Knie zitterten, er spürte eine seltsame Erregung, und bis er endlich einen klaren Gedanken fassen konnte und sich auf die Zehenspitzen gestellt hatte, um in der Menge der Menschen um ihn herum nach den Jungs zu suchen, waren die längst über alle Berge.

„Ist alles in Ordnung?“, fragte ein älterer Herr mit Kaiser Wilhelm-Bart und einem langen Gehrock, der als einziger der Zeugen dieses kurzen Schauspiels stehen geblieben war.

Henry blickte kurz an sich herunter und nickte.

„Ihre Brieftasche …?“ Der Mann sah ihn ernst an.

Henry fasste in die rechte Innentasche seines Jacketts, wo er für gewöhnlich seine Brieftasche trug. Sie war leer. Er wechselte zur anderen Seite, aber auch dort war sie nicht.

Er musste nichts sagen, der Mann wusste, was geschehen war.

„Eine Plage“, erklärte der ernst, „das Reich verkommt. Das hätte es beim Wilhelm nicht gegeben. Diese Demokratie ist Deutschlands Untergang. Gehen Sie zur Polizei. Aber machen Sie sich nicht viel Hoffnung …“

Damit lüpfte er seinen Hut und schritt davon.

Henry fluchte innerlich. Da hatte er sich wie ein Greenhorn übertölpeln lassen. Er streifte mit den Handflächen seine Kleidung glatt, rückte seinen Hut zurecht und machte sich in die Richtung auf, in die die Jungs verschwunden waren. Viel Hoffnung, sie in dem Getümmel wiederzutreffen, hatte er allerdings nicht.

Irgendwann ergab sich Henry in sein Schicksal und beschloss, den Diebstahl am nächsten Tag der Polizei zu melden. Für diesen Abend hatte er noch ein wenig Geld in seiner Rocktasche, sodass er sich an einem der vielen Stände am Rhein ein Bier kaufte und wartete, bis die große Befreiungskundgebung begann. Auf den Halleplatz selbst, wo die Ansprachen gegeben wurden, durften nur geladene Gäste mit Ausweis. Für alle anderen waren Lautsprecher aufgestellt worden, die die Reden und das musikalische Programm übertrugen. Ein fünfminütiges Glockengeläute sämtlicher Mainzer Kirchen war das Startsignal, dann erscholl eine Strophe von „Großer Gott, wir loben dich“.

Wie alle anderen nahm Henry seinen Hut für die Dauer des Liedes ab und setzte ihn erst wieder beim nächsten auf, „Deutsch am Rhein“, gesungen von den vereinigten Sängern von Groß-Mainz, wie ihm der Programmzettel verriet. Danach kündigte der Lautsprecher die Ansprache des Herrn Oberbürgermeister Dr. Külb an. Henry fiel es schwer, sich zu konzentrieren. Er konnte die drei Jungs nicht vergessen, den Diebstahl ebenso wenig wie ihre aggressive Nähe.

„*Deutsche Männer und Frauen!*“, begann Külb seine Rede. „*Freiheit, Freiheit, jubelten die Glocken von allen Türmen der altehrwürdigen Moguntia, des einstigen goldenen Hauptes Germaniens, und Freiheit hallte es wider von dem Dom zu Speyer, der letzten Ruhestätte der alten deutschen Kaiser. Mit ehernen Stimmen beglückwünschten die hochragenden Kathedralen am Rhein, zu deren Füßen fremde Völker in ewigem Wechsel auf- und nieder tauchten, unsere engere Heimat zu ihrer endlichen Befreiung. Wieder frei, wieder deutsch rauschten die Wellen des Rheins vom Felsengeklipp an, wo die Fluten brausend und donnernd sich Bahn brechen ins deutsche Gebiet bis dorthin, wo sie in fremdes Land sich ergießen. Mit des Meeres Wogen vereint tragen sie die frohe Kunde in alle Lande, wo deutsche Brüder in unseren Jubel einstimmen: Frei ist der Rhein!*“ Hochrufe brandeten auf. Henry hielt sich zurück. Ihm war dieses Pathos fremd, die Sprache zu geschwollen. Außerdem gingen ihm die Jungs nicht aus dem Sinn. Der Oberbürgermeister sprach weiter. „*Zu Deutschlands Grenze wollte man den Rhein herabdrücken! Deutschlands Strom ist er wieder geworden. Frankreichs Trikolore sank und des Reiches und der Länder Flaggen wehen wieder allein über unserer deutschen Stadt.*“

Henry warf einen Blick auf den Programmzettel. Er würde noch das Absingen der ersten Strophe des Deutschlandliedes sowie die Reden des Staatspräsidenten Dr. Adelung und die des Reichsministers Dr. Wirth über sich ergehen lassen müssen. Unendlich sich ziehende Minuten, unterbrochen nur von musikalischen Einlagen. Er ermahnte sich, sich wenigstens ein paar Einzelheiten für den Artikel an seinen Chefredakteur zu notieren.

Endlich erklang die dritte Strophe des Deutschlandliedes, der letzte Programmpunkt, bevor mit dem Feuerwerk der

Höhepunkt des Abends erreicht war. Minutenlang schossen Raketen in den sternenklaren Himmel, um in bunten Kaskaden über den Köpfen der Menschen hinabzuregnen. Jeder Knall und jeder Effekt wurde von der Menge mal mit raunenden, mal mit lauten Ausrufen begleitet. Als das letzte Licht am Himmel erloschen war, applaudierten die Menschen lange, um sich anschließend zu zerstreuen.

Henry blieb noch einige Momente stehen, müde und aufgewühlt zugleich, bis er sich auf den Weg in sein Hotel nahe dem Bahnhof machte. Wie er strebten viele andere zum Bahnhof, um mit den eigens für diese Nacht bereitgestellten Zügen zurück in die Dörfer und Städte im rheinhessischen Umland zu fahren. Die Kaiserstraße mit dem breiten Grünstreifen in der Mitte war in dieser Nacht im Besitz allein der Fußgänger. Überall standen noch Gruppen zusammen, redeten, lachten, grölten und sangen. Henry stand nicht der Sinn nach solchen Vergnügungen und er wollte gerade in eine der Seitenstraßen abbiegen, um auf Schleichwegen in sein Hotel zu gelangen, da riss ein Ruf ihn aus seinen Gedanken. „Haltet den Dieb!“ Im gleichen Augenblick prallte er mit einer anderen Person zusammen. Der Fremde stieß Henry gegen die Hauswand und eilte weiter. Henry hatte ihm nur für einen kurzen Moment ins Gesicht schauen können, aber die Zahnlücke hatte ihm sofort verraten, wen er vor sich hatte. „Haltet den Dieb!“, rief die Stimme noch einmal.

Henry beachtete sie nicht, machte kehrt und folgte dem Jungen, der selbst in die Seitenstraße eingebogen war. Er lief gut dreißig Meter vor ihm, war vom Laufen in ein schnelles Gehen gewechselt. Henry bewegte sich nahe den Hauswänden, um in deren Schatten nicht entdeckt zu werden, und versuchte so leise wie möglich aufzutreten, um keine Aufmerksamkeit zu erregen. Hinter ihm blieb es ruhig. Der

Bestohlene hatte die Verfolgung wohl aufgegeben. Vor ihm, noch immer im fast gleichen Abstand, ging der Junge. Henry wollte ihn zur Rede stellen. Sicher würde er alles leugnen, vielleicht würde er ihm Schläge androhen, aber eine seltsame Erregung hatte Henry gepackt. Der Junge bog jetzt in die nächste Straße ab, eine kaum beleuchtete, dunkle Gasse, in der die Häuser eng beieinander standen und verschwand schon bald in eine Durchfahrt.

Als Henry sie erreichte, war von dem Jungen nichts mehr zu sehen. ‚Kohlehandlung Kleinknecht' stand auf einem Schild neben der Einfahrt. Er war unsicher, was er machen sollte. Dem Jungen in die dunkle Einfahrt folgen, in die Ungewissheit und Gefahr? Er zauderte, doch schließlich gewann die Neugierde die Oberhand und er trat vorsichtig in den Durchlass, horchte und schlich auf Zehenspitzen weiter. Dann meinte er Stimmen zu vernehmen.

„Du bist spät!" Der Sprecher konnte seine Verärgerung nicht verbergen.

Die Antwort verstand Henry nicht. Er nahm seinen Hut ab, legte ihn in eine Vertiefung der Wand und schlich weiter.

Die beiden sprachen jetzt so leise miteinander, dass Henry nichts mehr verstehen konnte. Er war unsicher, was er tun sollte. Was wollte er hier? Begab er sich unnötig in Gefahr?

In seine Überlegungen hinein hörte er mit einem Mal eine Stimme rufen, lauter als vordem. „Adam!" Wenig später wurde der Ruf wiederholt. „Adam! Komm! Mach auf! Ich habe was für dich!"

Einige Sekunden lang passierte nichts. Langsam erhob sich Henry und machte zwei Schritte in den Hof, trotz der warnenden Stimme in ihm, so schnell wie möglich zu verschwinden.

„Adam!"

Jetzt erkannte Henry die Stimme des Jungen mit der Zahnlücke. Und dem muskulösen Oberkörper.

Wieder war es still, bis das kaum hörbare Knacken beim Fensteröffnen zu hören war.

„Hans?“ Eine unsichere Stimme warf den Namen in das Dunkel des Hofes.

„Ja, ich bins“, war die Antwort.

Das Fenster wurde weiter geöffnet. „Was willst du hier so spät?“

„Komm raus!“, forderte der Junge statt einer Antwort.

„Was willst du?“, wiederholte Adam seine Frage.

„Ich habe eine wichtige Nachricht für dich!“

„Du?“ Die beiden sprachen jetzt so laut, dass Henry sie deutlich hörte. Dann nahm er eine Bewegung neben dem Jungen wahr. Er war irritiert. War da noch jemand, von dem er noch nichts mitbekommen hatte? Henry hielt den Atem an und starrte in die Dunkelheit. Tatsächlich erkannte er neben dem Jungen, gebückt auf dem Boden lauernd, mindestens drei weitere Personen.

„Wenn du mir was zu sagen hast, dann sag es jetzt! Du weißt, dass überall die Nationalen unterwegs sind. Die haben an einem Tag wie heute Oberwasser.“

„Seh ich so aus, als ob ich mit denen gemeinsame Sache machen würde …?!“ Die Stimme des Jungen war schärfer geworden. „Komm jetzt!“

Es war wieder still, als ob der Mann überlegte, was er tun sollte, dann hörte Henry, wie das Fenster zugedrückt und verriegelt wurde. Wenig später vernahm er das Quietschen einer Tür, deren Scharniere schon lange nicht mehr geölt worden waren.

„Hans …?“ Die Stimme des Mannes klang unsicher.

„Hier, unter deinem Fenster …“, antwortete der.

Wieder trat für wenige Sekunden Stille ein, dann hörte Henry aus seinem Versteck die leisen Schritte.

„Hans …?“

Nichts.

„Hans … wo bist du?“

In dem Moment erhoben sich die Männer, die Henry bis dahin nur erahnt hatte, und ergriffen Adam.

„He, was soll das!“, rief der. „Hilfe!“

Dann erstickte seine Stimme, als ob ihm der Mund zugehalten würde. Henry vernahm Geräusche eines Kampfes, bald war es ruhig. Eine Fackel wurde angezündet.

Gebannt beobachtete Henry das Schauspiel. Mindestens fünf Männer umringten einen, dem ein sechster mit einer Hand den rechten Arm auf den Rücken gebogen hatte und ihm mit der anderen den Mund zuhielt. Der Gefangene war kleiner als die anderen und zerrte noch immer. Trotz der Hand vor seinem Mund drang sein Schmerzensstöhnen bis zu Henry in der Einfahrt, der seinen Blick nicht von dem Schauspiel lösen konnte.

„Ruhe jetzt!“, zischte einer der Männer und als Adam dem nicht nachkam, schlug er dem Gefangenen mit der Faust in den Magen. Adam klappte auf der Stelle zusammen und musste von dem Mann, der ihn hielt, hochgerissen werden.

Dann zerrten sie ihn zur Einfahrt. Henry machte sich so klein wie möglich. Er überlegte aufzuspringen und einfach davonzulaufen. Die Überraschung würde ihm einige Meter Vorsprung verschaffen. Aber er konnte es nicht. Er wollte wissen, was da geschah.

„Adam Kleinknecht!“, sprach ihn nun einer der Männer, die bis dahin noch nichts gesagt hatten, an. „Du weißt, wer ich bin?!“

Die Fackel wurde ein wenig näher an sein Gesicht geführt.

Der Frager wartete nicht auf die Antwort. „Ich helfe dir, Kleinknecht. Bingen? Sagt dir das etwas? Bingen 1923? Im November?"

Weil Adam der Mund wieder zugehalten wurde, konnte er nur ein unterdrücktes Stöhnen zur Antwort geben.

„Herrmann-Karl Bender. Du bist damals in mein Haus eingedrungen mit deinem Separatistenpack. Hast mich wie einen Dieb und Mörder behandelt und ausgewiesen. Hast du das schon vergessen?"

Bender riss seinem Nebenmann die Fackel aus der Hand und führte sie so nahe vor Kleinknechts Gesicht, dass der laut und vernehmlich aufstöhnte.

Bender lachte.

Henry spürte, dass seine Beine zu zittern anfingen. Er versuchte sie mit seinen Händen ruhig zu halten.

„Das würde ich dir vielleicht verzeihen, Kleinknecht. Aber du Sauhund hast meine Frau umgebracht. Eine wehrlose Frau umbringen, das war das Einzige, das ihr Verbrecher konntet. Dachtest, du kämst davon. Ohne Strafe. Versteckt hier in Mainz. Und beschützt von französischen Bajonetten."

Wut und Hass sprachen aus seiner Stimme. Er spuckte Kleinknecht ins Gesicht.

„Ich habe sie nicht umgebracht!", widersprach Kleinknecht.

Sofort schlug der andere zu, mit der Faust in dessen Gesicht.

„Mörder!", zischte er und schlug weiter auf ihn, bis der Mann auf dem Boden lag und sich krümmte. Aber auch dann ließ er nicht von ihm ab. „Wir kriegen euch alle, ihr Vaterlandsverräter! Hurensöhne seid ihr. Mit den Franzosen ins Bett gestiegen!" Er bemühte sich nun nicht mehr, leise zu sein, während er auf den Liegenden eintrat.

„Verräter!“, begannen bald auch die anderen zu zischen und traten ebenfalls auf den Wehrlosen ein.

Bis Bender den anderen ein Zeichen gab, von Kleinknecht abzulassen und sich über ihn beugte. Henry erkannte nur eine schnelle Bewegung, dann erhob er sich wieder und durcheilte mit schnellen Schritten die Einfahrt. Wenig später folgten die anderen, während sich Henry in die Vertiefung der Mauer kauerte und hoffte, dass man ihn nicht entdeckte.

Bald waren die Schritte der Männer verklungen. Henry wagte sich noch nicht zu rühren. Vom Hof, da, wo der Mann liegen musste, hörte er ein leises Röcheln, das erstarb. Irgendwann erhob sich Henry und ging auf leisen Sohlen in den Hof zu der Stelle, wo er den Mann vermutete. Nur der Mond spendete ein wenig Licht und der regungslose Körper hob sich kaum vom Boden ab.

Noch einmal sah Henry sich um, lauschte, dann nahm er aus seiner Jackettasche eine Streichholzschachtel, entzündete eines der Hölzchen und beugte sich über den Mann.

Langsam führte er die Flamme an dessen Gesicht. Weit aufgerissene Augen starrten ihn an. Als er seinen Blick endlich von ihnen abwenden konnte, entzündete er ein weiteres Streichholz und erkannte die Blutlache, die sich um den Kopf des Mannes gebildet hatte. An seinem Hals klaffte ein breiter Schnitt. Erschrocken sprang Henry auf. Er war Zeuge eines Mordes geworden. Er trat zwei Schritte zurück und versuchte seinen Atem zu beruhigen.

Dann hörte er Schritte hinter sich. Erschrocken wandte er sich um und erkannte in dem letzten Licht des erlöschenden Streichholzes den Jungen, der ihm mit einem bösartigen Lächeln seine Zahnlücke zeigte, zurück auf die Straße lief und zu schreien begann.

„Mörder! Hilfe! Ein Mörder!"

Henry eilte durch die Einfahrt zur Straße und erkannte erst die Lichter, die in den Häusern der Straße nach und nach angingen, dann den Jungen, der zusammen mit einer weiteren Person die Einfahrt versperrte.

Bingen, 3. Juli 1930

Herrmann-Karl Bender saß zufrieden vor dem Café am Marktplatz, stellte seine Kaffeetasse zurück auf den Unterteller und nahm den Mainzer Anzeiger, den er auf dem Nachbarstuhl abgelegt hatte und blätterte darin, bis er den gesuchten Artikel entdeckte.

„*Vergeltung an Mainzer Separatisten*", las er mit Genugtuung die Überschrift. „*Die Pressestelle der Stadt Mainz teilt mit: Gestern Abend gegen 19 Uhr sammelten sich in der Quintinsstraße vor einem Laden Leute an, die gegen den Geschäftsinhaber eine feindselige Haltung einnahmen. Der Polizei gelang es jedoch ohne größere Anstrengung die Menge zu zerstreuen. Gegen 20 Uhr wurden derartige Ansammlungen an mehreren Stellen der Stadt festgestellt. Infolgedessen wurden sofort die gesamte Polizei sowie das in Mainz stationierte Schupokommando alarmiert. In kurzer Zeit liefen dann aus den verschiedensten Stadtteilen Meldungen über Gewalttätigkeiten der Menge ein.*" Bender konnte sich ein Lächeln nicht verkneifen. „*Einigen ehemaligen Separatisten wurden die Fenster eingeworfen, der Hausrat zertrümmert.*" Bender ließ sich Zeit, nahm einen Schluck von seinem Kaffee und widmete sich wieder dem Artikel. „*In Mainz ist nun das eingetreten, was man nach dem Abzug der Besatzung befürchtet hatte: Die Verfolgung von Separatisten, die bisher unter dem Schutz der Besatzung gestanden haben. Ueberall, wo die Besatzung abgerückt ist, haben sich Bevölkerungskreise gegen die ehemaligen Mitglieder der separatistischen Bewegung gewandt und auf ihre Art Privatjustiz geübt.*" Er überflog die nächsten Zeilen.

„In allen größeren Orten und Städten glaubte man, die Vorgänge der Jahre 1919 und 1923 nicht vergessen zu dürfen. Das Schreckensregiment unter dem Schutze französischer Bajonette ist noch in aller Erinnerung. Wenn wir die Erregung der Bevölkerung, die Verurteilung der Separatisten, die Verachtung auch verstehen, so sind Exzesse und Ausschreitungen doch keineswegs zu billigen.“

Der letzte Absatz gefiel ihm ganz besonders. *„Die Ermordung des ehemaligen Separatisten Adam K. in der Neustadt hat nach Angaben der Polizei keinen politischen Hintergrund. Der der Tat Verdächtige, ein Mann amerikanischer Herkunft, war schon, wie Zeugen der Polizei berichteten, während der Feierlichkeiten aufgefallen, weil er die Nähe junger Männer gesucht und ihnen eindeutige Avancen gemacht hatte. Möglicherweise ist hier das Motiv für die Tat zu suchen. Für den heutigen Nachmittag hat die Polizei weitere Informationen zu diesem Fall angekündigt.“*

Aus der Brusttasche seines Sakkos nahm Herrmann-Karl Bender eine Zigarre, knipste die Spitze ab und ließ sie von dem Kellner anzünden, dem er dafür ein großzügiges Trinkgeld in die Hand drückte.

Genüsslich blies er den ersten Zug zum Rhein und strich mit seinem Zeigefinger zufrieden über das Parteiabzeichen an seinem Revers. Er war bereit für das neue Deutschland.

„Hering, so fett wie der Göring!“

Heinrich Mengel konnte sie kreischen hören, obwohl sie noch ein gutes Stück um die Ecke stehen mussten. Ein vielstimmiges Durcheinander verschiedener Tonlagen. Das heisere Husten klang nach dem Scheier-Klaus, das Gackern nach der Chaussee-Erna. Bestimmt stand die Krumme Walburga noch dabei, die hektisch schnaufend einfiel. Ein altes Weib, deren dürrer, knochiger Oberkörper beinahe einen rechten Winkel beschrieb, sodass ihr Kopf dem Rest immer ein Stück voraus eilte, wenn sie die Hauptstraße entlanghetzte. Ihr Lachen klang wie das Luftholen eines alten Köters, der gegen den Strick seines Herren anzerrte.

Ein Wunder, dass sie alle darüber noch lachen konnten. Der Witz hatte im vorigen Winter schon die Runde gemacht. Der Krämer aus dem Hunsrück, der angeblich in Berlin seine Heringe lautstark so angepriesen hatte, bis sie ihn für ein paar Tage wegsperrten. Wenn es nach ihm gegangen wäre, hätten sie den Irren gar nicht wieder freilassen müssen. Umerziehung im Osten. Das wäre seine Antwort darauf gewesen. Er schüttelte den Kopf und schnaufte verächtlich. Nach seiner Freilassung hatte der Krämer nämlich die Heringe weiterhin lautstark feilgeboten. Mit einer leicht abgewandelten Variante. *Hering, so fett wie die anner Woch!* So hatte der Witz seine Kreise gezogen, quer durchs Reich. Wahrscheinlich stimmte nur die Hälfte oder nicht einmal die. Wenn es darauf ankam, waren sie doch alle feige Hunde, wie hier im Ort. Leise zischelnd, die Hand vor dem Mund, die Köpfe zusammengesteckt und mit ertapptem Augenaufschlag, wenn sie ihn erblickten.

„Bohnebengel, so fett ...!"

Im Kreischen ging der zweite Teil des Satzes unter. Heinrich Mengel spürte, wie ihm dennoch die Zornesröte ins Gesicht schoss. Feiges Gesindel! Er spuckte aus und konnte spüren, wie sich seine fleischige rechte Hand um den Hals der Flasche krallte. Die spitzen Fingernägel gruben sich tief in den Handballen. Kein Schmerz, der seine Wut zu zügeln vermochte. Nur die Genugtuung, wenn er gleich um die Ecke bog und sie sich schnellstens zerstreuten. Fluchtartig. Ertappt. Krampfhaft nickend, den Kopf unterwürfig gebeugt. Bis auf die Krumme Walburga, die nicht weiter hinabkam mit ihrem Oberkörper, weil sie sonst wahrscheinlich das Gleichgewicht verlieren und nach vorne aufs Pflaster stürzen würde. Eine komische Vorstellung, die ihm normalerweise ein breites Grinsen auf sein rundes Gesicht getrieben hätte. Sie waren zu zaghaft gewesen, damals im März 1933. An solchen Szenen konnte man das gut ablesen. Es hätten nach der Machtergreifung gut und gerne noch ein paar Dutzend mehr von hier nach Osthofen ins Lager wandern können. Sechs, acht Wochen bloß. Die reichten vollkommen aus, um ihnen die Flausen aus dem Hirn zu blasen. Von denen riss keiner mehr das Maul auf und schon gar nicht auf der Straße am helllichten Tag. Stattdessen hatten sie das SA-Lager schon nach einem guten Jahr wieder dichtgemacht. Die schweren Fälle verlegt nach Dachau und anderswohin und den Rest heimgeschickt. Schon damals hatte er das nicht verstanden. Respekt musste erzwungen werden. Alleine der Druck und die Furcht hielt sie nieder.

Das Kreischen war verklungen. Nur noch die Chaussee-Erna, die im letzten Haus am Ortsausgang in Richtung Mainz wohnte, gackerte, als ob sie ihr Ei noch nicht gelegt hätte. Das Lachen würde der auch noch vergehen.

„Bohnebengel, fette Bohnebengel.“ Noch einmal schwoll der Lärm um die Ecke kurz an und erstarb dann abrupt, als er den ersten seiner blank polierten Stiefel auf die Hauptstraße setzte. Noch bevor er sie sehen konnte, hörte er schon ihre Schritte. Sie stoben auseinander wie Ratten, die eben noch um ihre Beute gerungen hatten, gierig und blind, bis die spitzen Zinken der Mistgabel in das Durcheinander fuhren und die erste von ihnen durchbohrten.

Nur ihre Rücken konnte er sehen. Auf der Flucht. Wie schade doch, weil ihm ihr wirrer Blick, aus dem Angst und Unterwürfigkeit sprach, diesmal verborgen blieb.

Heinrich Mengel zischte eine Melodie durch den schmalen Spalt zwischen seinen großen Schneidezähnen. Die ersten zackigen Takte der Wochenschau, die die Anspannung auf die Spitze trieben und den Erfolgen stets vorauseilten. Wie weit waren sie in die große Leere vorgestoßen? Kaum Widerstand, keiner, der sich den tapferen Männern entgegenstellte. Man brauchte kein großer Prophet zu sein, um auszurechnen, wann die Spitzen der Panzerverbände Moskau erreichen würden. Vielleicht sammelte der Iwan dort noch einmal seine letzten Kräfte. Die entscheidende Schlacht, die so ausgehen würde wie die Schlachten davor. Ein großer Kessel, umfasst von den schnellen Panzern Guderians, zugezogen und zusammengedrückt, bis es zu Ende war. Zusammengeschossen, bis sich keiner mehr regte. Vor dem Winter war alles vorbei. Bloß nicht zu viele Gefangene, die dann mit durchgefüttert werden mussten.

Jetzt kroch es wieder in ihm herauf. Aus dem Magen kam es und schmeckte diesmal nach der selbst geräucherten Leberwurst, die er wegen der besonderen Umstände vorhin zum Frühstück in dicken Scheiben in sich hineingeschoben hatte, obwohl ihm eigentlich nach Erdbeermarmelade zumute gewesen war. Es brauchte eine gute Grundlage und die meldete sich jetzt in diesem Moment zusammen mit einem Hauch Schwermut, weil er nicht dabei sein durfte, ganz vorne bei den Ersten, die den Feind vor sich her trieben.

Der Schuss ins Knie 1916 auf dem Weg an die Front. Die Kniescheibe zertrümmert und sein rechtes Bein seither steif, weil der pickelige Erwin sein Gewehr nicht gesichert und beim ersten Einschlag einer Granate vor Schreck abgedrückt hatte. Wenn er damals an den Falschen geraten wäre, hätte der Heimatschuss ihm ein Schnellverfahren vor dem Kriegsgericht eingebracht. Nicht so häufig wie der selbst beigefügte Bauchschuss, aber auch nicht vollkommen abwegig. Den pickeligen Erwin hatte eine der nächsten Granaten zwei Tage später zerfetzt, irgendwo im Graben von Verdun. Zu diesem Zeitpunkt war er aber schon auf dem Weg nach Hause und untauglich für jeden weiteren Einsatz. Damals mit knapp achtzehn, wie heute, fünfundzwanzig Jahre danach.

Er mühte sich, die Schwermut hinauszuschnaufen. Die harten Ledersohlen seiner auf Hochglanz polierten Stiefel gaben den gleichmäßigen Takt für seinen Marsch durch den Morgen vor. Sie trug er stets, wenn gewichtige Entscheidungen anstanden, zusammen mit seiner braunen Uniform, die ihn als den höchsten Vertreter der Partei im Dorf auswies. Keiner über und keiner neben ihm. Der Gründer der Ortsgruppe, ein alter Freund des Kreisleiters aus der Kampfzeit der Partei und treuer Gefolgsmann des Gauleiters, mit dem er schon bei sich daheim vom Selbstgebrannten getrunken hatte und ihn seither duzen durfte. Ein ganzes Dutzend schwarzer DKW und sogar ein großer offener Mercedes hatten mehrere Stunden in der schmalen Gasse vor seinem Hof gestanden. Das war kurz nach der Zerschlagung der Tschechei gewesen. Damit musste auch der Letzte verstanden haben, wer hier im Ort das Sagen hatte.

Heinrich Mengel rieb sich mit der linken Hand übers Gesicht und die kahle Stirn. Der Zorn war verraucht, aber die Nässe geblieben. Es lag noch ein Stück Weg quer durchs Dorf vor ihm. Bis er am Ziel ankam, hatte die Morgensonne, die strahlend am Herbsthimmel stand, die letzten kleinen Tropfen auf seiner Stirn und seinem Schädel, den ein dünner Kranz stoppeliger Haare umfasste, sicher getrocknet. Er verlangsamte seinen Schritt. Ob er ein paar Minuten früher oder später ankommen würde, spielte keine entscheidende Rolle. Wichtig waren die Wirkung und das Resultat. Der Erfolg war sicher, fraglich nur, wie lange es dauern würde. Er sog reichlich Luft in seinen massigen Oberkörper. Seine Uniformjacke spannte, zum Bersten gespannter Stolz auf sein Lebenswerk. Die fetten Jahre, die er zu Ende geglaubt hatte, lebten wieder auf. Und sie schickten sich an, die ersten noch zu übertreffen.

Das Jahr, in dessen Januar der alte Hindenburg den Führer in Berlin zum Reichskanzler ernannt hatte, war auch sein goldenes Jahr gewesen. Aus der Euphorie der Macht geboren und vom Sieg angefeuert hatte er nicht nur die Herrschaft im Dorf an sich gerissen, sondern auch klug und umsichtig seine ganz persönliche Neuordnung der Verhältnisse begonnen. Er wollte zu den Großen aufschließen damals. Den alten Familien im Dorf, die über die meisten Äcker und Weinberge verfügten und bei denen er nie zum Zuge kam, weil sie ihn stets überboten, den Kleinen aus der zweiten Reihe. Kein Gehöft an der breiten Dorfstraße. Die Rangfolge der Jahrhunderte war schon im Straßenbild abzulesen. Aber so würde es nicht bleiben. Die Herren des neuen Reiches, das im Entstehen war, lösten die Herren des alten ab.

Mit der Weinkommission hatte er angefangen, sein rasanter Aufstieg, schon im Sommer der Machtübernahme. Davor war ihm nur das zum Kauf angeboten worden, was die Juden nicht haben wollten. Die Brüder Mayer aus Mainz, über die fast alle Verkäufe in den Jahrzehnten davor abgewickelt worden waren. Plötzlich mussten sie alle mit ihm vorliebnehmen. Das nötige Grundkapital für die ersten schnellen Zukäufe.

Der Sohn vom alten Wies, ein schlimmer Kommunist, den sie im März 1933 als Ersten wegholten. Dass er das Lager nicht überlebte, konnte keiner ahnen, wohl aber, dass sein gebrechlicher Vater vor Kummer eingehen würde. Als die Erben Äcker und Weinberge versteigerten, bot zum ersten Mal keiner gegen ihn. Sie wagten es auch später nicht mehr. Wo er die Hand hob, schwiegen die anderen, selbst der reiche Schorsch, der früher noch alles bekommen hatte, wenn er nur wollte. Das war vorbei. Es waren seine fetten Jahre, die angebrochen waren, und er ließ nur das übrig, was ihn nicht interessierte. Ein paar Brosamen, damit sie nicht gar so finster dreinschauten.

Dabei war er nie blind geworden. Er nickte im Gehen mehrmals vor sich hin. Sie machten sich lustig hinter seinem Rücken. Nannten ihn einen Emporkömmling, zähneknirschend mussten sie aber doch die neuen Gegebenheiten akzeptieren. Vor allem, seit sie im Krieg standen. Ein Sieg nach dem anderen, auch seine Siege, wie er nicht müde wurde zu betonen. Erst im Westen und jetzt im Osten. Neuer Lebensraum für die, die hier zu wenig hatten. Zu denen gehörte er schon lange nicht mehr. Vor allem nicht, seit er wusste, dass der Krieg eine neue Phase für ihn einleitete, die die Erfolge der vorangegangenen Jahre wie eine Vorspeise, einen kaum erwähnenswerten Appetithappen, aussehen ließen. Jetzt hätte er fast gekichert. Sein Oberkörper zuckte ein paarmal. Es stand ja sonst niemand auf der Straße, der ihn sehen konnte – und wenn schon. Der Krieg schickte sich an, alles auf den Kopf zu stellen. Er war wirklich die Quelle, aus der Neues entstehen konnte.

Manchmal brauchte es in diesen Zeiten gar nicht viel, um zum Erfolg zu kommen. Dem Dickwurz-Fritz hatte er zwei schöne Weinberge noch schnell vor der Einberufung abgeluchst. Der Junge war gerade achtzehn geworden und seine Eltern waren schon seit ein paar Jahren tot. Ein tragischer Unfall mit dem Pferdefuhrwerk und der Fritz seither alleine mit der wackligen Großmutter. Zwei Flaschen Schnaps und eine Nutte, die er extra aus Mainz hatte beischaffen lassen, genügten, um ihm die Hand zu führen. Ein Einsatz, der sich mehr als bezahlt gemacht hatte.

Leichter war es im Rückblick nur bei der Krummbeer-Marie gewesen. Im Dorf wurde erzählt, dass sie jedes Mal am ganzen Leib zitterte, wenn das Postauto durchs Dorf fuhr. Die Angst vor der schlimmen Nachricht, dass ihr Sohn nicht mehr zurückkommen würde. Für das Versprechen, sich um die Verlegung des einzigen Sohnes von der Ostfront in den friedlichen Westen zu bemühen, hatte sie ihm bereitwillig einen prächtigen Acker überschrieben.

Heinrich Mengel hätte jetzt gerne wieder ein paar Takte durch die schmale Lücke zwischen seinen Schneidezähnen gepresst, aber es wollte ihm keine eingängige Melodie in den Sinn kommen. Weit war es ja nicht mehr zur Flinken Luise. Nur noch ein kurzer Anstieg auf der Hauptstraße, dafür brauchte er keine musikalische Untermalung. Flink war sie früher gewesen, die Luise, mittlerweile fast kugelrund und alt. Ihr Mann war schon vor ein paar Jahren gestorben und der Sohn galt seit den ersten Wochen des Russlandfeldzugs als vermisst. Nur angedeutet hatte er, dass sich über seine Verbindungen in die Gauleitung vielleicht mehr über den Verbleib des Sohnes würde herausfinden lassen. Er beschleunigte jetzt seinen Schritt wieder, weil die Straße leer war und er somit ungesehen bei ihr durchs Hoftor kam. Und selbst wenn ihn jemand beobachtete, wäre das auch egal. Die Flinke Luise hatte ihn zu sich gebeten und im gleichen Atemzug seinen Mirabellenbrand überschwänglich gelobt. Damit war mehr als eindeutig gesagt, was dieser Vormittag bringen würde. Ein zartes, wärmendes Kribbeln suchte sich aus seiner Magengegend den Weg nach oben. Es blieb die Ungewissheit, wie viel sie bereit war auf den Tisch zu legen. In Gedanken war er ihre schönsten Äcker und Weinberge schon mehr als einmal durchgegangen. Der Silvaner in der Nonne musste auf jeden Fall dabei sein. Darunter würde er keinen Finger rühren, und für jeden weiteren Finger musste sie über die nächsten Monate brav nachlegen.

Er straffte sich, während er das Türchen im großen Hoftor aufdrückte.

„Luise!" Heinrich Mengel lauschte in die Stille des großen Innenhofes. Rechts der verwaiste Kuhstall, gegenüber der Schweinestall, in dem sie noch ein paar Tiere hielt. Die Haustür stand offen. Sein Blick irrte suchend umher.

„Luise!"

Wahrscheinlich begann sie das Gehör zu verlieren, so alt, wie sie mittlerweile war. Das Türchen zum Keller stand offen. Das Gewölbe unter der Scheune. Es sollte eines der größten im Dorf sein, mit geschnitzten Eichenfässern. Zumindest erzählte man es so. Seine rechte Hand umschloss den Hals der braunen Weinflasche, in die er seinen Mirabellenschnaps abfüllte, fester.

„Komm schnell runter und hilf mir! Der Krug mit dem

Silvaner ist mir zu voll gelaufen. Ich komme damit die Leiter nicht mehr hinauf."

Heinrich Mengel musste breit und zufrieden grinsen. Schnell lief er über das blaue Kopfsteinpflaster. Seine harten Ledersohlen schlugen klatschend auf. Die Stiefel blitzten im Sonnenlicht. Mit reichlich Schuhwichse hatte er sie vorhin noch von seiner Frau bearbeiten lassen. Nicht, dass die Flinke Luise ihm noch rückwärts von der Leiter fiel, bevor alles in trockenen Tüchern war. Die erste Kellerstufe nahm er mit reichlich Schwung. Aus dem strahlenden Sonnenlicht des Herbstmorgens kommend, nahm ihm die Dunkelheit die Sicht.

„Schnell! Ich kann mich kaum noch halten!" Sie schrie spitz.

Der hastige Folgeschritt mit seinem lädierten rechten Bein in die Schwärze des Kellergewölbes wollte nicht gelingen. Noch bevor er seinen rechten Fuß aufsetzen konnte, verlor er bereits den sicheren Halt. Reichlich Masse in ungebremster Beschleunigung. Im letzten Moment gelang es ihm noch, den rechten Arm in die Höhe zu reißen, um nicht in die Flasche zu fallen. Kopfüber mit erhobenem Arm stürzte er in die Tiefe. Schon der erste Kontakt seines Kopfes mit den ausgetretenen Sandsteinstufen der Kellertreppe sorgte dafür, dass sein Genick brach. Anderthalb weitere Drehungen schaffte sein lebloser Körper noch, bevor er den Boden des Holzfasskellers erreicht hatte.

Luise Bermes seufzte kaum hörbar, als der Ortsgruppenleiter Heinrich Mengel mit einem dumpfen Geräusch vor ihr aufschlug. Dann bekreuzigte sie sich hastig und blieb noch einen Moment auf dem Melkschemel sitzen, den sie sich für die Warterei extra mit hinunter in den dunklen Keller gebracht hatte. Der randvolle Krug Silvaner, den sie schon vor einer guten halben Stunde aus dem Fass gezogen hatte, stand vor ihren Füßen. Der Geruch des Mirabellenbrandes, der leider nicht zu retten gewesen war, breitete sich im Keller aus. Jeder im Dorf würde bestätigen, dass der Mengel mit der Flasche in der Hand unterwegs gewesen war und sicher fand sich auch einer, der gesehen haben wollte, dass er schon einen ordentlichen Schluck auf dem Weg zu sich genommen hatte. So früh am Morgen. Hatte sie nicht mehrmals gerufen, dass er oben stehen bleiben sollte, weil das Kellerlicht kaputt war?

Jetzt musste sie noch schnell in die Küche. Die beiden stabilen Bretter, die sie gestern Abend gründlich mit reichlich Bohnerwachs bearbeitet hatte, um sie zwischen der dritten und der vierten Stufe der Kellertreppe einzuklemmen, gehörten schleunigst in die Flammen des Küchenherds. Dann würde sie wieder hinuntersteigen und aus Leibeskräften nach Hilfe schreien. Irgendjemand würde sie schon hören draußen auf der Straße. Sie rieb sich die Hände an ihrer blauen Kittelschürze ab. Trotz allem war es doch recht einfach von der Hand gegangen und sie fragte sich für einen kurzen Moment, warum es nicht schon jemand vor ihr versucht hatte.

Hagen von T. saß bei einem großen Dunklen auf einer der harten Holzbänke am Wormser Rheinufer, fröstelte und beneidete die Spaziergänger am anderen Flussufer um die Abendsonne. Neid? Ach was! Da waren ganz andere Dinge wichtig für einen Hagen von T.! Schlagartig bestens gelaunt schickte er seinem Namensvetter auf dem hohen Sandsteinsockel ein Grinsen hinüber.

Was machte schon die fehlende Abendsonne, wo er sich doch den lieben langen Tag im goldenen Glanz aalen konnte anstatt, wie früher, eine Schicht nach der anderen in der Fabrik zu schieben! Und Hildchen, völlig ahnungslos, ihn grenzenlos bewundernd, an seiner Seite! Dabei hatte die ganze Chose nicht eben günstig für Hagen begonnen.

Als Vater Berthold das Zeitliche segnete, nachdem ihm auf dem Wormser Backfischfest eine Gräte eines dieser gebratenen Leckerbissen im Hals stecken blieb, hinterließ er seiner Frau Ute und den Kindern Gunnar, Gernot, Gisela und Hildchen nicht nur die Villa am Pfrimmpark, sondern auch das seit Generationen eingeführte und seinerzeit von zwei Onkeln übernommene „Trikotagengeschäft B. u. R. Gunder“ in bester Stadtlage. Fortan kümmerte sich Gunnar um den Laden und ließ sich von Hagen von T. beraten, der schon dem alten Berthold ein guter Freund gewesen war und nun väterlicher Mentor für den jungen Kaufmann und seine Geschwister wurde. Später löste man das Geschäft in der Einkaufsstraße auf, denn die traditionsbeladenen Trikotagen waren plötzlich völlig out of time. So vermietete man an ein ebenso niedrigpreisiges wie qualitätsfreies niederländisches

Modelabel und gründete stattdessen „Royal Security“ mit Sitz im Anbau der Villa am Pfrimmpark.

Mutter Ute fand Hagens Einfluss gar nicht so übel, lediglich die Auswahl seiner Freunde störte sie gewaltig: Derzeit war er eng mit Volker, einem Alzeyer, befreundet, der zwar begnadeter Alleinunterhalter war, dies jedoch nur in volltrunkenem Zustand.

Hildchen wurde seit dem Tod des Vaters immer wieder von Albträumen geplagt. Einmal wachte sie schweißgebadet auf und berichtete ihrer Mutter von einem Traum: Ein Falke, den sie selbst in der Voliere hinten im Garten großgezogen hatte, der aber beim ersten Freiflug auf der Bürgerweide von zwei Adlern zerfetzt worden war. „Des haaßt nix Guudes!“, befand Ute und schickte ihre Tochter zu einer Familientherapeutin, die alles auf den plötzlichen Tod des Vaters schob und außerdem spätpubertäre Angstzustände diagnostizierte. Und da Hildchen ihre Zeit nachts verträumte und tags daher furchtbar müde war, hatten weder Falken noch Adler noch Täubchen eine Chance bei ihr und wurden alle gähnend abgewiesen.

Siggi stammte aus einer schwerreichen Familie am Niederrhein. Von Beruf Sohn, konnte er es sich erlauben, tagsüber im Bodybuildingstudio zu trainieren, seine Harley zu wienern und sich abends gelegentlich ein bisschen zu prügeln. Da waren seine Eltern schon ihres eigenen Renommees wegen gar nicht so unfroh, als Siggi eines Tages die Harley sattelte und verkündete, er wolle nun in die Welt hinaus und Abenteuer erleben, Papas Platinkarte in der Hosentasche. Als Papa die Karte nach den ersten Zehntausend sperren ließ, musste Siggi notgedrungen an der eigenen Karriere basteln und überfiel ganz im Norden der Republik zuerst mal im Örtchen Sachsenwald das Eisenwaren- und Waffengeschäft des völlig verdutzten Herrn Mime, der wegen seiner Kleinwüchsigkeit leider nicht schnell genug an den Alarmknopf langen konnte. Die Beute ließ sich bestens weiterverkaufen und Siggi freute sich über ein dickes Bündel an Scheinen. Ein weiterer Überfall, diesmal auf die Geschäftsstelle der Worms Dragons, noch während des Spiels um die Europameisterschaft, war ein Klacks: Im Football-Outfit war Siggi bestens getarnt, als er die Tageseinnahmen mitgehen ließ und dafür lediglich die lächerlich wehrlose Gestalt des Vereinsrechners Friedel Fafner an der Kasse knebeln musste. Das Gefühl, so richtig gepanzert zu sein, bestärkte ihn außerdem.

Zur Abwechslung ließ Siggi sich danach in Mainz nieder und arbeitete am Konzept für eine einträgliche Erpressung, was sich als wesentlich einfacher herausstellte als angenommen: Er brauchte nur die Gebrüder Niblung, die im Schatten des Doms katholische Devotionalien feilboten, einmal monatlich daran zu erinnern, dass er sie mit zwei wasserstoffblondierten und gelacklederten Damen im Gebüsch angetroffen hatte.

Nach diesen äußerst lukrativen Unternehmungen beschloss Siggi, jetzt könne das fette Leben beginnen. Nur: wo und mit wem? Da es ihm in Rheinhessen ganz gut gefallen hatte, als er die Dragons erleichterte, schwang er sich auf die Harley und brauste gen Süden. Er kam allerdings nicht sehr weit, denn schon vor Worms auf der B 9 in einem unansehnlichen Industriegebiet hatte er einen Platten und musste schieben. Wenigstens bis zur nächsten Bushaltestelle, wo er einen missmutigen und müden Arbeiter traf, der aber mit Blick auf die Harley und die mögliche Freifahrt danach dennoch anbot, ihm eine Werkstatt zu zeigen.

Etwas später blubberte die Harley wieder über zwei intakten Reifen und unter Siggi und Hagen von T.

Hagen von T. übernahm es, Siggi zum dauerhaften Bleiben in Worms zu überreden und lud ihn auf das Backfischfest ein, auf dem er im Jahr zuvor seinem Freund Berthold noch einen Fisch mit Pommes spendiert hatte. Im Bierzelt tobte die Meute und Siggi und Hagen füllten sich mit Bier. Als der Pegel fast Hochwasser anzeigte, wechselten sie hinüber in den Wonnegauer Weinkeller und feierten mit Schampus, dass sie sich auf der Straße kennengelernt hatten. Zum Schluss fanden sie sich, da alles andere geschlossen wurde, und auch das altehrwürdige Fürstsche Rheincafé längst dem Untergang geweiht war, auf der Jacht eines Wormser Lederbarons ein. Dieser hatte die komplette lokale High Society um sich geschart. Erst wollte Hagen das Schiff wieder verlassen, da es ihm mit mehreren Litern bowleähnlichem Gemisch im Magen schon beim geringsten Anzeichen von Seegang schlecht ging. Schlussendlich blieb man wegen des Glamour-Faktors dann doch, sodass Siggi plötzlich total perplex vor der Frau seines Lebens stand: Hildchen Gunder! Er raunte Hagen zu, ob er an Liebe auf den ersten Blick glaube. Hagen schickte Hildchen Nachschub holen und setzte Siggi auseinander, dass er gefälligst die Finger von dem Fräulein zu lassen habe: Die lasse erstens eh keinen ran und zweitens habe er da ältere Rechte – was er jedoch nicht näher auszuführen geruhte.

Dann aber überkam es Hagen doch noch, sodass er nach nur kurzer Flucht jämmerlich erbrechend auf dem ehemals „Säuferwiese“ genannten Areal hinter dem Weinzelt, das heute mit Holzbohlen ausgelegt war, landete. Diese Chance nutzte Siggi sofort und gestand Hildchen seine spontane Liebe. Als Hagen von T. sich wieder gefangen hatte, merkte er trotz eines phänomenalen Katers, dass er irgendetwas verpasst hatte.

Hildchen stellte Siggi zu Hause vor und Gunnar meinte, die Vaterrolle übernehmen zu müssen. Solch schräger Vogel komme ihm nicht ins Haus! Wovon der eigentlich existiere? Wer eigentlich Gutes über den wisse? Siggi hatte geprahlt, „internationale Geschäfte" zu machen und zum „niederrheinischen Geldadel" zu gehören, was Gunnar ihm irgendwie nicht abnahm. Gisela seufzte nach Siggis Besuch: Ob die anderen bemerkt hätten, wie Hildchen ihren Siggi schmachtend anblicke? Das habe sie ja noch bei keinem so getan!

Schon nach wenigen Monaten wurde das Aufgebot bestellt, aber Siggi wäre nicht Siggi gewesen, wenn er nicht auf seine Art an die Trauringe gekommen wäre: Er überredete Hagen, gemeinsam einen Bruch beim Juwelier am Schlossplatz zu machen. Er wolle nur die Ringe, den Rest könne Hagen haben. Siggi stieg ein und Hagen stand Schmiere, hoffend, Siggi werde ertappt und eingelocht, damit er selbst Hildchen trösten könne. Aber Siggi kam als Held mit Trauring zurück, den Hildchen später als reichlich neumodisch befand, sich mit einem „Alla gut!" aber schon mal an den linken Ringfinger stecken ließ.

Und so fand im Hagenbräu am Rheinufer alsbald sogar eine Doppelhochzeit statt, denn Gunnar hatte sich eine gewisse Bruni angelacht, mit der er die Kaufmannsdynastie im Wormser Westend zu erhalten gedachte. Zudem hatte Siggi geprahlt, er werde für alle Kosten der Feier aufkommen, was Gunnar Einsparungen im Gegenwert von mindestens einer Halbtagskraft über ein ganzes Jahr errechnen ließ. Hagens Hochzeitsgeschenk war die musikalische Umrahmung von Trauung und Fest, wozu er seinen alten Freund Volker buchte, der den Hochzeitsmarsch auf dem Standesamt noch ziemlich danebengriff, nach dem vierten oder fünften Willkommenstrunk aber ganz passable Tanzmusik orgelte.

Für die Hochzeitsnacht hatte man sich im Prinz-Carl-Hotel eingemietet, wo Hildchen sofort und sanft lächelnd auf blassbeigen Laken einnickte. Der enttäuschte Siggi schlich sich über den Gang zu Brunis Zimmer, den Schwager noch beim x-ten missmutig genossenen Schlummertrunk an der Bar wissend. Und siehe da, auf Siggis Werben hin zeigte sich die offenherzige Bruni nicht abgeneigt, bereits in der Hochzeitsnacht genussvoll Ehebruch zu begehen. Alsdann!

Die Hochzeitsreise führte Hildchen und Siggi an den Niederrhein zu Hildchens bis dato unbekannten Schwiegerleuten. Vor ehrlicher Freude über die anmutige Schwiegertochter an der Hand des ungeratenen Sohnes erlitt Siggis Mutter jedoch gleich am ersten Abend eine ihrer Herzattacken, die diesmal allerdings die finale sein sollte. So zog man drei Tage später schwarz gewandet unter großer Anteilnahme der Bevölkerung gen Friedhof. Nach dem feuchtfröhlichen Leichenschmaus traf Siggi auf einen alten Schulfreund, der behauptete, Siggi habe in puncto Weiber auch schon mal einen besseren Geschmack gehabt. Die Bilanz des Treffens waren zwei Nasenbeinbrüche, drei Rippenprellungen und vier Blutergüsse.

Zurück in Worms, beschloss Hildchen, ihre neue Schwägerin besser kennenzulernen, und lud sie ins Times Café zum Brunch ein. Beim dritten Secco berichtete Bruni brühwarm, was für ein toller Lover Siggi sei! Und dass Gunnar bis heute aber noch keinen hochgekriegt habe. Ach ja, und ihre Tage seien auch längst überfällig, wohl ein Resultat der Hochzeitsnacht. Hildchen kochte! Und sie musste auch noch das Brunchen bezahlen! Lüge, alles Lüge! Aber ihr Siggi war doch anders! Oder nicht?

Nach acht Wochen interfamiliären Gegrummels gestand Gunnar seiner Schwester in einem schwachen Moment, dass er seit Jahren eher auf Männer stehe, aber doch ganz konservativ einen Stammhalter zur späteren Übernahme von „Royal Security" brauche. Und Siggi sei ihm von Anfang an als toller Hecht erschienen, den er dann still und heimlich beauftragt habe, Bruni zu beglücken, die übrigens auch längst zugestimmt hatte, die Hochzeitsnacht nicht mit ihrem frisch Angetrauten zu verbringen. Und der Stammhalter, rechtfertigte sich Gunnar, müsse nun mal von ihm als Familienoberhaupt erzogen werden. Oder ob man sich etwa auf Gernot verlassen solle, der die Nächte seit Jahren diskret irgendwo außerhalb verbringe.

So traf Hagen von T. bei einem seiner Besuche im Westend Hildchen neben einem Berg gebrauchter Taschentücher, Rotz und Wasser heulend, in der Küche an. Sie erleichterte ihre Seele, schilderte Hagen die Intrige und schluchzte: „Isch kennt en umbringe!" Aber dennoch liebe sie ihn ja bis in den Tod!

Ja, warum nicht? Das kann Hildchen haben, überlegte sich Hagen. Seinen Alleingang hatte er schnell minutiös geplant: Er überredete Siggi dazu, gemeinsam Surfbretter anzuschaffen: Surfen, braunbrennen, Mädels aufreißen. Da Siggi ohnehin nicht wusste, was er mit seiner Zeit anfangen sollte, wenn er, wie seit Monaten, den ganzen Tag in seinem Appartement nahe der Stadtmauer ohne seine heulend in den Schoß der Familie zurückgekehrte Frau saß, ließ er sich darauf ein. Einige Wochen lang nutzten die beiden jede freie Minute, um die Oberfläche des Altrheinsees zu zerfurchen. An einem regnerischen Abend, die Dämmerung war schon hereingebrochen, ergriff Hagen seine Chance, während Siggi seine Utensilien für den Heimweg schnürte: Außer ihnen war am Ufer lediglich ein Schwanenpärchen, das diskret zur Seite blickte. Hagen holte zu einem gewaltigen Schlag aus und wummerte seinem Freund Siggi einen mordsmäßigen Knüppel erst auf die Schulter, sodass er zu Boden ging, dann hinters Ohr.

Ganz wenig Blut sickerte in den Sand und Minuten später plumpste eine männliche Leiche von einem Surfbrett in den See, ein Knüppel trieb irgendwo in den vom Abendwind aufgewühlten Wassern.

WORMS. Eigener Bericht. Am gestrigen Morgen wurde von einem Spaziergänger mit Hund am Altrheinsee in Eich eine männliche Wasserleiche entdeckt, die tödliche Verletzungen an Kopf und Schulter aufweist. Der Tote ist blond, 1,94 m groß und von durchtrainierter Gestalt. Er trug eine ausgeblichene blaue Badehose mit einem eingenähten Etikett „Trikotagengeschäft B. u. R. Gunder Worms". Die Tatwaffe, ein ca. 80 cm langer Knüppel aus Lindenholz, wurde mittlerweile sichergestellt. Der Mord geschah am Seeufer, wonach der Tote wahrscheinlich in der Mitte des Sees ins Wasser geworfen wurde. Wer Angaben zum Verbrechen machen kann, melde sich umgehend bei der Polizeidirektion Worms, Telefon 8520.

Als der Leichnam nach zehn Tagen freigegeben wurde, arrangierte Gunnar eine prächtige Beerdigung auf der Hochheimer Höhe, schimpfte aber gleichzeitig heftig über Hagen, der Schuld an Hildchens Unglück habe, weil er Siggi in die Familie gebracht hatte. Hagen von T. sah sich daher ebenso von den Bestattungsfeierlichkeiten ausgeschlossen wie Bruni, die mit ihrem Achtmonatsbauch mittlerweile ohnehin kaum noch laufen konnte und Hildchen durch ihren Anblick zu sehr aufgeregt hätte.

WORMS. Eigener Bericht. Im Mordfall am Altrheinsee (wir haben berichtet) tappt man immer noch im Dunkeln: Nachdem die Polizei einer Vielzahl von Hinweisen nachgegangen war, stellte sich heraus, dass alle Tatverdächtigen, darunter auch ein guter Freund des Toten, Alibis für die Tatzeit hatten. Auch das Motiv für die Tat bleibt wohl weiter ungeklärt, wie der Leiter der SoKo „Siggi" gestern berichtete. Der Ermordete soll zwar wohlhabend gewesen sein, doch wurden keinerlei Konten oder größere Wertsachen gefunden, die dies belegen. Auch familiäre Gründe werden mittlerweile ausgeschlossen, nachdem die junge Witwe ihre Angehörigen von jeglichem Verdacht befreite, als sie in ihrer Aussage das hervorragende Verhältnis innerhalb der Großfamilie beschrieb.

Vier Wochen nach der Beerdigung klingelte bei Hildchen das Telefon und da der Anrufbeantworter nicht eingeschaltet war, musste die trauernde Witwe selbst an den Apparat. Ein äußerst eloquenter Herr von einer „Westniedersächsischen Geld- und Goldbank" berichtete Hildchen von einem Schreiben eines Wormser Anwalts, das seinem Unternehmen den Tod ihres Gatten, herzliches Beileid übrigens, mitteile. Stirnrunzelnd erfuhr Hildchen, ihr Mann sei ja nicht ganz unvermögend gewesen. Der freundliche Niedersachse erbot sich, bei der Anlage des Erbes behilflich zu sein und obendrein auch schnell und unbürokratisch für die Auszahlung der Lebensversicherung, die bei der Tochterfirma Dragona AG über ein schlappes halbes Milliönchen zu Hildchens Gunsten abgeschlossen war, zu sorgen. Hildchen dankte, lehnte die Hilfe ab und rief Hagen von T. an, der sich umgehend zum persönlichen Finanzberater aufschwang. Er behauptete, mehrere Hunderttausender nach Luxemburg zur renommierten „Banque d'Albérique" verschoben zu haben. Was er verschwieg, war die Tatsache, dass das Konto auf seinen eigenen Namen eröffnet worden war. Wann immer Hildchen fortan Geld benötigte, musste sie Hagen fragen, doch dieser zeigte sich zunehmend knickriger, alles sei eben langfristig mit hohen Gewinnen festgelegt, und schien sich nicht mehr ganz genau daran zu erinnern, wes Geldes Hüter er eigentlich war. Hätte die Gutgläubige sich genauer erkundigt, hätte sie erstens erfahren, dass es die ausländische Bank gar nicht gab, Hagens Konto zweitens bei einem Wormser Kreditinstitut auf wundersame Weise um mehrere Hunderttausender gewachsen und der Deal drittens insgesamt getürkt war.

Hagen von T. lebte bestens vom Geld seines so grausam gemeuchelten Freundes und sah es als gerechte Bezahlung dafür an, dass Hildchen sein eigenes Werben nie erhört, ihn stets nur als väterlichen Freund angehimmelt und stattdessen den windigen Siggi sofort geheiratet hatte. Man bedenke auch das Risiko, dass der Mörder Siggis doch noch entdeckt werden könnte: Ein solides finanzielles Polster erleichterte die Zeit bis zum möglichen Tag X in jedem Falle! Angenehmster Nebeneffekt war aber Hildchens totale Abhängigkeit: Sie betete Hagen als geschickten Finanzjongleur an. Und das trotz zeitweiser Geldnot, weil die Erbschaft offensichtlich bombenfest angelegt war.

Schließlich kam es gar noch zur Erinnerung an ihren Jahre zurückliegenden nächtlichen Falken-Traum: In einem nach einer Unterart dieses Raubvogels benannten Wormser Etablissement begann sie auf Hagens völlig uneigennützige Vermittlung hin in einem in rosé und bleu gehaltenen Zimmer zu arbeiten, wo ihr mehr oder weniger charmante Herren hin und wieder ein Scheinchen zusteckten, das Hagen von T. dann nicht einkassierte. Vor allem ein Herr Etzel mit gelegentlich recht barbarischen Sonderwünschen, dessen südosteuropäisches Herkunftsland sich Hildchen nie merken konnte, zeigte sich generös und raunte in schwachen Stunden in ihren Armen sogar vom Heiraten und Hildchen-Umsiedeln irgendwo in Donauregionen.

Mit dem allmorgendlichen Geld von Hildchen und dem aktuellsten Kontoauszug seiner seit einer größeren Geldanlage zunehmend freundlicheren Bank in der Tasche brauste Hagen von T. in seinem schnittigen Sportwagen stadtauswärts, ließ sich auf einer der harten Holzbänke am Rheinufer nieder und bestellte ein großes Dunkles. Und der Blick auf seinen Namensvetter auf dem Sandsteinsockel machte ihm wieder einmal klar, dass dieser damals einen großen Fehler gemacht hatte ...

Doch, wir wissen es: Rheinhessen wird 200 und nicht 1200!

Wir hätten uns mit dieser Anthologie natürlich auf die 200 Jahre beschränken können, die 2016 groß gefeiert werden. Auch da wären genügend spannende Kurzkrimis zusammengekommen!

Uns war jedoch wichtig, Rheinhessen nicht als künstliches Konstrukt der Politik in seinen (zeitlichen) Grenzen ab 1816 zu skizzieren, sondern die Landschaft und ihre Bevölkerung insgesamt zu beleuchten, denn wir sind ganz sicher, dass es nicht nur in den letzten 200 Jahren kriminelle Machenschaften im Schatten der 1000 Hügel gegeben hat ...

So ist uns die Entwicklung der Menschen in diesem Landstrich wichtig: Wie ist es dazu gekommen, dass die Rheinhesse heute so ticken, wie sie ticken? Und da reichen eben 200 Jahre Rückschau nicht aus, finden wir doch bereits zur Zeit Karls des Großen erste Schwierigkeiten der Mainzer mit ihren Rheinbrücken oder Misstrauen gegenüber fremden Religionen schon im Mittelalter. Jeder Heimatforscher kennt die umfangreichen Neuerungen, die Kurfürst Karl Theodor von der Pfalz zu seiner Herrschaftszeit einführte – und deren Auswirkungen für Rheinhessen. Oder aber die Einflüsse der französischen Besatzer, die sich bis heute prägend auswirken. Eine historische Sammlung, in der Luther in Worms nicht auftaucht? Undenkbar!

So haben wir zeitlich auf jegliche Begrenzung verzichtet und schlagen schließlich einen spannenden Bogen zwischen der Zeit Karls des Großen und dem 21. Jahrhundert.

Nein, Rheinhessen, wir wollen dich nicht älter machen, als du bist!

Bleib, wie du bist!

Herzlichen Glückwunsch zum 200. Geburtstag!

Antje Fries und Angelika Schulz-Parthu
Februar 2016

BIOGRAFIEN DER AUTOR/INNEN

Alessandra Barabaschi
ist Kunsthistorikerin und mehrfach publizierte Autorin. Seit mehreren Jahren recherchiert die gebürtige Italienerin die Geschichte der Stradivari-Instrumente. Ihre Beiträge werden regelmäßig u.a. vom angesehenen Londoner Auktionshaus Tarisio veröffentlicht. Sie lebt in Bonn, wo sie 2009 ihre eigene PR- und Übersetzungsagentur gegründet hat.
www.art-pr-europe.com

Monika Deutsch
*1952 im Rheinland; Lehre und Maschinenbautechnikum; bis 2001 Projektleiterin in der KFZ-Produktentwicklung; ab 2001 Studium/Gasthörerin an der Uni in Heidelberg (Geschichte/Archäologie); seit 2013 VHS-Kurs in Germersheim: Die Kunst des Schreibens. Seit 2014 Veröffentlichung verschiedener Kurzkrimis.

Leila Emami
Rheingauerin mit iranischen Wurzeln (*1970 in Teheran) ist Autorin, Bloggerin und Schreibcoach. Sie schreibt alles, was ihr unter den Griffel kommt, am liebsten Krimikomödien, die sie u. a. bei Krimiwanderungen vorliest (www.mords-mittelrheintal.de). Als Bloggerin schreibt sie über die schönen Dinge des Lebens (www.genussliga.de). Da sie weiß, wie gut das Schreiben tut, gibt sie Schreibkurse. www.leila-e.de

Franziska Franke
wurde in Leipzig geboren und hat nach ihrer Schulzeit, die sie in Essen, Schwetzingen und Wiesbaden verbrachte, an den Universitäten von Mainz und Frankfurt Kunstgeschichte, Klassische Archäologie und Kunstpädagogik studiert. Sie veröffentlichte bisher neun historisch basierte Kriminalromane, darunter den 2011 im Leinpfad Verlag erschienene Römer-Roman „Der Tod des Jucundus", der im römischen Mainz spielt, sowie den 2014 herausgekommenen Folgeband „Wechselspiel in Moguntiacum". Franziska Franke lebt mit ihrem Mann in Mainz, wo sie freiberuflich in der Erwachsenbildung tätig ist.

Antje Fries
geboren im schleswig-holsteinischen Flensburg, eingeschult im bayrischen Groß-Welzheim, mit Abitur ausgeschult im hessischen Gernsheim. Studium der Germanistik und Anglistik, später Lehramt an Grund- und Hauptschulen, beides in Baden-Württemberg. Derzeit an einem außer-

schulischen Lernort in Rheinland-Pfalz tätig. Schreibt Kriminalromane, Kinderbücher und Lehrerbücher und liefert Beiträge zu Lyrik-, Mundart-, und Krimi-Anthologien. Gehört den „Mörderischen Schwestern“ und dem „Mörderischen Rheinhessen“ an. www.antjefries.de

Christiane Gref
Mit dem Schreiben begann Christiane Gref im Jahr 2004. Etwa vierzig Kurzgeschichten sowie fünf Romane wurden seitdem veröffentlicht.
Um den Austausch zwischen Lesern und Autoren zu fördern, ist sie im gemeinnützigen Verein „Autorengruppe ZwanzigZehn“ im Vorstand aktiv. Christiane Gref ist verheiratet und hat drsei Kinder. Sie lebt und arbeitet in Hanau. www.autorenkrise.de

Anne Grießer
geb. 1967 in Walldürn, studierte Bibliothekswesen (Dipl.), Ethnologie, Volkskunde und Germanistik (M.A.). Nach einigen Ausflügen ins seriöse Berufsleben geriet sie auf die schiefe Bahn. Seither schreibt sie über Mord und Totschlag. Als Autorin (Kurzgeschichte, Roman, Hörspiel, Theater), Herausgeberin und Krimi-Entertainerin schwingt sie in Freiburg die Feder und so manches blutige Theaterrequisit. Nominierungen für den Agatha-Christie-Kurzkrimipreis, Gewinnerin des Afrika-Kurzgeschichten-Wettbewerbs des Ronald-Henss-Verlages. Initiatorin des Freiburger Krimipreises. www.annegriesser.de

Jürgen Heimbach
geb. 1961 in Koblenz, Ausbildung zum Kaufmann, Studium der Germanistik und Philosophie in Mainz, Theaterarbeit, heute Redakteur bei 3sat. Veröffentlichungen: „Johannes’ Nacht“ (Societäts Verlag 2008), „Plötzlicher Tod einer Nutte“, „Chagalls Rache“ (beide Leinpfad Verlag, 2009 und 2011) und „Unter Trümmern“, „Alte Feinde“ und „Offene Wunden“ (Pendragon Verlag, 2012, 2014 und 2016) sowie mehrere Kurzkrimis in Anthologien. www.juergen-heimbach.de.

Wolfgang Kemmer
geboren im Hunsrück, studierte Germanistik, Anglistik und Angloamerikanische Geschichte und arbeitete anschließend als Lektor in einer Literatur-Agentur. Heute lebt er als freiberuflicher Autor und Redakteur mit seiner Familie in Augsburg. Er ist Herausgeber mehrerer Krimi-Anthologien und betreute viele Jahre den Kurzkrimi-Podcast für Jokers/Weltbild.
www.wolfgang-kemmer.de

Anja Marschall

lebt als Krimiautorin und Journalistin in Schleswig-Holstein. 2012 erschien ihr erster historischer Kriminalroman „Fortunas Schatten“, dem mehrere nicht-historische Krimis in verschiedenen Verlagen folgten. Derzeit erscheint im Aufbau-Verlag ihre skurrile Hamburger Krimiserie um die flotte Seniorin Lizzi. Anja Marschall ist bekennende Weinliebhaberin, Vizepräsidentin der „Mörderischen Schwestern e.V.“, Mitglied im Syndikat und wurde für verschiedene Literaturpreise nominiert.

Claudia Platz
lebt und arbeitet als freie Autorin in Gau-Bischofsheim. Neben Kurzgeschichten und Krimis schreibt sie historische Romane und ist Mitglied in den Autorenvereinigungen „Mörderische Schwestern“, „Mörderisches Rheinhessen“ und „Syndikat“. www.claudiaplatz.de

Jürgen Rath
gelernter Seemann mit Kapitänspatent, promovierter Historiker und Personalmanager. Hat sich zunächst einen Namen als Schifffahrtshistoriker und Sachbuchautor gemacht. Inzwischen schreibt er auch Kriminalromane, historische Romane und Kurzgeschichten. Er lebt mit seiner Familie in Hamburg. www.juergen-rath-autor.de

Regina Schleheck
*1959, lebt bei Köln. Hauptberuf: Oberstudienrätin, daneben fünffache Mutter, Referentin, Herausgeberin, vielfach ausgezeichnete Autorin von Kurzprosa und Hörspielen, zuletzt mit dem Friedrich-Glauser-Preis 2013 Sparte Kurzkrimi, gehört den „Mörderischen Schwestern“ und dem „Syndikat“ an. www.regina-schleheck.de

Claudia Schmid
lebte dreißig Jahre in Bayern, bevor sie sich ihren Traum erfüllte und an der Mannheimer Schlossuniversität Germanistik studierte. Seither lebt sie mit ihrer Familie in der Metropolregion Rhein-Neckar. Sie schreibt Kriminelles, Historisches und Reiseberichte, sowohl Bücher wie auch Kurzgeschichten. Sie erhielt u. a. den Kurzgeschichtenpreis des Autorenkreises historischer Roman Quo Vadis. Dem spannenden Zeitalter der Reformation gilt ihr besonderes Interesse. www.ClaudiaSchmid.de

Andreas Wagner
ist Winzer, Historiker und Autor. Nach dem Studium der Geschichte, Politikwissenschaft und Bohemistik in Leipzig und an der Karls-Universität in Prag hat er 2003 zusammen mit seinen beiden Brüdern das Familien-

weingut in Essenheim übernommen. Von Andreas Wagner sind bislang sieben Kriminalromane, zwei Romane und eine Kurzgeschichtensammlung erschienen.

RHEINHESSEN UND KEIN ENDE: KOCHBÜCHER, WANDER- UND AUSFLUGSFÜHRER, KRIMIS, KINDER- UND GARTENBÜCHER

A. Schulz-Parthu (Hg.): **Rheinhessische Tapas**
ISBN 978-3-942291-40-8, Klappenbroschur, 116 S., 12,90 € 2. Auflage!

Bastian Foerg: **Noch mehr Rheinhessen-Tapas**
ISBN 978-3-945782-04-0, 128 S., 58 Farbfotos, Klappenbroschur, 13,90 €

Stefanie Jung: **Rheinhessen für Entdecker**
ISBN 978-3-945782-09-5, 200 S., über 400 Farbfotos, Broschur, 14,90 €

Thomas Ehlke: **Weinkompass Rheinhessen.**
Die 50 besten Straußwirtschaften und Gutsschänken
ISBN 978-3-942291-39-2, 128 Seiten, 120 Farbfotos, Broschur, 12,95 €

Volker Gallé: **Kunstreiseführer Rheinhessen.** Kultur und Geschichte im Hügelland zwischen Worms und Bingen, Mainz und Alzey
ISBN 978-3-942291-03-3, 456 S., Klappen-Broschur, über 300 Abb., 80 davon in Farbe, 24 €

Ulrike Schäfer: **Worms zu Fuß.** 14 Spaziergänge zu den schönsten und bedeutendsten Sehenswürdigkeiten von Worms
ISBN 978-3-942291-00-2, 128 S., Broschur, 13,90 €

Anne Rahn: **Aus meinem Garten**. Tipps, Tricks und über 100 Rezepte
ISBN 978-3-945782-01-9, 228 S., 229 Farbfotos, Klappenbroschur, 15,90 €

Kalle im Wingert. Von Ausbrechern, einem Lesekönig und verschwundenen Rebläusen, *ISBN 978-3-942291-74-3, 32 S., Hardcover, 12,90 €*

Rheinhessen-Krimis von *Vera Bleibtreu, Thomas Ehlke, Franziska Franke, Antje Fries, Johannes Gerster, Friederike Haris Jürgen Heimbach, Henriette Clara Herborn, Peter Jackob, Torsten Jäger, Gerd J. Merz, Peter Metzdorf und Marion Schadek, Claudia Platz, Inke Ried-Neumann, Gunnar Schwarting und Andreas Wagner.*